Hre de Rienzi

BIBLIOTHÈQUE
MORALE ET LITTÉRAIRE

(IN-8° 1ʳᵉ SÉRIE)

HISTOIRE
DE RIENZI

PAR

DU CERCEAU

LIMOGES
Marc BARBOU et Cie, IMPRIMEURS-LIBRAIRES
Rue Puy-Vieille-Monnaie

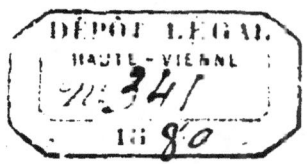

I

Les scènes qui se passèrent à Rome durant le
cours de l'année 1347, jusqu'à 1354, et qui attirèrent
alors l'attention de toute l'Europe, forment par leur
liaison une espèce de tragi-comédie si singulière,
que je ne pense pas que sur le théâtre du monde il
s'en soit jamais joué de pareille. Une conjuration si
extraordinaire m'a paru mériter d'être un peu plus
connue qu'elle ne l'était; et je me suis souvent étonné qu'en moins de quatre siècles elle soit presque
tombée dans l'oubli, faute d'en avoir recueilli les
différents traits qui sont semés dans divers auteurs
contemporains.

Le personnage dont j'écris l'histoire naquit à Rome, dans le quartier de la Réole, parmi des meuniers
et des gens de la lie du peuple ; son père, nommé
Renzo ou Laurent *Gabrini*, et sa mère Madeleine,
étaient l'un cabaretier, l'autre porteuse d'eau et
lavandière ; ils demeuraient près du Tibre, vis-à-vis
de Saint-Thomas, sous la synagogue des Juifs. Nicolas Rienzi ou Renzo, ce fut le nom qu'il porta toujours, fit d'excellentes études. Comme il avait autant
d'esprit que d'élévation dans les idées, il se rendit
en peu de temps assez habile pour se donner la réputation d'un homme extraordinaire, et pour mériter
l'estime et l'amitié du célèbre Pétrarque son contem-
porain. Après l'étude de la grammaire et de la rhé-
torique, où il apprit à polir son éloquence naturelle,
qui était grande, il se mit en tête d'étudier l'anti-
quité avec plus de goût qu'on ne le fait d'ordinaire.
Au lieu que dans la jeunesse on ne lit guère que
pour lire et pour s'amuser, il lisait pour s'instruire,
et pour comparer ses lectures avec ce qui se passait
sous ses yeux ; et il en tirait des réflexions, sur lesquelles il régla depuis tout le plan de sa conduite.
Il joignit à tout cela une grande connaissance du
droit des gens et de la jurisprudence. Sa mémoire
vive et facile lui rendait tellement présent tout ce
qu'il avait lu, qu'il possédait parfaitement Cicéron,
Valère Maxime, Tite-Live, les deux Sénèque, et
surtout les commentaires de César. Ce fonds d'étude
servit de base et de fondement à son élévation. Le
désir de se distinguer et l'envie de retrouver l'histoire dans les monuments, le portèrent à un autre

genre de science dont peu de gens se piquaient alors.
Il passait les jours entiers à déchiffrer les bas-reliefs
et les inscriptions qui se trouvaient à Rome, et il en
acquit une connaissance si parfaite, qu'on lui donnait le surnom d'antiquaire. Mais ses vues le portèrent plus loin qu'à une vaine réputation de savant.
A peine eut-il atteint l'âge où l'on commence à réfléchir sur l'usage du monde, qu'il conçut la folle idée
de se servir de sa science pour ranimer dans les
Romains l'amour de la liberté. Tout jeune qu'il était
encore, il avait un air de gravité qui lui conciliait
une sorte de vénération, et qui donnait du poids à
ses moindres paroles. Comme il se plaisait à se pro-
mener souvent parmi les débris de l'ancienne Rome,
il affectait de s'extasier sur quelque buste, ou quelque reste de statue ; et feignant de ne pas apercevoir
la foule qui l'environnait : « Où sont, disait-il, les
vieux Romains ! qu'est devenue leur grandeur ! que
n'ai-je vécu dans ces beaux siècles ! » Quelquefois il
s'exprimait par énigmes, par demi-mots, par phra-
ses entrecoupées, qui laissaient beaucoup plus entendre qu'il ne disait. Il paraissait faire tout cela
sans dessein, et ne feignait pas de remarquer l'impression que ces discours faisaient sur le peuple dont
il était suivi. Elle était pourtant très-vive. Sa taille
avantageuse, sa bonne mine, et un air d'homme
important qu'il savait prendre, gravaient profondément tout ce qu'il disait dans les cœurs de ceux qui
l'écoutaient. C'est ainsi qu'à force de répéter les mots
de justice, de liberté, d'ancienne grandeur, il en vint
à se persuader à lui-même, et aux oisifs du petit

peuple, qu'il pourrait un jour devenir le restaurateur de la République romaine. Non content de se
faire un nom parmi la populace, il eut l'adresse de
se ménager des liaisons plus honorables, et de s'insinuer dans les bonnes grâces de ceux qui gouvernaient alors, je veux dire du Sénateur, de ses conseillers, et des bannerets ou capitaines de quartier.
L'assassinat commis en la personne d'un frère qu'il
avait, et dont la mort ne fut point vengée, lui fit
prendre la résolution d'aller trouver le pape Clément VI, à Avignon ; mais cette mort était plutôt un
prétexte. Son véritable motif était d'entrer dans la
confidence du pape, et de lui représenter vivement
la situation des affaires de Rome ; il tâcha donc de
se procurer un titre qui pût le rendre plus recom-
mandable au Saint-Père, de se faire nommer député,
par exemple, pour engager, s'il était possible, Sa
Sainteté à rétablir la cour romaine et son Siége dans
la capitale du monde. Ces députations paraissaient
si importantes aux Romains, qu'ils ne perdaient
aucune occasion de les renouveler jusqu'à l'impor-
tunité. Dès l'année 1342, au commencement du pontificat de Clément VI, ils lui avaient envoyé une
ambassade solennelle, composée de dix-huit députés,
six de chacun de trois Etats, dont les principaux
étaient choisis dans les premières maisons de Rome.
Le peu de succès de leurs premières demandes ne
les ayant pas rebutés, ils écoutèrent les vœux de
Rienzi, et le nommèrent pour cette députation,
comme ils y avaient peu d'années auparavant nommé Pétrarque, homme éloquent et capable de faire

sentir au Saint-Père combien son absence était nui
sible aux intérêts des Romains et aux siens. Mais
auparavant il est bon de raconter en peu de mots
quelle était alors la situation de Rome.

Quand le cardinal Pierre Roger, Limousin, fut
fait pape sous le nom de Clément VI, il y avait environ trente-sept ans que le Siége pontifical avait été
fixé à Avignon par Bertrand de Goth, archevêque de
Bordeaux, devenu Clément V. Cette transmigration
des papes, qui dura près de soixante-dix ans, fut
extrèmement funeste, sinon à l'Eglise et à toute la
chrétienté, du moins à Rome, au patrimoine de saint
Pierre, et à toute l'Italie. Non-seulement les factions
des Guelfes et des Gibelins en reprirent des forces
pour s'entre-détruire; mais il s'éleva encore de nouvelles cabales qui se subdivisèrent jusqu'à créer
presque autant de partis qu'il y avait de factieux. Les
uns à force d'aspirer à la tyrannie, et les autres afin
de s'en délivrer ou de s'en défendre, bouleversèrent
tellement l'Italie qu'elle n'était plus reconnaissable.

Tous les auteurs conviennent que Rome surtout
était réduite à la plus déplorable situation. La justice ne s'y rendait plus, les lois se taisaient, l'audace
régnait, et l'impunité rendait les coupables plus
hardis et les attentats plus criants. Les grands, divisés entre eux, ne s'accordaient qu'à fouler le peuple;
le commerce languissait au-dedans, et il n'y en avait
presque plus au-dehors. Les étrangers n'osaient aller
à Rome, ou n'y arrivaient qu'au péril de leurs biens
ou de leur vie; les chemins publics étaient infestés

de brigands, et la ville même était la retraite des
voleurs. On n'entendait parler que de brigandages,
d'enlèvements, de meurtres. Le gouvernement voyait
tous ces crimes et les dissimulait faute de pouvoir
les prévenir ou les arrêter. Chacun se fortifiait chez
soi, moins pour se défendre, que pour avoir droit
de tout oser ; les moins malheureux étaient ceux que
la force ou une extrême indigence mettaient en état
de ne rien craindre. Ajoutez à cela les églises ruinées, les palais détruits par le feu ou par d'autres
malheurs, et non réparés, faute d'argent, et l'on
trouvera que Pétrarque n'en a point trop dit, lorsqu'il représentait au pape dans son langage poétique :
« Rome, comme une veuve désespérée de l'absence
» de son époux, et qui le redemandait à grands cris
» pour lui faire voir les temples démolis, et la capi-
» tale du monde si méconnaissable, qu'on ne la
» retrouvait plus dans elle-même. » Enfin la plus
sûre preuve du triste état de Rome est la conjuration
que nous allons voir naître.

Parmi la noblesse romaine, qui réduisait le peuple en servitude, les deux maisons les plus distinguées et les plus puissantes étaient celles des Colonne et des Ursins. De vieilles inimitiés ne leur
permettaient ni de se tenir en repos, ni d'y laisser
la ville. Les Colonne étaient gibelins, et les Ursins
guelfes. Leurs querelles et leurs jalousies particulières s'étaient souvent assoupies et réveillées depuis l'absence des papes, qui avaient bien de la
peine à les pacifier ou à les suspendre. Sous Benoît XII, le légat Bertrand, archevêque d'Embrun,

ne trouva point de meilleur moyen , pour les faire
consentir à une trêve, que de nommer sénateurs ou
gouverneurs de Rome Pierre Colonne et Matthieu
des Ursins. Mais l'année où Rienzi fut député à Avignon, leurs discordes s'étaient rallumées.

Revenons à Clément VI. Au dire de ses contemporains, ce pape possédait de rares qualités, un vaste
savoir et une mémoire si prodigieuse qu'il ne pouvait, quand bien même il l'aurait voulu, oublier
rien de tout ce qu'il lisait. On prétendait qu'une
blessure à la tête lui avait causé ce talent singulier.

Dans les commencements de son pontificat, les
Romains lui avaient demandé trois choses : la première, de vouloir bien accepter pour sa vie seulement, non comme pape Clément VI, mais comme
seigneur Pierre Roger, les charges de sénateur, de
capitaine et autres de la ville de Rome; la seconde,
de venir se fixer à l'église de Latran, la mère de toutes les églises et son propre siége , privé depuis si
longtemps de la présence des Souverains-Pontifes ;
la troisième enfin, de considérer que peu de personnes pouvaient jouir de l'indulgence accordée tous
les cent ans par Boniface VIII, et de la réduire à
chaque cinquantième année. Le pape répondit au
bout de deux mois à la première demande, qu'il
acceptait les charges de la ville de Rome, pour y
nommer des personnes qui gouverneraient en son
nom, à condition que cela ne porterait aucun préjudice à sa souveraineté. Quant au voyage de Rome et
à sa transmigration, il l'éluda par plusieurs raisons
colorées , et il s'en tint à dire qu'il le souhaitait de

tout son cœur, mais qu'il ne le pouvait alors, ce qui fut pris par les Romains pour un refus honnête, dont ils furent extrêmement aigris. Il accorda la troisième demande, et publia la bulle *Unigenitus*, datée du 27 janvier 1343, où il donne l'indulgence aux fidèles qui visiteront les églises des Saints-Apôtres et de Saint-Jean de Latran, l'an 1350, et pour la suite de cinquante en cinquante ans à perpétuité.

Je dois faire observer que ce fut sous ce pape que le schisme d'Allemagne, au sujet de l'élection des empereurs, fut poursuivi avec le plus d'ardeur, et enfin terminé après avoir causé de grands troubles dans l'empire et dans l'Eglise. Louis de Bavière avait été élu en 1314 par cinq électeurs, et Frédéric d'Autriche par les deux autres. Les Gibelins étaient pour le premier, et les Guelfes pour le second. Le pape Jean XXII avait fait quantité de procédures contre Louis de Bavière, qui, de son côté, avait pénétré jusqu'à Rome, déposé ce pontife, négocié inutilement avec Benoît XII, et continué les hostilités du temps de Clément VI. Ce différend entre lui et les Papes qui regardaient le siége de l'empire comme vacant depuis la mort de Henri de Luxembourg, était fondé sur la diversité de leurs prétentions réciproques. Clément VI, ayant poursuivi les procédures de Jean XXII contre l'empereur, prononça enfin la dernière sentence contre lui par une bulle datée du 13 avril 1346; puis, il fit élire roi des Romains, par trois électeurs, Charles de Luxembourg.

Tous ces troubles, sans compter ceux de Naples et de Sicile, avaient agité toute l'Italie, de sorte que les

gouverneurs de Rome en particulier semblaient n'a-
voir qu'un vain titre, plutôt qu'un pouvoir réel de
se faire obéir. Le mécontentement de l'absence des
Papes et leurs refus réitérés de quitter Avignon
augmentaient peut-être encore la négligence. Enfin
le vieux Etienne Colonne, qui était alors gouverneur
de Rome, malgré le respect que lui attiraient sa
naissance, ses talents, son crédit, et l'appui d'une
nombreuse maison dont il était le chef, fermait les
yeux sur une infinité de désordres, soit par habitude
d'une administration molle et peu ferme, soit par
impuissance d'oser davantage, de peur d'aigrir des
esprits déjà trop irrités.

Raymond, évêque d'Orviète, vicaire de Clément VI
à Rome pour le spirituel, se comportait à peu près
de la même manière pour les mêmes raisons. C'était
un bon prélat, grand canoniste, fort attaché aux
intérêts temporels et spirituels du pape, d'un désintéressement et d'une droiture à l'épreuve, mais d'un
génie peu formé au gouvernement, incapable de
tromper personne, et très-propre à se laisser éblouir
par les artifices de tout séducteur qui lui aurait
présenté des idées pour le bien public qu'il avait
uniquement en vue.

A l'égard de Rienzi, c'était une espèce de génie
difficile à définir. Il avait un mélange singulier de
vertus et de vices, de belles qualités et de défauts,
de talents et d'incapacité qui semblaient se contre-
dire, et qu'il réunissait au suprême degré. Il était
spirituel et grossier, fourbe et simple, hardi et
timide, fier et souple, prudent et aventureux. Un

semblant de sagesse et de gravité le faisait d'abord
regarder comme un profond politique, mais il lui
échappait des traits de bizarrerie qui le faisaient en
même temps passer pour un fou dans l'esprit des
gens sensés. Capable des entreprises les plus téméraires, il avait une frayeur naturelle qui ne lui per-
mettait pas de les pousser ; trop peu de jugement
pour s'embarrasser des obstacles, trop de lâcheté
pour les vaincre. Sa fierté se tournait tout à coup en
bassesse ; et ses plus heureux coups de politique
dégénérèrent souvent en extravagances pitoyables.
Sa bravoure allait jusqu'à l'intrépidité, et devenait
incontinent faiblesse. Sa fourberie était fondée sur
sa simplicité même. Croyant qu'on prenait pour bon
tout ce qu'il débitait d'insensé, il savait en profiter
pour réaliser dans son esprit et dans celui des autres
les plus prodigieuses chimères. Son hypocrisie avait
aussi sa source dans une espèce de sincérité folle,
qui lui faisait prendre pour des inspirations d'en
haut les visions qu'il se mettait dans la tête pour
arriver à ses fins ; du reste il était ambitieux jusqu'à
concevoir le dessein d'une sorte de monarchie universelle, éloquent par nature et par art, d'une imagination dominante et d'une voix forte, faisant
passer ses mouvements et ses impressions dans les
esprits de ceux à qui il parlait, ne distinguant pas
ou feignant de ne point distinguer les applaudissements railleurs d'avec de vrais éloges ; prenant pour
estime et mettant à profit une sorte de vogue que se
font toujours les talents mêlés de folie ; savant dans
l'histoire ancienne ; grand parleur, affichant la jus-

tice et la probité ; mais au fond artificieux et intéressé, faisant servir à son intérêt propre ce qu'il
imaginait de bon et d'utile pour le bien public ; fou
jusqu'à l'extravagance, sensé jusqu'au raffinement
de la sagesse ; né, ce semble, pour gouverner, peu
propre à bien gouverner longtemps ; capable de faire
une révolution et d'établir une domination tyrannique, mais incapable d'appuyer la tyrannie sur des
fondements durables ; en un mot, un de ces génies
d'un ordre supérieur, que la Providence ménage en
divers temps pour être les fléaux ou le bonheur des
états.

Tel était, ou tel devint dans la suite le député qui
alla trouver Clément VI à Avignon, pour lui réitérer
la prière de revenir à Rome. A peine en eut-il eu
audience, qu'il le charma par l'éloquence de ses discours et l'éclat de sa conversation. La cour s'em-
pressa de le voir et de lui faire amitié. Ce premier
succès l'ayant encouragé, il s'émancipa un jour
jusqu'à dire au pape que les grands de Rome étaient
des brigands avérés, des voleurs publics, d'illustres
scélérats, qui, par leur exemple, autorisaient les crimes les plus affreux. Il rejeta sur eux la désolation de
Rome, dont il fit une si vive peinture, que le Saint-
Père en fut ébranlé et en conçut une extrême indignation contre les seigneurs romains.

Le cardinal Jean Colonne brillait alors à la cour
d'Avignon. Il était sensible au vrai mérite et il en
avait lui-même beaucoup. C'était le Mécène de Pétrarque et de tous les gens de lettres. Aussi le regar-

daient-ils comme la gloire du Sacré-Collége. Rienzi
entra apparemment dans des détails qui déplurent
au cardinal ; mais il est certain que ce prélat se sen-
tant piqué de ses invectives qui retombaient en
partie sur ceux de sa maison, ne manqua pas de
prétextes pour rendre le député suspect : il le fit
disgracier ; et cette disgrâce ruina tellement les projets de Rienzi , qu'il tomba dans une extrême misère. Le chagrin et la maladie se joignant à l'indigence, il devint si malheureux, qu'à peine reçut-on
à l'hôpital un homme qui devait dans peu faire tant
de bruit dans toute l'Europe. Heureusement pour
lui, ce malheur ne dura pas. Soit caprice d'une part,
soit adresse de l'autre, la même main qui l'avait
altéré l'aida à se relever. Le cardinal, qui peu auparavant avait juré sa perte, en eut pitié ; et sans
prévoir les suites de son bienfait, ménagea sa grâce,
et le fit paraître devant le pape, en l'assurant que
c'était un homme de bien, grand partisan de la justice et de l'équité. Il n'en fallait pas davantage à
Rienzi. Le pape le goûta plus que jamais, et pour lui
donner des preuves de son estime et de sa confiance,
il le fit notaire apostolique, et le renvoya comblé de
faveurs , sans réponse toutefois sur le retour de Sa
Sainteté à Rome , qu'il lui avait demandé de la part
des Romains : mais Rienzi fut moins touché des
bienfaits de Clément et du cardinal Colonne que des
mauvais traitements qu'il avait reçus de ce dernier.
Le ressentiment l'emporta sur la reconnaissance,
dans son esprit. Il partit, résolu de se venger des

Colonne, comme il sut bientôt le faire; et il eut même l'imprudence de laisser échapper des menaces et des murmures en partant d'Avignon.

II

Dès que Rienzi fut de retour à Rome, il commença
à exercer sa charge de notaire apostolique avec une
affectation d'honneur, de justice et de probité, qui,
jointe à ses discours éternels sur les vices contraires
des officiers et des grands, faisait un contraste très-
propre à les rendre odieux, et à lui attirer l'affection
du peuple. Il se donnait par là une sorte de supériorité sur les esprits; et il ne manquait pas d'en
profiter pour ses desseins secrets. Il augmentait
encore son crédit par des manières affables et populaires, toujours prêt à rendre service, toujours le
premier à prévenir tout le monde par des civilités

qui lui coûtaient peu, toujours rigide sur l'administration de la justice, entrant dans les raisons de ceux
qui se plaignaient, ne laissant échapper aucune
occasion d'exhorter les conseillers à l'équité, et les
autres à la paix, à la concorde, et au respect dû au
Saint-Siége. Il appelait ceux qui se mêlaient du
gouvernement *les chiens du Capitole;* et il soupirait
souvent sur les maux du peuple, dont ils dévoraient,
disait-il, la substance, sans qu'il se trouvât un seul
homme assez bon citoyen pour le seconder dans ses
projets.

Quand il se fut assez bien établi dans cette réputation de bon citoyen qui ne visait qu'au bien public, il
se hasarda à faire un coup d'éclat. Un jour de conseil il
se leva tout à coup, en pleine assemblée, et, dans
une espèce d'enthousiasme qui lui prit : « Vous êtes,
» dit-il aux seigneurs, de très-mauvais citoyens,
» vous qui sucez le sang du peuple, loin de le sou-
» lager. » Puis, s'adressant aux officiers et aux gouverneurs, il les avertit que c'était à eux à pourvoir
au bon état de la ville. Le fruit de cette harangue fut
d'attirer au harangueur un grand soufflet que lui
donna André Le Normand, camerlingue, qui était de
la maison des Colonne. Thomas Fortifiocca, secré-
taire du Sénat, fit aussi un signe de mépris qui lui
coûta cher dans la suite. Voilà ce que valut à Rienzi,
pour cette fois, son zèle étourdi et déplacé. Ce mauvais succès ne le rebuta pas. Il n'en devint que plus
entreprenant et plus hardi à reprendre publiquement
les vices, mais il s'y prit d'une façon moins brusque;
et pour faire un second éclat avec plus de succès et

moins **de** risque, il s'avisa de faire peindre un tableau symbolique, où il prétendait représenter la situation des affaires de l'Italie, et l'attacha au Capitole devant la cour du Sénat.

Dans cette peinture, au milieu d'une mer agitée, on voyait flotter un vaisseau sans mâts, sans timon, sans voiles, prêt à être englouti par les vagues. Dans le vaisseau, paraissait une femme en habit de veuve, les cheveux épars, les mains jointes sur sa poitrine, à genoux en forme de suppliante; au-dessus on lisait ce mot: Rome. A droite étaient quatre vaisseaux presque brisés et à demi submergés. Sur chacun d'eux des femmes représentaient *Babylone, Carthage, Troie et Jérusalem.* Un rouleau faisait entendre que *l'injustice avait fait périr ces villes;* et un autre que *Rome avait été élevée au-dessus de toutes les cités; mais qu'on attendait quelle serait la fin de sa destinée.* A gauche s'élevaient trois rochers. Sur l'un était *l'Italie* sous la figure d'une femme qui *déplorait le malheur de Rome, comme celui d'une sœur chérie, qui n'avait qu'elle pour ressource, après avoir été elle-même l'asile et la ressource de toute la terre.* Sur un autre rocher il y avait les quatre vertus cardinales sous l'emblème de quatre femmes dans l'attitude la plus expressive de la douleur, dont la cause semblait être le triste sort de celle qui faisait le personnage de *Rome,* à qui elles paraissaient dire dans un rouleau : *vous fûtes accompagnée de toutes les vertus, et vous voici plongée dans un océan de maux.* La Foi chrétienne, qu'on distinguait sur la troisième île s'écriait : *Dieu! si Rome périt, que vais-je devenir!*

Au-dessus, vers la droite, on avait peint quatre rangs de divers animaux avec des cornets dont ils se servaient pour souffler sur les flots, et pour y exciter des orages à dessein de faire périr le principal vaisseau. Au premier rang étaient des lions, des loups et des ours, avec cette inscription : *voici les administrateurs, les sénateurs, et les nobles.* Au second rang, on remarquait des chiens, des pourceaux et des chevreaux. On y désignait par écrit *les mauvais conseillers et les adulateurs de la noblesse.* On avait mis au troisième rang des dragons, des renards et des roues, avec cet écriteau : *officiers, juges et notaires corrompus.* Au dernier, quantité de singes, de chats et autres animaux pareils marquaient *les voleurs, les homicides, les malfaiteurs.* Le tout était couronné d'un ciel d'où descendait Dieu même avec toute la majesté du Souverain-Juge en courroux. Deux glaives lui sortaient de la bouche ; et il avait à ses côtés les Apôtres saint Pierre et saint Paul qui tâchaient de l'apaiser.

Ce tableau fantastique, qui avait attiré les regards du peuple, lui fit faire des réflexions sur ce qu'il éprouvait tous les jours, et lui fit considérer Rienzi comme un homme capable de prendre en main ses intérêts et de relever l'État chancelant. Ce stratagème lui ayant réussi sans danger de la part des grands qui s'en moquaient, peu de temps après il porta la témérité jusqu'à donner un spectacle d'une toute autre conséquence, mais aussi bizarrement conçu.

Il fit placer sur le mur du chœur de Saint-Jean-de-Latran une grande plaque de cuivre, où il avait fait graver le peuple romain qui défère la souveraine autorité à Vespasien, avec des caractères à l'antique dont il s'était réservé l'intelligence et l'explication.

Bientôt, voyant que son énigme avait fait impression sur les esprits, et excité l'envie de connaître les caractères mystérieux dont il l'avait accompagnée, il fit élever en ce même lieu une estrade et un amphithéâtre avec les ornements convenables. Puis, ayant déterminé le jour de l'explication qu'il devait donner de son emblème, il y invita toute la noblesse. Etienne Colonne et Jean Colonne son fils s'y trouvèrent à la tête d'une assemblée nombreuse et distinguée. On eût cru à une cérémonie fort sérieuse. Aussi eut-elle depuis un effet plus grave qu'on ne pensait; mais en apparence, ce ne fut qu'une farce des plus singulières. Rienzi parut sur son théâtre en vrai roi de comédie, vêtu d'une robe et d'une cape allemande avec le capuchon de drap blanc, et coiffé d'un chapeau de même couleur, qui était entouré de couronnes d'or, dont l'une, plus apparente que les autres, était divisée par la pointe d'une épée d'argent suspendue au-dessus du chapeau.

La bizarrerie de cet habillement énigmatique et la hardiesse de l'orateur excitèrent la surprise. On fit silence. Il parla avec force de la majesté de l'empire et de la liberté du peuple romain, comparant son ancien éclat avec sa décadence présente, et ses prérogatives avec son asservissement. Il représenta Rome terrassée, et tellement aveuglée, qu'elle ne pouvait pas même voir la source de ses maux, « parce » que, disait-il, on lui avait tiré les deux yeux de la

» tête, à savoir le Pape et l'empereur, que la mé-
» chanceté de ses citoyens lui avait fait perdre. » Il
faisait allusion à l'absence de Clément VI, aux brouilleries de l'empereur Louis de Bavière, non reconnu
par les Papes, et aux maux qui s'en étaient suivis.
« Voyez, ajouta-t-il en se tournant vers la plaque
» d'airain, voyez quelle était la gloire du Sénat,
» lorsque les empereurs se faisaient honneur de tenir
» des Romains leur autorité. » Puis, ayant fait signe
à un homme aposté, il fit lire un cahier qui contenait
l'explication des caractères inconnus, c'étaient les
prérogatives que le Sénat accordait à Vespasien.

« Seigneurs, reprit Rienzi, voilà jusqu'où allait
» votre ancienne majesté : à donner la souveraineté
» aux empereurs, aux Tibère, aux Vespasien ; et
» voilà ce que nous avons perdu. » Ensuite s'étant
avancé sur les bords de l'estrade, pour se faire entendre du peuple : « Romains, s'écria-t-il, vos divi-
» sions sont la cause unique de vos infortunes. Elles
» vous occupent tout entiers. Vos biens sont négli-
» gés, et vos terres en friche. Le Jubilé approche, et
» vous n'avez ni provisions, ni vivres. Dieu ! que
» penseront, que diront les étrangers, lorsque ac-
» courus en foule à cette importante fête qui attire à
» Rome tout l'univers, — car il fallait aller à Rome
» pour gagner l'indulgence, — ils trouveront votre
» ville dénuée de tout. » Il conclut par les conjurer
de terminer promptement leurs discordes, et de se
procurer la paix si désirable pour le bien public.

Cette harangue, toute fanatique qu'elle était pour
le fond et pour la manière, loin de nuire à l'orateur,

lui attira beaucoup d'applaudissements. On était
mécontent du Pape. Cela suffisait pour passer à un
insensé ses caprices les plus séditieux. Il se produisait hardiment dans les palais des grands où il était
bien reçu. Jean Colonne, et les plus qualifiés de
Rome, se faisaient une fête de l'avoir chez eux, pour
réjouir les compagnies par ses brusques incartades.
Il parlait en homme inspiré, et, dans son enthousiasme, il annonçait nettement sa future grandeur,
le rétablissement du *bon État* de Rome, et la gloire
de son gouvernement. « Si je suis roi ou empereur,
» ajoutait-il, je ferai le procès à tous ces grands qui
» m'écoutent. Je ferai pendre celui-ci et trancher la
» tête à celui-là. » Il n'en épargnait aucun, et les
désignait tous en leur présence. Ils le regardaient
comme un bouffon, et ne faisaient qu'en rire.

Charmé du succès de son personnage auprès des
grands qui s'en divertissaient, il le joua si souvent
et si bien devant la populace dont il avait l'estime,
qu'on ne parlait plus que de la grandeur romaine,
du *bon État* et de Nicolas Gabrini son restaurateur
futur. Comme ses visions et ses chimères amusaient
le peuple, et que la noblesse, loin d'en prendre ombrage, aimait à s'amuser elle-même de ces bruits,
Rienzi, pour suivre son idée, et ne pas laisser refroidir les esprits, s'avisa de revenir à ses emblèmes.
Il en fit peindre un nouveau sur un mur du Château
Saint-Ange. D'un côté c'était une horrible fournaise
qui vomissait des flammes jusqu'aux nues. Outre la
foule et les rois qu'on voyait mourants ou à demi
morts dans le feu, il y avait une vieille matrone plus

qu'à demi consumée. Il ne lui restait d'entier qu'environ le tiers du corps. D'un autre côté était une église d'où sortait un ange vêtu de blanc avec la cape d'écarlate. Il avait une épée nue à la main droite, et il présentait la gauche à la dame pour la tirer de l'incendie. Au-dessus du clocher, saint Pierre et saint Paul paraissaient descendre du ciel et crier : *Ange, secourez celle qui nous reçoit sous ses tabernacles.* Cependant quantité de faucons tombaient du haut des airs dans les flammes. Une colombe plus élevée tenait à son bec une couronne de myrte qu'elle donnait à un petit oiseau. Celui-ci la recevait, chassait les faucons, et allait couronner la matrone. On lisait, dans une inscription qui était au-dessous, ces paroles prophétiques : *Le temps de la justice arrive : attends cet heureux moment.*

Rienzi avait peint les nobles sous la figure des faucons, le Saint-Esprit sous celle de la colombe, et lui-même sous celle du petit oiseau qui couronnait Rome.

Le dernier trait qu'il hasarda fut un écriteau qu'il alla attacher à la porte de Saint-Georges, et sur lequel on lisait ces paroles : *Avant qu'il soit peu, les Romains seront rétablis dans leur bon État ancien.* On aperçut cette espèce de prophétie le premier jour de carême de l'année 1347, et ce qui paraîtra surprenant, c'est qu'elle ne tarda guère à s'accomplir.

Les esprits de la populace avaient été infatués, et plusieurs des nobles commençaient à entrer dans les vues de Rienzi, qu'ils s'accoutumaient à regarder comme un sage législateur à force de l'entendre parler comme un insensé. Les risées avaient abouti à l'estime, comme il arrive quelquefois en faveur des aventuriers spirituels qui sont assez constants pour essuyer les traits de la satyre sans s'étonner, et pour aller toujours à leur but sans se rebuter. Le Sénat ne se défiait nullement d'un homme qu'il traitait d'imbécile; et ce fut par le moyen de cette réputatation que Rienzi trama et exécuta sa conjuration sous les yeux du gouvernement, sans trouver d'obstacle, et sans qu'on pût croire ce que l'on voyait.

A l'abri de cette liberté, il osa se déclarer, prudemment toutefois, et avec précaution, à plusieurs de ceux du peuple qu'il jugea les plus discrets, à des gentilshommes, à des marchands, et à des gens de toute condition qu'il crut être mécontents. Presque tous avaient sujet de l'être. Il les prit d'abord les uns après les autres pour s'ouvrir à eux; puis, quand il les crut bien avant dans ses intérêts, il résolut de les réunir. Il leur indiqua un lieu secret sur le mont Aventin, vers la fin du mois d'avril, lorsque le gouverneur Etienne Colonne était allé au château de Corneto pour la provision des grains. Les conjurés profitèrent de cette absence pour s'assembler en secret. Dans cette assemblée, qui fut la seule qu'on tint secrètement, tout le reste s'étant passé sous les yeux de toute la ville, on délibéra sur les moyens de procurer le *bon État*. C'était le cri public que Rienzi avait appris depuis longtemps aux mutins, à force de le répéter et de le faire valoir. Il ne leur donna pas le loisir de trop réfléchir sur ce qu'ils venaient faire. S'étant levé au milieu d'eux pour haranguer,

2.

il leur peignit avec énergie la misère, la servitude, et la chute prochaine de Rome, faisant un contraste avec sa grandeur, sa liberté et sa félicité passées. En comparant ainsi l'ancienne avec la nouvelle Rome, les premiers Romains avec ceux de son temps, et l'empire du monde entier avec une domination si bornée, que l'enceinte en était réduite aux murs d'une ville ruinée qu'on pouvait à peine défendre; il retraça les circonstances les plus odieuses, les malheurs présents qu'on éprouvait, les révoltes fréquentes des villes de l'Etat ecclésiastique, la connivence ou l'incapacité des gouverneurs, les discordes des grands, l'asservissement des petits, les cabales intestines, les pelotons de gens armés qui couraient çà et là, les sacrés asiles ouverts à l'impudence, la campagne négligée, la ville obsédée de brigands, les laboureurs volés au sortir de Rome, les pèlerins pillés et égorgés à ses portes, les citoyens mêmes souvent exposés à se voir ravir les biens ou la vie, l'abomination jusque dans les lieux saints; nulle ombre de justice, nul frein pour arrêter tant de maux, nulle autorité respectée, une impunité générale, peu de souci ou de vigueur dans ceux qui avaient le pouvoir en main, tout à craindre et rien à espérer des seigneurs. Où étaient-ils, et à quoi songeaient-ils au milieu de tant de désordres? Ils sortaient de Rome pour jouir du repos et des délices dans leurs terres : et le sénateur même se tenait tranquille à la campagne, tandis que tout périssait dans la ville.

En faisant ces peintures, il animait de temps en temps son éloquence, déjà si vive et si énergique,

par des soupirs, des gémissements, des larmes, et
quelquefois par des cris d'indignation. « C'est à vous,
« ajoutait-il, braves Romains, c'est à vous qu'il con-
« vient de rétablir la justice et la paix. » Mais s'ap-
percevant que, malgré l'émotion causée par son discours, les assistants s'entreregardaient, soupirant
profondément de se voir hors d'état d'exécuter de si
grands projets, il reprit la parole, et leur fit entendre
qu'il avait pourvu aux moyens, les assurant qu'ils
étaient aussi efficaces que légitimes. Il leur fit entrevoir, pour les fonds nécessaires à l'entreprise,
les revenus immenses de la chambre apostolique,
dont il était aussi bien instruit que le vicaire du
Pape, et qu'il se flatta de rendre plus féconds qu'ils
ne l'avaient été dans ces temps de trouble. Afin d'é-
blouir encore davantage l'assemblée dans un détail,
il en fit le calcul, et montra que le Pape pouvait tirer cent mille florins sur le pied de quatre sous par
feu, autant pour le sel, et autant encore pour les
douanes et les autres droits. « Au reste, dit-il, ne
« croyez pas que ce soit sans l'agrément du Pape
« que j'ose porter les mains sur ses revenus. Hé !
« combien d'autres citoyens pillent les biens de l'E-
« glise contre son gré ? » Il voulait, par ce men-
songe adroit, écarter l'idée d'une tyrannie ouverte,
et pouvoir se faire un mérite auprès du Saint-Père,
comme s'il eût été le défenseur de ses droits et le
restaurateur de ses Etats. Pour ses auditeurs, ils
étaient tellement piqués contre Clément VI qui les
avait longtemps leurrés de la vaine espérance de son
arrivée à Rome, ils souffraient si impatiemment de voir

passer en France de si grandes sommes, qu'ils se
seraient fait peu de scrupule de les retenir, pour
quelque usage que ce pût être.

Cette ressource, dont ils ne s'étaient pas avisés,
enfla tellement leur courage, qu'ils se dévouèrent à
toutes les volontés du chef de parti. Pour les engager sans retour, il prend un papier, signe un serment de procurer le *bon Etat*, et fait signer à tous la
même formule avant que de les congédier. C'est de
cette manière tumultueuse et peu mesurée que se
forma une conjuration si peu redoutable en apparence, qu'un homme sensé n'aurait pas même cru y
devoir faire attention, et si étonnante par le succès
qu'elle devint l'entretien de toute l'Europe.

L'exécution fut aussi bizarre que l'avaient été le
projet et les mesures. Rienzi crut devoir mettre le
vicaire du Pape dans sa confidence, et tâcha de le
gagner. L'histoire ne dit point comment il s'y prit :
mais la suite fait voir qu'il réussit dans sa tentative.

Le 18 de mai, c'est-à-dire peu de jours après l'assemblée secrète, il fit crier dans les rues de Rome, à
son de trompe, que chacun eût à se trouver sans armes la nuit du lendemain, dix-neuf, dans l'église du
château Saint-Ange, au son de la cloche, afin de
pourvoir au *bon Etat*.

Cette nuit même, il fit dire presque en même temps
trente messes du Saint-Esprit, auxquelles il assista
depuis minuit jusqu'à neuf heures environ du matin.
C'était le 20 mai, jour de la Pentecôte, qu'il avait
choisi exprès pour sanctifier en quelque manière sa

conspiration, et pour faire entendre que tout ce qu'il faisait n'était qu'un effet d'une inspiration particulière du Saint-Esprit. Vers les neuf heures, il sortit de l'église, armé de toutes pièces, tête nue pourtant, accompagné du vicaire du Pape, et environné de cent hommes armés. Une foule innombrable le suivait avec de grands cris de joie, sans trop savoir ce que tout ce que ceci allait devenir. Rienzi arrangea sa marche avec le plus d'ordre qu'il lui fut possible. Les gentilshommes conjurés portaient devant lui trois étendards. Nicolas Gallato, surnommé le *bon diseur*, portait le premier, qui était de couleur rouge et plus grand que les autres. On y voyait des caractères d'or avec une figure de femme assise sur deux lions, tenant d'une main le globe du monde, et de l'autre une palme pour représenter la ville de Rome. C'était le gonfanon de *la liberté*. Le second, à fond blanc avec un saint Paul tenant de la droite une épée nue, et de la gauche la couronne de *justice*, était porté par Etienne Magnacuccia, notaire apostolique. Dans le troisième, saint Pierre avait en main les clefs de la concorde et de *la paix*. Tout cela insinuait le dessein de Rienzi, qui était de rétablir la liberté, la justice et la paix. A l'égard du drapeau de saint Georges, il était si usé qu'on se contenta de le porter dans une chasse au bout d'une pique.

Au milieu de cette pompe singulière et d'acclamations redoublées, Rienzi, traînant toute la populace après lui, marcha droit au Capitole, non toutefois sans quelque retour de frayeur, car il était naturellement timide par réflexion : mais, rassuré par la foule, il entra dans le palais, monta sur la tribune, et harangua le peuple avec plus de force et de hardiesse qu'il ne l'avait fait jusqu'alors.

Après s'être étendu, comme à son ordinaire, sur la misère et l'esclavage où étaient réduits les Romains, il ne feignit point de leur dire que l'heureux jour de leur délivrance était enfin arrivé, qu'il allait être leur libérateur, qu'il ne balançait point à s'exposer à toutes sortes de dangers pour le service du Saint-Père et pour le salut du peuple. Sa harangue finie, il fit lire par le fils de Cecco Mancinio les règlements qu'il avait dressés, disait-il, pour parvenir au *bon Etat*, auquel ils aspiraient, assurant les Romains que s'ils voulaient se résoudre à observer ses lois, il leur répondait de les rétablir en peu de temps dans leur ancienne grandeur. Ces lois du *bon Etat* portaient en substance :

Que tout homicide sans exception serait puni de mort.

Que les procès ne traîneraient plus en longueur, et seraient vidés chacun dans l'espace de quinze jours.

Que tout accusateur qui ne pourrait vérifier son accusation serait puni de la peine à laquelle l'accusé aurait dû être condamné, s'il eût été coupable, soit amende pécuniaire, soit punition corporelle, etc., etc.

Tels étaient quelques-uns des principaux règlements que Rienzi proposa aux Romains pour l'établissement du *bon Etat*.

Le plan de ce gouvernement ne pouvait être dressé

d'une manière plus artificieuse et plus imposante.
Aussi fut-il approuvé tout d'une voix. Le peuple,
flatté de l'idée d'une liberté qu'il n'avait pas, et des
avantages qu'il espérait, entra avec passion dans le
fanatisme de Rienzi, le traita comme le sénat avait
traité Vespasien, réunit la prétendu autorité des Romains en sa personne, le déclara souverain de Rome, et lui accorda le droit de vie et de mort, avec
le pouvoir de punir et de récompenser, de porter
et d'abroger les lois, de traiter avec les étrangers,
de mettre des bornes aux terres; en un mot la pleine
et suprême autorité dans toute l'étendue du territoire qui pouvait appartenir au peuple romain.
Rienzi, parvenu au comble de ses vœux, porta l'artifice plus loin ; il feignit de ne vouloir se rendre
qu'à deux conditions, la première qu'on lui donnerait le vicaire du Pape pour collègue, et la seconde
qu'il n'accepterait la charge que sous le bon plaisir
du Saint-Père qu'il se flattait de gagner. Cette conduite était d'autant plus fine, qu'il ne risquait rien
à faire sa cour au Pape par une déférence si spécieuse.
Il savait bien, d'un coté, qu'en s'associant l'évêque
d'Oviéto, celui-ci ne partagerait avec lui que le titre
et non l'autorité ; et, de l'autre, il croyait pouvoir
présumer qu'on regarderait sa déférence à Avignon
comme un ménagement respectueux dont on lui sau-
rait gré, et qu'après tout il aurait le temps de s'affermir avant qu'on pût témoigner du ressentiment.

Il congédia le peuple après l'avoir comblé de joie
et rempli d'espérance; il se saisit du palais où il
demeura désormais, après en avoir chassé le sénat;

2..

et dès ce jour-là même il commença à dicter la loi du haut du Capitole.

Cependant Etienne Colonne, qui était à Corneto, château peu éloigné, fut extrêmement surpris d'apprendre ce qui s'était passé à Rome, et de se voir dépossédé du gouvernement par un homme qu'il traitait d'insensé. La chose lui parut d'abord trop peu croyable, pour se figurer que le mal fût si grand, et toutefois assez importante pour n'être pas négligée.

Il monta à cheval, et arriva à Rome fort peu accompagné, dans la persuasion que cette entreprise n'était qu'une saillie d'aventuriers qu'il lui serait aisé de réprimer, et que sa présence seule ferait rentrer le peuple dans le devoir. La tranquillité qu'il trouva dans la ville le confirma si bien dans cette pensée, qu'il se contenta, en passant par la place de Saint-Marcel, de témoigner du mécontentement et de faire quelques reproches au peuple sur ce qui s'était passé. Il se retira ensuite dans son palais pour s'instruire plus en détail de l'état des choses, et pour y mettre ordre à loisir. Mais Rienzi ne lui en donna pas le temps. Il fit un coup de tête qu'on n'aurait pas dû attendre d'un homme de ce caractère, et qui lui assura la domination de Rome. Dès le lendemain matin, il envoya signifier de sa part au gouverneur un ordre par écrit de sortir sur-le-champ de Rome. Etienne Colonne, indigné de cette audace et pouvant à peine en croire ses yeux, prit l'écrit et le mit en pièces, ajoutant avec dérision que si ce fou là le mettait en colère, il le ferait jeter par les fenêtres du

Capitole. Mais il ne fut pas longtemps à s'apercevoir qu'il n'en était pas où il pensait : comme il avait donné le temps aux conjurés et au peuple de se reconnaître, il n'était plus question de menacer. Rienzi, qui s'était attendu à l'effet de la sommation, fit sonner l'alarme au Capitole. Le peuple accourut en armes de tous les quartiers de la ville, et la sédition fut si prompte et si universelle que Colonne, se voyant sur le point d'être forcé dans sa maison, eut à peine le temps de monter à cheval et de se sauver suivi d'un seul valet de pied. Il ne s'arrêta point qu'il ne se vît hors des murs, et, après avoir mangé un morceau à la hâte, il courut sans débrider jusqu'à Palestrine, où il alla joindre son fils et son neveu qui ne furent pas moins troublés que lui de la révolution incroyable dont la fuite et son désordre lui apprenaient des nouvelles trop certaines.

Rienzi, qui eût été perdu et qui eût vu sa conspiration échouée aussitôt qu'éclose si Colonne avait eu moins de sécurité et plus de présence d'esprit, crut devoir pousser ce premier succès, et mettre à profit ce moment décisif que sa témérité et son bonheur lui avaient fait prendre. Dans la consternation où la retraite du gouverneur avait jeté la noblesse, il envoie ordre sur l'heure même à tous les nobles de sortir de Rome et de se retirer dans leurs terres. Tous obéirent sans se le faire répéter, et partirent incontinent. Le lendemain, il se rend maître de toutes les avenues de la ville, s'assure de tous les quartiers, et met des corps de garde à la tête des ponts.

Les jours suivants, il établit des officiers pour rendre la justice en son nom, tire de prison les plus coupables, fait saisir d'autres criminels avérés, et sur le champ fait pendre les uns et décapiter les autres. Tout ce qui se trouva de scélérats qui tombèrent entre ses mains fut traité avec la dernière rigueur, sans qu'il fît grâce à qui que ce fût. Cette sévérité, qu'il jugea nécessaire dans les commencements, surtout après la tyrannie des nobles et une longue impunité, lui fit donner mille bénédictions et lui gagna tellement les cœurs de tout le peuple, qu'en très peu de jours il se trouva plus maître de Rome par l'estime, la confiance, la vénération et le dévouement qu'on avait pour sa personne, que par toutes les mesures et les précautions qu'il avait prises au-dedans et au-dehors pour y affermir sa puissance.

III

Il ne restait à Rienzi, après une révolution si prompte et si heureuse, qu'à mettre le sceau au succès de son entreprise en se faisant autoriser par le Pape dans un poste qu'il avait envahi sans son aveu. Il sentit bien qu'il s'était extrêmement avancé en faisant entendre aux conjurés qu'il était en quelque sorte avoué du Pape, et en disant au peuple qu'il ne se chargeait de l'administration publique qu'à condition d'y être confirmé par le Saint-Père. Ce double leurre avait attiré dans son parti quantité d'honnêtes gens qu'il était dangereux de détromper, et avait donné à son usurpation un air de possession

légitime, qu'il jugeait nécessaire de conserver. Un
mot favorable de Clément VI, ou le moindre signe
d'approbation de sa part, suffisaient pour justifier
une action qui sans cela serait regardée, dans la suite,
comme une rébellion manifeste, et un attentat mons-
trueux. Pour mettre le Pape dans la nécessité de lui
accorder ce qu'il souhaitait, il avait dressé son plan
sur la conduite des favoris, qui, à force de se rendre
redoutables et nécessaires à des maîtres faibles, les
obligent à souffrir ce qu'ils ne peuvent empêcher.
Malgré la contradiction visible qu'il y avait entre sa
démarche et son zèle prétendu pour le service de
l'Eglise et de son chef, il avait pourtant toujours affecté d'allier ces deux choses et de faire tout pour
l'Etat ecclésiastique, tandis qu'il ne travaillait réellement que pour lui. Ce fut par là qu'il prétendit non-
seulement excuser son usurpation, mais encore la
faire approuver par celui même qui en devait être le
plus offensé.

Il ne se trompa point dans ses espérances. Ses
députés, chargés de ses dépêches et de celles du vicaire du Pape qu'il avait fait écrire en sa faveur,
furent d'autant mieux reçus à Avignon qu'on ne s'y
était pas attendu à tant de soumission de sa part. Le
bruit de ce qui s'était passé à Rome se répandait dans
toute l'Europe ; et on regardait moins cette nouveauté
comme une des séditions qui se dissipent ainsi qu'un
feu passager, que comme un de ces grands incendies
qui changent la face d'un Etat, et qui font époque
dans l'histoire. On en avait pris l'alarme à la cour
d'Avignon, et l'on songeait aux moyens de remé-

dier au mal, lorsque les courriers de Rienzi arrivèrent.

Le Pape sentit alors quel était l'homme à qui il avait eu affaire au sujet de la députation des Romains qui le priaient de quitter Avignon, et il comprit bien que ses refus palliés de retourner à Rome étaient en partie la cause de tout ce bouleversement; le ressentiment des Italiens contre les Papes d'Avignon avait été porté jusqu'à favoriser Louis de Bavière dans ses attentats contre le Saint-Siége, non pas, à la vérité, ouvertement, ni par des secours réels, mais par des négligences étudiées, malgré les fréquentes protestations qu'ils faisaient de se défendre contre l'empereur jusqu'à la dernière goutte de leur sang. Ils avaient même augmenté souvent les terreurs à la cour d'Avignon pour engager les Papes par toute sorte d'artifices à se rendre à leurs vœux ; et il y avait toute apparence que la révolution de Rome était le fruit d'un mécontentement de quarante-deux ans.

Ces considérations engagèrent Clément à aller bride en main dans une affaire si délicate. Aussi bien les lettres du conjuré étaient-elles conçues en des termes pleins de zèle pour le bien de l'Eglise, et de soumission pour le Vicaire de Jésus-Christ. Il n'avait eu, disait-il, en vue dans tout ce qu'il avait fait que l'établissement de l'autorité du Saint-Siége, presque anéantie par les seigneurs particuliers; le peuple romain l'avait comme forcé de se mettre à sa tête pour affranchir Rome d'une tyrannie sous laquelle elle avait trop longtemps gémi. Il n'y avait

donné les mains que sous le bon plaisir de Sa Sainteté, et à condition de ne rien faire que de concert
avec son vicaire qu'il avait expressément demandé
pour collègue, afin que le peuple connût qu'ils n'é-
taient l'un et l'autre que des ministres du Pape, leur
unique souverain ; que s'il plaisait à Sa Sainteté de
le confirmer dans l'administration qu'il n'avait ac-
ceptée qu'en attendant ses ordres, il se proposait
d'en user si bien qu'elle en serait satisfaite, faisant
montre au reste d'un désintéressement parfait, d'une
résignation aveugle pour tout ce qu'il plairait au
Saint-Père d'ordonner.

Mais les discours que tenaient les envoyés de Rienzi
diminuaient de beaucoup le mérite de la soumission
apparente de ses lettres, et ne permettaient guère
de la mettre à l'épreuve ; car, après avoir exagéré
l'habileté, la sagesse et l'autorité d'un homme qui
d'une seule parole avait chassé de Rome toute cette
haute noblesse que les Papes les plus puissants n'a-
vaient pu réduire, ils laissent entendre finement
que le peuple romain dont il était l'idole, et qui se
trouvait déjà si bien de son administration, n'était
pas disposé à souffrir qu'on touchât à son autorité ;
que Rienzi lui-même ne serait pas le maître de la
quitter, quand il le voudrait ; et qu'on le forcerait
malgré lui à garder une place qu'il occupait si digne-
ment pour le bien de la patrie.

Tout balancé, on ne crut pas devoir prendre d'autre parti à la cour d'Avignon que de fermer les yeux
sur ce qui s'était fait. On loua le zèle de Rienzi ; on
témoigna être content de ses bonnes intentions, on

l'exhorta à continuer de se rendre digne des grâces
et de la protection du Saint-Père, qui, sans approuver la manière, ne laissa pas de ratifier l'élection, et
de confirmer Rienzi et Raymond dans tous les droits
que le peuple leur avait donnés. Il jugea pourtant à
propos de marquer qu'il n'était pas insensible à la
façon dont les choses s'étaient passées.

Tandis que les envoyés de Rienzi négociaient pour
lui à Avignon, ou même presque aussitôt après leur
départ, il travaillait à se faire donner un nouveau
titre, sans s'embarrasser de ce que le Pape en pen-
serait, pourvu qu'il approuvât le premier, comme il
avait habilement prévu qu'il serait contraint de
l'approuver.

Rien n'était plus spécieux ni moins choquant en
apparence que le titre qu'il imagina. Ce fut celui de
Tribun du peuple.

Quelque extraordinaire que fût ce titre, qui n'était
plus en usage à Rome depuis si longtemps, il n'avait
rien que de flatteur pour le peuple, à qui il rappelait
agréablement le souvenir de son ancienne grandeur,
et de ces temps heureux où les maîtres de l'univers
étaient obligés de faire leur cour aux moindres citoyens pour obtenir leurs suffrages. Rienzi assembla
donc le peuple, et après l'avoir bercé à l'ordinaire
de ses idées chimériques sur le rétablissement de la
république romaine, il fit entendre qu'il avait deux
grâces à lui demander : la première de ratifier tout
ce qu'il avait fait jusqu'alors, depuis le peu de jours
qu'il avait commencé à travailler au *bon État* sous
ses auspices, à savoir le bannissement de la no-

blesse, la punition des criminels qu'il avait fait exécuter, les règlements qu'il avait portés, et l'ordre
qu'il avait mis dans la ville ; la seconde de le revêtir
d'un titre qui le rendît indépendant de tout autre que
du peuple dont il l'aurait reçu, et qui le dispensât à
l'avenir d'avoir besoin d'une ratification pareille à
celle qu'il demandait pour lors.

Le peuple, qui était encore dans l'enchantement à
son égard, ne répondit à ses demandes que par un
applaudissement général. On frappa des mains, on
donna d'une commune voix de grands éloges à tout
ce qu'il avait fait. Quant à la dignité qu'il demandait, le peuple, dans le dévouement où il était pour
sa personne, l'en laissa tellement le maître, qu'il
eût pu se faire proclamer roi ou empereur, s'il eût
voulu.

Mais il n'avait garde d'ambitionner des titres si
fastueux, qui, loin d'augmenter sa puissance, n'auraient servi qu'à la décréditer. Son but était de se
faire une autorité plus que royale ; mais il ne la voulait que sous un nom populaire, afin d'avoir la réalité
du pouvoir, sans que le titre pût effaroucher les esprits chatouilleux. Il rappela donc aux Romains ce
qu'il leur avait tant de fois insinué sur leur préémi-
nence, qu'ils étaient un peuple né pour commander
à tous les autres, et pour n'obéir qu'à lui-même dans
la personne du magistrat dépositaire de leur puissance : que comme autrefois l'insolence des patri-
ciens avait donné lieu à la création des tribuns établis pour maintenir les intérêts du peuple, la tyrannie
présente de la noblesse exigeait, à plus forte raison,

de pareils défenseurs, et même de plus puissants, contre des violences moins supportables; que les nobles ne manqueraient pas de réunir tous leurs efforts pour les remettre sous le joug dont la bonté divine venait de les affranchir par son ministère; qu'il n'y avait qu'un tribun capable de prévenir ou de renverser toutes leurs tentatives; que le nom de tribunat si cher au peuple et si détesté des grands suffirait seul pour les arrêter, et qu'avec ce titre il aurait la force de s'opposer comme un mur d'airain à leurs entreprises, et de garantir pour toujours les Romains de leurs attentats. Il exigea toutefois que dans cette dignité même, qui le rendrait l'homme du peuple par état, on lui associât le vicaire du Pape. Car il craignait qu'on ne soupçonnât trop tôt une indépendance totale, qu'il était bien résolu de se procurer, comptant bien que l'évêque d'Orviéto, qu'il menait comme il lui plaisait, n'aurait sous le nom de tribun que ce qu'il lui avait laissé d'autorité pour le titre commun de gouverneur, c'est-à-dire, l'avantage d'être son premier sujet. Ils furent donc proclamés l'un et l'autre tribuns du peuple, et on y joignit, pour surcroît de gloire, le beau nom de libérateurs de la patrie.

Les principaux nobles que Rienzi avait forcés de se retirer dans leurs châteaux frémirent en apprenant que la puissance de leur ennemi, loin de s'affaiblir à la longue, comme ils l'avaient espéré, se fortifiait et s'agrandissait de jour en jour. La nouvelle dignité de tribun les alarma et leur parut d'un mauvais augure pour eux; ils se reprochaient les uns les autres

l'aveuglement où ils avaient été sur la conduite de
cet homme qui les avait joués avec ses rêveries.
Ils blâmaient surtout Etienne Colonne de n'avoir
pas prévu le mal, qu'il aurait pu du moins étouffer
dès sa naissance, en sacrifiant un misérable.

Mais à présent que le mal était fait, il s'agissait
d'en prévenir les suites, et de prendre de sérieuses
mesures contre une puissance dont l'unique objet
était de les anéantir. Ils se réunirent donc pour travailler à la perte de l'ennemi commun. On tint des
assemblées secrètes ; on délibéra beaucoup, mais il
arriva dans cette occasion, ce qui arrive ordinairement dans les assemblées où il n'y a point de subor-
dination, et où chacun se croit également en droit
de décider et de donner la loi. Les anciennes animo-
sités que le péril présent n'avait fait qu'assoupir se
réveillèrent dans la chaleur des délibérations, qui
dégénérèrent bientôt en disputes, en plaintes et en
reproches. Les esprits s'aigrirent, et l'on se sépara
sans rien conclure.

Le tribun, informé de cette scène par ses espions,
fit pour la seconde fois un de ces coups heureux et
décisifs que son bonheur plutôt que son génie lui
suggérèrent dans les diverses crises de sa conspiration.

Il fit sur-le-champ publier un édit, par lequel il
cita les seigneurs à son tribunal, pour y prêter entre
ses mains serment de fidélité à la république, sous
peine pour les contrevenants d'être déclarés rebelles
à l'Etat et traités comme tels. Cette sommation fut
un coup de foudre pour ces nobles unis par la haine

du tribun et divisés par leurs querelles particulières.
Comme il les avait surpris dans l'intervalle de leur
division, sans leur donner le loisir de se rassembler,
ils n'eurent d'autre parti à prendre que celui d'obéir
par leur retour, comme ils l'avaient fait par leur retraite.

Le premier qui se présenta fut le jeune Etienne
Colonne, fils du gouverneur du même nom. Il entra
au Capitole suivi d'un petit nombre de ses gens. A la
vue de l'affluence et du concours extraordinaire du
peuple, à qui le tribun rendait infatigablement la
justice par lui-même avec un ordre et une autorité
sans exemple, Colonne ne pût s'empêcher de marquer quelque émotion de frayeur. Il trembla. Le
tribun s'avança aussitôt vers lui tout armé, avec un
visage et une contenance de souverain. Il le mena à
un autel, où il lui fit jurer sur le corps de Jésus-
Christ et sur les saints Evangiles de ne jamais prendre les armes contre lui, tribun, ni contre le peuple
romain ; d'entretenir l'abondance, le commerce et la
sûreté des chemins, de ne point donner de retraite aux
bandits ni aux malfaiteurs ; de protéger les orphe-
lins et les pupilles; de ne point toucher aux deniers
publics, et de se présenter en armes ou sans armes
au premier ordre qui lui en serait signifié de sa
part.

C'était en substance la formule de serment que
Rienzi avait dressée pour s'assurer de la noblesse ;
après cette cérémonie, le tribun permit au jeune
Colonne de se retirer.

Le retour de ce seigneur rassura les autres qui

avaient appréhendé quelque supercherie préparée
pour se saisir de leurs personnes ; de sorte que, quand
ils se virent quittes pour un serment qu'ils se réser-
vaient d'examiner dans la suite, ils ne balancèrent
pas à comparaître. Renaud et Jourdain des Ursins
avec les deux Colonne, Jean et Etienne, ancien gouverneur de la ville et chef de cette maison, vinrent
rendre hommage au tribun en tremblant. A leur
exemple, et saisis du même effroi, tous les nobles
comparurent en foule au tribunal du Capitole, jurèrent obéissance à Rienzi, et s'engagèrent à employer
leurs biens, leurs vies et leurs vassaux pour les besoins du *bon Etat* et de la patrie. Il n'y eut pas jusqu'à François Savelli, seigneur particulier de Rienzi,
qui vint sans délai prêter serment de fidélité entre
les mains d'un homme qui peu de jours auparavant
était son vassal. Le peuple eut ordre de suivre la noblesse ; tous les corps de la ville vinrent à leur tour
faire leurs hommages et se dévouer au *bon Etat*.
Les juges furent suivis des notaires et des marchands. Le reste vint ensuite par différentes classes.

Dans ce même temps, pour imprimer de plus en
plus la terreur à ses nouveaux sujets, le tribun fit
un exemple de sévérité sur un moine de Saint-Anas-
tase, homme fort décrié ; et sans se laisser toucher
par les prières, ni avoir égard à l'habit qu'il portait,
il le fit décapiter publiquement devant le monastère ;
car son principal but était de se donner la réputation d'un juge inexorable pour les scélérats. Il affectait **tout ce** qui pouvait y contribuer, ne se montrant

au Capitole qu'avec une mine sombre, un regard terrible, un air de rigueur en toute sa personne, et jusque dans ses habits couleur de feu, ne répondant que par signes, ou d'un seul mot, et gouvernant la multitude nombreuse qui l'approchait avec autant de grandeur et de liberté qu'un général à la tête d'une armée.

Aussitôt qu'il vit son autorité bien affermie par la soumission des grands et du peuple, il tourna toute son attention sur la manière de rendre la justice, qu'il n'avait fait qu'ébaucher les premiers jours. Il créa un nouveau conseil qu'il nomma la Chambre de Justice et de Paix, ce qui était indiqué par le gonfanon de saint Paul, tenant d'une main une épée nue et de l'autre une palme, qu'il fit placer sur ce tribunal. Il fit choix des plus gens de bien parmi le peuple pour en remplir les places, et les nomma juges pacificateurs ; par rapport à l'exercice de leurs charges, qui consistait à pacifier les différends, et à réconcilier les esprits par l'observation exacte de la loi du talion. Voici comment cela se pratiquait.

Deux particuliers qui s'étaient brouillés venaient d'eux-mêmes ou étaient appelés au tribunal; avant que d'entendre leurs raisons, on les obligeait de promettre qu'ils se réconcilieraient de bonne foi après le jugement porté, et de consigner une amende en garantie. On les écoutait ensuite; et, l'affaire décidée, l'offensé rendait à l'offenseur le tort qu'il en avait souffert, injure pour injure, mépris pour mépris; après quoi tous les deux s'embrassaient en présence des juges, et se retiraient sans oser se traiter désormais en ennemis. En matière criminelle, pour des blessures, la même loi réglait la satisfaction, mais non pas si sévèrement que l'offensé ne pût remettre la peine à celui qui l'avait blessé.

A l'égard des crimes qui intéressaient la sûreté et la tranquillité publiques, il n'y avait ni rémission, ni modération à espérer; et le tribun, qui regardait l'impunité comme la source de tous les désordres passés, tenait la main à ce que les tribunaux qu'il avait établis pour cela jugeassent les criminels dans toute la rigueur de ses nouvelles lois. On les suivait de même pour les affaires civiles; et la justice était si expéditive et si prompte, que nulle affaire, quelqu'intriguée qu'elle fût, ne passait le terme de quinze jours qu'il avait prescrit dans son second règlement.

Le fruit de cette attention à réformer la justice, à veiller sur les juges mêmes, et à poursuivre sans nul égard les scélérats de toute condition, fut de purger Rome, en peu de temps, de tout ce qu'il y avait de malfaiteurs, de meurtriers, d'adultères, de voleurs et de gens décriés ou suspects. Ils prirent si chaudement l'alarme qu'ils se croyaient à tout moment décelés, comme si le tribun eût lu leurs crimes sur leur front. Dans la crainte perpétuelle qu'on ne vînt les prendre pour les traîner au supplice, ils se tenaient cachés dans la ville pour épier l'occasion de s'évader. Ils fuyaient en effet par bandes furtivement et de nuit, abandonnant leurs maisons, leurs biens, leurs femmes et leurs enfants; ils s'imaginaient voir le redoutable tribun qui les poursuivait, et ils ne se croyaient en sûreté que quand ils avaient passé les frontières du territoire de Rome. Les bois et les grands chemins, auparavant infestés de brigands, devinrent entièrement libres; on commença à cultiver les terres que les laboureurs avaient abandonnées; les pèlerins allèrent et vinrent sans danger; les marchands renouvelèrent leur commerce, et tout reprit une nouvelle face.

Les misérables qui s'exilaient de Rome pour se dérober à la justice, portèrent dans tous les endroits de l'Italie où ils se répandirent la terreur du nom de Rienzi, et donnèrent de cruelles inquiétudes à tous les petits tyrans qui opprimaient les villes. Ils n'eurent pas de peine à se persuader qu'un homme de ce caractère ne renfermerait pas son ambition, soutenue par le zèle du bien public, dans l'enceinte des murs de Rome; et que dès qu'il se verrait assez fort, il ne manquerait point de leur tomber sur les bras.

Le tribun confirma bientôt leurs craintes. La facilité qu'il avait trouvée à se rendre maître absolu de Rome, et l'affection avec laquelle il était obéi, lui fit étendre ses vues sur le reste de l'Italie, qu'il ne désespéra pas de réduire sous son obéissance. En conséquence de ce projet, il réunit une assemblée générale, il y fit une de ces harangues dans lesquelles son éloquence pathétique emportait toujours et à coup sûr les cœurs où il lui plaisait, parce qu'elles flattaient la vanité des Romains. Il leur exagéra,

suivant sa coutume, l'ancienne étendue de la puissance romaine qui ne connaissait de bornes que
celles du monde. Il insinua que c'était peu pour leur
patrie, autrefois maîtresse de l'univers, de se voir
délivrée de la tyrannie des nobles, s'ils ne s'efforçaient
de lui rendre une partie de sa gloire passée, en remettant en quelque sorte sous sa dépendance le reste
de l'Italie qui s'y était soustrait ; qu'il fallait travailler à y réunir tous les petits états qui la partageaient, et en former, comme autrefois, un corps
dont Rome en qualité d'âme et de chef règlerait tous
les mouvements ; que pour y réussir il était d'avis
d'inviter toutes les villes et tous les princes d'Italie
à entrer dans la ligue du *bon Etat*, et à favoriser un
projet qui, en leur procurant un appui, donnerait à
la ville de Rome une sorte de supériorité, parce
qu'elle deviendrait la protectrice de toute l'Italie.

Rien ne paraissait chimérique aux Romains déjà
accoutumés aux succès prodigieux des entreprises
les plus hardies du tribun. On le remercia de son zèle
pour l'honneur de la patrie, et on le pressa d'exécuter un dessein si glorieux pour elle et pour
lui.

Il dépêcha aussitôt des courriers aux républiques,
aux villes principales, et à tout ce qu'il y avait de
princes et de seigneurs indépendants en Italie. Il
leur exposait dans ses lettres le changement qui s'é-
tait fait à Rome par le rétablissement de la liberté
qu'il avait procurée ; il les exhortait à s'unir à lui et
aux Romains pour le repos et le bien général de leur
commune patrie ; il les priait d'envoyer leurs dépu-

tés à Rome pour dresser les articles de cette ligue et
de cette union en faveur du *bon Etat*; leur faisant
entendre qu'il ne tiendrait qu'à eux de faire refleurir
l'ancienne république, s'ils voulaient assister de
leurs secours et de leurs conseils cette même Rome
qui avait été autrefois la capitale non-seulement de
l'Italie, mais encore du monde entier. Il leur disait
enfin qu'ils devaient témoigner publiquement leur
joie, et rendre des actions de grâces à Dieu pour le
bienfait inestimable du *bon Etat* qu'il avait plu à la
Providence de procurer par ses soins. A la tête de
ces dépêches, il se donnait des titres magnifiques, et
des airs de souverain universel. Non content d'é-
crire de cette façon aux villes, seigneuries ou républiques de la Toscane, de la Campagne romaine, de
la Lombardie, du Col de Tende, de la Ligurie, au
sénat de Venise, au seigneur Luchini, tyran du Mi-
lanais, au marquis d'Este, dans le Ferrarais, au roi
de Naples, en un mot à toute l'Italie, ce qui faisait
un nombre prodigieux de dépêches, il eut encore le
front d'écrire presque dans le même temps à toutes
les têtes couronnées et à tous les potentats de l'Europe, pour demander leur amitié en leur offrant la
sienne. A peine ses secrétaires, qui étaient en très-
grand nombre, pouvaient-ils suffire à dresser ses
lettres en travaillant jour et nuit. Au reste, quoiqu'il se contentât de les faire porter par de simples
courriers, elles n'en étaient pas reçues avec moins
de respect; tant la renommée en avait imposé en faveur de ce personnage. Ses courriers marchaient
sans armes, et n'avaient en main qu'une simple ba-

3.

guette argentée. Dès qu'on voyait paraître cette marque de leur commission, ils étaient reçus partout avec honneur et avec toute sorte de bons traitements, ce qui fit rechercher cet emploi avec tant d'ardeur que le nombre des courriers s'était extrêmement multiplié. Un d'entre eux, qui était Florentin, et que Rienzi avait dépêché au Pape et au cardinal Jean Colonne, en rapporta pour récompense une cassette garnie d'argent, de la valeur de trente florins, où étaient en émail les armes du peuple romain, du pape et du tribun. Hors ces sortes de présents, il ne voulait pas qu'ils reçussent rien sans son aveu; et il fit marquer d'un fer chaud à la joue celui qu'il avait envoyé à Naples, parce qu'il avait reçu de l'argent contre sa défense expresse. Rien ne fait mieux voir la haute idée qu'on avait conçue du tribun que le rapport du courrier qui revenait d'Avignon. Il publia hautement qu'avec sa baguette, non-seulement il avait passé sans danger les chemins et les bois les plus décriés par les brigandages qui s'y faisaient peu de temps auparavant, mais de plus, qu'il y avait rencontré des milliers de passants qui venaient en foule se mettre à genoux devant lui, et baiser cette baguette avec des larmes de joie et de reconnaissance pour le tribun qui avait procuré la liberté et la sûreté des routes publiques.

Jusque-là Rienzi s'était contenté d'abaisser la noblesse et de l'empêcher de remuer. Il n'avait encore osé porter les mains sur aucune personne un peu qualifiée. Mais il se présenta enfin une occasion

telle qu'il l'avait désirée, c'est-à-dire un coupable de
la première distinction dont les crimes étaient publics et avérés. C'était un jeune homme, nommé
Martin de Porto, à cause du château de ce nom dont
il était seigneur, neveu des cardinaux Ceccano et
Gaëtan ; il avait été sénateur de Rome, et il comptait plusieurs de ses ancêtres qui avaient été revêtus de la même dignité. Mais sa naissance et ses emplois n'avaient servi qu'à faire éclater davantage ses
mauvaises qualités : ses violences criantes et ses
brigandages publics le faisaient détester. Il n'y avait
guère qu'un mois qu'il était venu à Rome épouser
une jeune veuve de la maison d'Alberteschi, lorsqu'il fut surpris d'une maladie causée par ses débau-
ches, qui l'arrêta à Rome malgré lui, et qui dégé-
néra en une enflure que les médecins traitèrent
d'hydropisie. Il se tenait renfermé chez lui, et le
plus caché qu'il pouvait, dans la crainte du tribun,
ne se faisant voir qu'aux médecins ; mais Rienzi, informé par ses espions du lieu et de l'état où il était,
et résolu à faire sur lui un exemple capable d'atter-
rer la noblesse, le fit enlever par ses satellites et
traîner au Capitole. Son procès lui fut fait sur-le-
champ. Le tribun n'eut pas de peine à le convain-
cre de péculat et de brigandage. Quoiqu'il fût déjà
trois heures après-midi, il ne voulut pas remettre l'exécution au lendemain. Il fit sonner la cloche
du Capitole. Le peuple s'assembla en tumulte. On
ôta le manteau de dessus les épaules du coupable ;
on lui lia les mains derrière le dos ; on le fit mettre
à genoux au lieu accoutumé, sur le perron du Lion ;

on lui lut sa sentence de mort; et, après lui avoir
à peine donné le temps de se confesser à la hâte, on
le mena au gibet où il fut attaché, pour ainsi dire,
sous les yeux de sa femme, qui pouvait le voir pendre de ses fenêtres. Son corps resta exposé deux
jours et une nuit, sans que ni sa qualité ni son
étroite parenté avec la maison des Ursins pussent lui
sauver la vie ou l'ignominie du supplice.

La consternation des nobles, qui avaient tant de
crimes à se reprocher, fut si grande, qu'ils prirent
le parti, les uns de se tenir éloignés, les autres de
s'observer si bien qu'ils ne donnassent nulle prise.
Personne n'osait porter d'armes, ni faire la moindre insulte à qui que ce fût; à ce point que les
maîtres n'osaient frapper leurs valets, dans la crainte
du sévère tribun qui voulait que tout allât à son
tribunal, écoutait tout, et prenait connaissance des
moindres altercations avec une vigilance et une
force de tête qui paraissaient inconcevables. Aussi,
marchait-on jour et nuit sans rien craindre dans
tout le territoire de Rome. Les voituriers laissaient
leurs paquets dans les chemins et dans les places publiques, assurés de les retrouver le lendemain, sans qu'on eût osé seulement en approcher.

Par suite, la réputation de Rienzi passa les
bornes de l'Europe et pénétra jusqu'au fond de
l'Asie.

Un Bolonais, qui avait été esclave du soudan de
Babylone, rapporta à son retour que le soudan ayant
appris qu'il s'était élevé en Italie un homme extraordinaire, grand justicier et protecteur du peuple, n'a-

vait pu entendre cette nouvelle sans s'écrier : « Ne
serait-ce point Mahomet ou Elie qui vient secou-
rir Jérusalem? » entendant par Jérusalem les pays
musulmans.

L'exécution de Martin de Porto se fit quelques
jours avant la Saint-Jean ; et comme cette fête se célébrait à Rome avec une grande solennité, Rienzi
en prit occasion de se montrer au peuple dans une
cavalcade dont l'appareil pût rappeler en quelque
manière l'idée des anciens tribuns du peuple qu'il
avait pris pour modèles. Le jour de la fête, 24 de
juin, qui tombait cette année-là un dimanche, il se
fit accompagner d'une nombreuse cavalerie des
principaux officiers. Il parut au milieu d'eux monté
sur un cheval blanc, revêtu d'une robe de velours
doublée de satin et brochée d'or, précédé de sa garde
à pied, mais armée, qui consistait dans les cent conjurés du quartier de la Réole avec qui il s'était saisi
du Capitole. Le gonfanon du peuple romain, qu'on
portait au-dessus de sa tête, relevait l'éclat de sa dignité qu'il soutenait avec une contenance fière et
majestueuse.

Comme il s'aperçut que cette cavalcade avait frappé
le peuple et produit un bon effet en sa faveur, il résolut d'en faire une autre quelque temps après à l'é-
glise de Saint-Pierre, mais avec plus de magnificence
encore ; voici quel fut l'ordre de cette marche qui
excita la curiosité de Rome entière. On vit paraître
d'abord les troupes de cavalerie, qu'il destinait à une
expédition dont il sera parlé bientôt. Venaient ensuite tous les corps de justice, juges, notaires, ca-

merlingues, chanceliers, greffiers, syndics et officiers
de toutes les sortes. Après eux marchaient les qua-
tres préfets du palais avec les gens de leur suite er
bon ordre et bien montés. Jean d'Allo les suivait,
portant une coupe de vermeil avec le présent ordi
naire que faisaient les sénateurs à l'église de Saint
Pierre. Celui-ci était suivi de la garde à cheval, et
d'une troupe de timbaliers et de trompettes, dont
les instruments d'argent rendaient un son éclatant
et belliqueux. Les bannerets marchaient à leur rang,
dans un grand silence, avec les diverses bannières
de leurs quartiers. Le jeune Vuccio Jubileo suivait
seul à quelque distance avec une épée nue, pour représenter la justice selon les idées du tribun. A
quelques pas de lui, Lielo Migliaro jetait avec profusion l'argent que deux hommes tiraient continuellement des sacs qu'ils portaient avec eux. Rienzi paraissait enfin, après tout ce cortége, monté sur un
coursier superbe, et entouré de cinquante hallebar-
diers, d'une figure si extraordinaire qu'on les aurait
pris pour des ours armés. Il avait une robe mi-
partie velours vert et aurore, doublée de petit-gris.
Il tenait à la main, en guise de sceptre, une baguette d'acier poli ayant à l'extrémité un petit
globe en vermeil surmonté d'une croix d'or, où
l'on avait renfermé un morceau de la vraie croix. Immédiatement derrière, Cecco d'Alesso portait un grand
étendard qui flottait au-dessus du tribun, ainsi que
c'était l'usage pour les têtes couronnées.

Il y avait dans l'étendard un soleil d'or environné
d'étoiles d'argent sur un fond d'azur, et vers le haut

une colombe d'argent tenant en son bec une couronne d'olivier. Les moins éclairés faisaient aisément l'application de cette devise. Le soleil était le tribun ; les étoiles, ceux qui l'approchaient, ou bien les Etats qu'il prétendait soumettre à Rome ; et la colombe avec l'olivier, la paix qu'il avait apportée le jour de la Pentecôte. Cette cavalcade, qui avait l'air d'un triomphe, était suivie d'une multitude innombrable de gens de toute condition, noblesse, bourgeoisie, étrangers, romains, tous sans armes et sans rang particulier, mais avec ordre, parce qu'on avait eu soin de jeter par terre tout ce qui pouvait causer de l'embarras et de la confusion.

Ce fut dans cet appareil que le tribun traversa le pont Saint-Ange, saluant à droite et à gauche les spectateurs, pour joindre en quelque manière la popularité d'un tribun avec la majesté d'un empereur romain.

Dès qu'il parut devant l'église de Saint-Pierre, le clergé, qui l'attendait en habits sacerdotaux, alla à sa rencontre avec la croix et l'encens en chantant le *Veni Creator*, cérémonie qu'on pratiquait à l'égard des papes et des souverains. Puis, l'ayant reçu au bas des degrés, on l'introduisit dans l'église, où le tribun laissa son offrande sur l'autel. Il fut reconduit par le clergé avec les mêmes cérémonies, et reprit le chemin du Capitole dans le même ordre, aux acclamations de la multitude.

Le lendemain de cette marche triomphale, il affecta un air beaucoup plus populaire ; et comme s'il eût voulu faire connaître qu'il ne dédaignait pas de

descendre de son rang et de s'abaisser en faveur du
bien public, il donna audience aux veuves, aux or-
phelins et à tous les malheureux. Après cet acte de
clémence et de bonté, il signala sa justice le même
jour sur deux secrétaires du Sénat, l'un nommé
Thomas Fortifiocca, et l'autre Poncelet de la Camora,
qu'il fit mettre au carcan avec un bonnet de papier,
et qu'il condamna de plus à mille livres d'amende,
comme faussaires; sans que leur crédit, qui était
grand parmi le peuple, pût les dérober à cet af-
front.

IV

La conduite du tribun avait été jusqu'alors irréprochable ; malgré le despotisme avec lequel il commandait dans Rome, nul trait d'avarice, d'orgueil,
ni de violence n'avait encore altéré sa réputation ; il
était sévère, à la vérité, mais ses châtiments ne tombaient que sur des scélérats de notoriété publique.
Quoiqu'il fût maintenant en état de vivre avec toute
la splendeur d'un prince, on ne s'apercevait point à
ses ameublements et à sa table qu'il eût changé de
condition. Hors les occasions de cérémonies où il
avait cru devoir représenter à la façon des anciens
tribuns, on ne voyait ni faste, ni hauteur dans ses
manières. On l'abordait sans peine ; les derniers du

peuple en étaient aussi bien reçus et aussi favorablement écoutés que les plus puissants et les plus considérables. Par une conduite si sage, il avait trouvé le secret de faire taire l'envie des grands qu'il humiliait, de s'attirer les bénédictions du peuple qu'il tirait d'esclavage, de mériter l'admiration de toute l'Europe, et de faire en quelque sorte autoriser son usurpation par le pape lui-même.

Mais il est difficile à un particulier sans naissance, qui se voit tout à coup élevé au plus haut rang par un caprice de la fortune, d'avoir assez de force d'esprit pour ne pas s'oublier et se perdre dans une sphère où il respire un air auquel il n'est pas accoutumé. Rienzi se laissa aller peu à peu au penchant de sa fortune. Les richesses l'amollirent; sa puissance l'aveugla; la pompe de ses cavalcades lui enfla le cœur, et lui fit prendre des idées de magnificence seulement propres à un souverain. Il commença par se donner une table délicatement servie en mets recherchés et en vins exquis; puis il alla jusqu'à la profusion et la débauche. Avant ce changement, il ne voulait point d'autre rempart que l'affection du peuple; mais depuis il songea à prendre des précautions qu'il croyait plus solides pour sa sûreté. Résolu de se cantonner dans le Capitole, il le fit palissader et barricader aux dépens des seigneurs romains, qu'il obligea de rompre les barrières qui fermaient les avenues de leurs palais, et de lui en donner la charpente et les grilles pour avoir le double avantage de démanteler leurs maisons et de fortifier la sienne à leurs frais.

Après avoir ainsi mis hors d'insulte le Capitole
dont il faisait sa forteresse, il songea à se munir de
bonnes troupes tant pour sa défense que pour les
entreprises qu'il avait en tête. Il forma un corps
de 1660 hommes, composé de 1300 d'infanterie et
de 350 de cavalerie, tous jeunes, aguerris, bien mis,
bien armés et bien payés. On avait peu vu de troupes en si bon état. Il leur fit à tous prêter serment
de fidélité, leur ordonnant d'être toujours prêts à
voler à lui sous les armes, au son de la cloche du
Capitole. Il les distribua dans les douze quartiers
de Rome, mettant 30 cavaliers par compagnie, et environ 140 fantassins, avec des enseignes particulières qui désignaient chaque quartier.

Dès qu'il se vit en état de se faire craindre au-dehors par les troupes qu'il avait sur pied, et qui étaient
considérables, eu égard aux forces de l'Italie en ces
temps-là, il publia un édit par lequel il citait devant
lui les gouverneurs ou magistrats des villes qui
étaient du district de Rome, pour venir rendre hommage en sa personne au peuple romain; et en même
temps il fit une ordonnance portant imposition d'un
carlin et quatre deniers par feu dans les villes,
bourgades et villages de leur dépendance. La terreur de son nom était si grande qu'on se soumit
partout à la taxe sans murmurer. Il fut même obéi
au point que ses receveurs pouvaient à peine suffire
à compter les grosses sommes d'argent qu'on appor-
tait de tous côtés à Rome. Les villes mêmes et les
communes de la basse Toscane, de la contrée mari-
time, et de quelques autres qui pouvaient alléguer

des prétextes pour s'en dispenser, se mirent en devoir de payer.

A l'égard des gouverneurs des villes que le tribun avait cités, tous se soumirent à la citation et à
la taxe, à la réserve de deux, qui, se croyant en
état de lui résister, ne firent nul état de ses somma-
tions.

Le premier fut Jean de Vic, qui, sous le nom de
commandant, était réellement le petit tyran de
Viterbe. On l'appelait communément le Préfet de
Vic, parce qu'ayant exercé la charge de Préfet
de Rome, on avait bien voulu lui en conserver le
titre, qui passa même à son fils François de Vic. Le
second fut Gaëtan de Ceccano, comte de Fondi.

Rienzi, indigné contre ces deux rebelles, résolut
de les pousser d'une manière qui fît connaître qu'on
ne lui résistait pas impunément. Mais comme il ne
se sentait pas assez fort pour les attaquer tous les
deux à la fois, il voulut commencer par le gouverneur de Viterbe, dont la résistance le piquait par un
endroit plus intéressant que celle du comte de Fondi,
qui n'était pas si déclarée. Outre la ville de Viterbe
où Jean de Vic dominait despotiquement, il s'était
encore emparé de quelques petites places et châteaux
des environs, et surtout d'une forteresse qui passait
pour imprenable, et qu'on nommait la roche de Respampano. Le tribun s'était mis en tête, suivant son
huitième règlement, de s'assurer de tous ces lieux
forts sous prétexte de la sûreté publique, et pour
ôter tout moyen à ceux qui y commandaient d'en

faire des retraites de brigands, avec qui ils partageaient le profit de la dépouille des passants, comme
il s'était pratiqué ouvertement avant l'élévation de
Rienzi. Le fort de Respampano étant fort propre à
favoriser les brigandages, le tribun, qui le trouvait
d'ailleurs à sa bienséance, fit sommer le préfet de le
remettre au peuple romain, à qui, disait-il, ce fort
appartenait de droit. Le préfet, qui peut-être aurait
mieux aimé se soumettre à la citation et au tribu que
de s'attirer un si redoutable ennemi sur les bras, ne
put consentir à se voir dépouiller de celle de ses
places qui lui tenait le plus au cœur ; il éluda tant
qu'il put la demande jusqu'à ce que Rienzi, voyant
que les voies de négociation n'opéraient rien, résolut d'employer la force pour se faire obéir. Mais
avant que de mettre son armée en campagne, il
voulut, pour donner plus de poids à ses armes, les
autoriser par un acte de justice, en procédant juridiquement contre le préfet de Viterbe ; c'est pourquoi,
après l'avoir fait citer de nouveau à comparaître
devant le peuple pour rendre raison de sa conduite
et de l'injuste usurpation du château de Respampano, il prononça contre lui, en présence de tout le
peuple assemblé, une sentence de condamnation,
par laquelle, en le nommant simplement Jean de
Vic, il le déclara ennemi de Dieu et des bienheureux
apôtres Pierre et Paul, fratricide, factieux, traître et
rebelle au peuple romain, et comme tel déchu et
privé de toute charge et dignité.

Il informa aussitôt de cette condamnation les
villes, les seigneuries et communautés qui étaient

sous sa direction, ou dans son alliance, et les invita
à se joindre à lui contre l'ennemi commun. L'empressement qu'on témoigna partout à seconder son
zèle, répondit à la haute idée qu'on avait conçue d'un
homme qu'on regardait comme le restaurateur de la
liberté publique; car, quoiqu'il se fût laissé domi-
ner par un orgueil ridicule et amollir par la bonne
chère, comme il n'avait rien perdu de cet air de grand
justicier qui l'avait placé et maintenu dans son poste, loin de rien perdre de sa réputation et de son
crédit, il voyait l'un et l'autre s'accroître de jour en
jour. Les villes de Pérouse, de Todi, de Narni, et
toutes celles qui étaient en état de fournir quelques
troupes, firent partir en diligence ce qu'elles avaient
de monde. Manfred, seigneur de Corneto, amena
lui-même ses soldats; quantité de seigneurs romains
se rendirent sous les enseignes du tribun; de sorte
qu'en peu de jours son armée se trouva forte de six
mille hommes de pied et de mille chevaux, armée
considérable en ce temps-là, par rapport au domaine
de l'Eglise, qui était partagé en autant de seigneuries et républiques qu'il y avait de villes, et dont la
plus puissante aurait eu de la peine à mettre cinq
cents hommes sur pied.

Le tribun, qui, après avoir humilié les grands,
était bien aise de les gagner par des marques d'estime et de confiance, crut ne pouvoir leur en donner
une plus sensible qu'en les mettant à la tête de ses
troupes; et pour tenir la balance égale entre les
Colonne et les Ursins, dont les maisons, comme les
plus puissantes, partageaient le reste de la noblesse,

il jugea à propos de donner à un des Ursins le commandement de l'armée qu'il envoyait contre le préfet de Vic, et de destiner un des Colonne à commander les troupes qu'il devait envoyer ensuite contre le comte de Fondi.

L'armé marcha d'abord contre Vitrala, petite ville dans le voisinage et la dépendance de Viterbe. On l'assiégea dans les formes. Pendant ce siége, qui dura deux grands mois, il n'y eut point d'hostilités qu'on n'exerçât sur le pays d'alentour, par les courses qu'on fit jusqu'aux portes de Viterbe, dont les habitants pouvaient voir de leurs murs les dégâts affreux qu'on faisait sur leurs terres par le pillage de tout ce qu'on trouvait, par la destruction et l'incendie de ce qu'on ne pouvait emporter. Telle était la manière de faire la guerre en ces temps-là.

Les assiégés, fatigués par la durée du siége, par l'opiniâtreté des assiégeants, et par les ravages qu'ils faisaient sous leurs yeux, se rendirent à composition. Mais quoique la ville se fût rendue, le château tint bon, de sorte que les assiégeants résolurent de l'attaquer de vive force. Ils employèrent pour cela tous les secrets de l'artillerie mécanique qui était alors en usage. Ils fabriquèrent entre autres une machine d'une grosseur extraordinaire, qu'ils traînèrent jusqu'à la porte du château, comptant l'enfoncer le lendemain; mais les assiégés y jetèrent durant la nuit tant de poix, de thérébentine, d'huile, et d'autres matières combustibles auxquelles ils mirent le feu, que le lendemain les assiégeants ne la retrouvèrent qu'en cendres

Le tribun, informé de ce mauvais succès, fut
extrêmement irrité de la résistance des· assiégés,
prévoyant bien que si le château tenait aussi longtemps qu'avait fait la ville, à peine aurait-il le temps
d'assiéger Viterbe, de sorte que le plus heureux
succès qu'il pût se promettre de cette expédition se
bornerait à réduire le préfet de Vic durant le cours
de cette campagne.

Cependant il apprenait que le comte de Fondi
amassait des forces pour lui résister, ce qui l'intriguait d'autant plus qu'il était bien informé que ce
seigneur était encouragé et secondé secrètement
dans sa révolte par l'un des deux principaux officiers
qui commandaient alors pour le pape dans les terres
de l'Eglise, de même que le préfet Jean de Vic l'était
par l'autre.

De ces deux officiers du pape, l'un était Pierre du
Pin, que Clément VI, dans une lettre qu'il lui écrivit cette même année, qualifiait de vice-recteur du
patrimoine de Saint-Pierre dans la Toscane. C'était
lui qui appuyait Jean de Vic. L'autre, qui soutenait
sous main le comte de Fondi, commandant sous le
titre de comte dans les terres de la campagne de
Rome. Il se pouvait faire que ces deux commandants
agissent en cela sans ordre du pape.

Mais le tribun, qui jugeait des intentions du pape
à son égard par les sentiments qu'il avait lui-même
pour le pape, et qui pouvait se persuader que Clément le regardait comme un homme dangereux, crut
aussi que c'était par ses ordres que ses lieutenants
favorisaient les deux seigneurs rebelles; et comme

les ménagements qu'il avait toujours affectés pour l'autorité du Souverain-Pontife le mettaient en droit d'attendre toute sorte d'assistance de sa part, du moins par politique, il se détermina à lui en porter ses plaintes à lui-même, de manière pourtant que, sans intéresser Sa Sainteté, elles ne tombassent que sur ses lieutenants en Italie.

C'est ce qu'il fit par une lettre datée du Capitole, le 7 juillet.

Cette lettre de Rienzi suffirait seule pour nous donner une idée fort juste du caractère étrange et hardi de ce personnage. En effet, on y voit un homme, qui en même temps qu'il s'épuise en protestations d'attachement pour l'Eglise et le pape qu'il déclare reconnaître pour son souverain, non-seulement avoue des faits qui supposent une indépendance absolue de toute puissance supérieure, non-seulement rend froidement compte au pape des attentats qu'il a commis contre son autorité et qu'il lui donne pour des services importants rendus à Sa Sainteté et à l'Eglise, mais encore lui veut persuader, et lui signifie sérieusement, qu'il n'a rien fait en tout cela que par inspiration divine et par le mouvement du Saint-Esprit.

Il commence par les termes respectueux de *Très-saint Père et très-clément Seigneur*, qu'il répète encore dans la suite. Mais il dément ce titre par d'autres expressions, et par les titres qu'il s'arroge lui-même. Car il se qualifie dans la signature : *Nicolas, sévère et clément, Tribun de la liberté, de la paix et de la justice, et libérateur illustre de la sacrée république romaine.*

Le reste de la lettre répond au commencement et à la fin. Toutes les fois que Rienzi y parle de la ville de Rome ou du peuple romain, il dit toujours au pape, *votre ville de Rome, votre bonne ville, votre peuple romain, votre sacré peuple romain.* Mais en même temps il lui fait savoir que cette même Rome et ce même peuple, aussi bien que les seigneurs, « ont fait » serment entre ses mains de maintenir le gouver- » nement qu'il a établi suivant les règlements que » le Saint-Esprit lui a inspirés. »

Après avoir détaillé la restitution des places, des forteresses et des ports qui étaient auparavant occu- pés par de petits tyrans, l'enlèvement des barricades des grands qui servaient d'asile aux malfaiteurs, la suppression des armoiries et du titre de seigneur, et ses autres exploits, il informe le pape qu'il a fait monter jusqu'à trois cent mille florins, somme exorbitante pour ce temps-là, l'impôt sur le sel, qui auparavant ne produisait presque rien ; et que de plus il avait fait revivre un ancien tribut d'un carlin quatre deniers par feu, qui ne se payait plus depuis longtemps, *grâce,* dit-il, *aux bons gouverneurs de la ville.*

Il ne rend compte d'aucune de ses actions au pape, qu'il ne la reporte au Saint-Esprit comme à son auteur. Le nom du Saint-Esprit se trouve em- ployé presque à chaque phrase, où il ne fait qu'en diversifier les attributs. Tantôt c'est la grâce, tantôt c'est la libéralité, tantôt c'est la clémence, la force, la vertu, l'inspiration, l'assistance, la faveur de l'Esprit-Saint qui l'a éclairé et animé dans l'exécution de ses projets ; de sorte que le prophète le plus autorisé de Dieu n'aurait pu exprimer sa mission en termes plus forts et plus pathétiques.

Si le style de ces lettres, pleines de fanatisme et d'hypocrisie ne valait rien pour lui à Avignon, il était merveilleux à Rome, où le peuple, toujours infatué en sa faveur, était tout propre à se laisser éblouir par le brillant et la hardiesse des expressions qu'il employait en écrivant au Souverain-Pontife avec un air de prophète et de politique.

Après avoir fait partir ces dépêches, Rienzi ne perdit point de temps, et fit savoir à l'armée qu'il avait aux environs de Viterbe, qu'il se disposait à l'aller joindre incessamment avec de nouvelles forces, et à pousser la guerre avec plus de vigueur qu'on ne l'avait fait jusqu'alors. Il n'en fallut pas davantage pour faire rentrer le préfet de Vic en lui-même. Ce gouverneur, que rien n'avait pu ébranler jusque-là, et qui avait tenu bon malgré les dégâts horribles que l'armée faisait sous ses yeux, n'eut pas plutôt appris que le tribun se préparait à venir lui faire la guerre en personne, que l'idée seule de la présence d'un homme qui s'était rendu redoutable dans toute l'Italie, fit sur son esprit ce que la vue et l'épreuve funeste d'une armée nombreuse n'avaient pu faire. Il se soumit, et envoya des députés au tribun pour ménager son accommodement. Celui-ci, à qui la réduction du préfet importait infiniment de quelque manière qu'elle se fît, dans la crainte que cette

guerre ne l'occupât le reste de la campagne, ne se
rendit pas difficile sur les conditions. Il traita sur le
pied des propositions qu'il avait souvent fait faire au
gouverneur, et qui étaient que Jean de Vic viendrait
à Rome en personne faire sa soumission au peuple
romain et au tribun, et qu'il rendrait le château de
Respampano, au moyen de quoi il resterait en possession de Viterbe et des autres places qu'il tenait,
et serait rétabli dans tous les titres et toutes les dignités dont la sentence l'avait déchu.

Jean de Vic, effrayé par la roideur inflexible du
tribun, et par la détention de deux seigneurs, à
savoir Etienne Colonne et Jourdain de Marini, qui
étaient renfermés depuis assez longtemps, accepta
tout sans balancer. En conséquence de ce traité, il
se rendit à Rome, accompagné pourtant de soixante
cavaliers. Il entra dans le Capitole sur les trois
heures après-midi, et il ne fut pas sans inquiétude,
malgré son escorte, lorsqu'il vit tout à coup fermer
les portes, et qu'il entendit sonner la cloche du Capitole pour convoquer le peuple, qui s'assembla en
un moment. Mais le tribun le rassura bientôt. Il ne
tint son assemblée que pour faire voir au gouverneur la majesté du peuple romain et du tribunat. Il
déclara que Jean de Vic se soumettait et rendait
volontairement le bien du peuple. Sur quoi Rienzi
le revêtit de nouveau de la préfecture de Viterbe et
lui rendit ses autres prérogatives, afin qu'il parût
les tenir de lui seul, comme étant le maître d'ôter et
de donner les charges et les honneurs. Il eut cependant
dant la politique de ne relâcher le préfet et de ne

rappeler ses troupes qui bloquaient Viterbe, que
quand il se fut bien assuré que le fort de Respampano avait été remis entre les mains du syndic de
Rome.

Il arriva à ce sujet une chose qui ne servit pas
peu à favoriser la charlatannerie de Rienzi, qui
voulait passer pour un homme inspiré d'en haut, et
la duperie du peuple qui le croyait tel. La nuit qui
précéda l'accord avec le gouverneur de Viterbe,
comme le tribun dormait dans un de ces lits superbes qu'il avait fait faire à la manière des souverains,
étant dans son premier sommeil, il se mit à crier
d'une voix forte : *Laisse-moi, laisse-moi*. Ses valets
de chambre accoururent. *Qu'est-ce, seigneur? Que
voulez-vous?* Il se réveille : « Rien, dit-il, je rêvais,
« et il me semblait qu'un moine blanc venait à moi,
« et me disait : *Prends ta roche de Respampano ; je
« te la rends.* Sur quoi il m'avait serré la main, et
« c'est ce qui m'a fait crier ainsi. » Le rêve se véri-
fia le lendemain trait pour trait, d'une façon assez
singulière. Il y avait aux environs de Viterbe un
chevalier nommé frère Acuto d'Assise, de l'ordre des
Hospitaliers, grand homme de bien et reconnu pour
tel. Il était fondateur de l'hôpital de la Croix de
Sainte-Marie de la Rotonde. Ce religieux, touché des
ravages que faisait l'armée dans le pays, s'entremit
avec beaucoup de zèle pour porter les choses à un
accommodement entre les Romains et le Préfet de
Viterbe, et enfin fit condescendre celui-ci à se soumettre. Le lendemain du songe, il arriva à Rome
précisément dans le temps que Rienzi, assis dans

son tribunal, donnait audience au peuple qui avait rempli tout le marché. Frère Acuto parut à l'extrémité de la rue, vêtu de blanc, monté sur un âne couvert d'une housse blanche, portant des rameanx d'olivier sur la tête et à la main en signe de paix, et entouré d'une nombreuse populace. D'aussi loin que le tribun l'aperçut, il dit à ses gens : *Voilà le moine de mon songe.* Et ce qui augmenta la surprise, c'est que tout s'y trouva conforme jusqu'au compliment; car le chevalier n'en fit point d'autre que celui-ci : *Prends ta roche de Respampano; je te la rends.* Après quoi il s'en retourna.

A dire vrai, il n'y a là dedans d'autre mystère qu'un tour de charlatan dont Rienzi était fort capable. Comme il n'épargnait point la dépense en courriers, il avait pu aisément savoir dès la veille la reddition du château de Respampano, aussi bien que l'ambassade du chevalier blanc qu'on lui destinait, et jouer ainsi la comédie. Au reste, la place étant rendue, l'armée romaine s'en revint triomphante et couronnée de branches d'olivier, comme le chevalier.

Ce ne fut pas sans raison que le tribun s'opiniâtra si fortement à se faire restituer cette forteresse. Il en connut la conséquence par la réduction de plusieurs autres places plus importantes qui se rendirent sans attendre qu'on les sommât.

Cette expédition eut encore un effet plus considérable, c'est que Jean Gaëtan, comte de Fondi, quoique soutenu sous main par le comte de la Campagne, n'osa attendre Jean Colonne que le tribun avait fait marcher contre lui, et qu'il se soumit aussi bien que toute la campagne de Rome.

La réduction de toutes les places du patrimoine, qui rendait Rienzi aussi puissant au dehors qu'il l'était déjà au dedans par les corps de garde qu'il avait mis à tous les postes importants des environs de Rome, le rendit tellement formidable, que nul seigneur n'osa plus faire mine de résister. Nicolas Buccio de Vraccia, seigneur puissant qui demeurait sur les montagnes de Riéti, ne s'y crut pas en sûreté. La frayeur que lui donna la sévérité du tribun fut telle qu'il se sauva avec précipitation, et ne s'arrêta point qu'il ne se vît hors des terres de sa dépendance. Rienzi fit en effet trembler tous les grands de Rome. Il affecta de les ranger tous à certaines heures à sa cour, où ils paraissaient si petits en sa présence qu'ils faisaient pitié à ce même peuple, qui, quelques mois auparavant, avait eu tant à souffrir de leur fierté et de leur hauteur ; c'était un spectacle bien humiliant pour eux que l'attitude humble et contrainte dans laquelle il voulait qu'ils fussent en sa présence durant l'office. Il avait fait construire au Capitole une magnifique chapelle toute entourée de grilles de fer ; il y avait mis un clergé nombreux, et on y célébrait l'office avec beaucoup de pompe et de solennité. Là, on le voyait assis sur un trône, ayant devant lui les seigneurs romains, toujours debout, dans une contenance modeste, les bras croisés sur la poitrine, et les capuchons abattus.

Soit crainte, soit intérêt, tous rampaient devant lui, et tous se trouvaient régulièrement aux heures

4

marquées pour lui faire cortège. Ceux mêmes que
leurs emplois tenaient éloignés de Rome, n'étaient
pas moins empressés à lui faire la cour, et le gouverneur de Viterbe, pour qui Rienzi avait eu si peu
de ménagement, voulut lui donner une marque de
son respect et de son attachement en lui envoyant
son fils avec un superbe équipage, pour demeurer
auprès de lui comme un gage de sa fidélité.

Comme le caractère des femmes dont les époux
sont élevés à des rangs supérieurs est ordinairement
de porter plus loin qu'eux les airs de grandeur, celle
du tribun, en qui la jeunesse et la beauté relevaient
encore l'éclat de la fortune, soutenait avec plus de
magnificence encore le rang où l'avait mise l'éleva-
tion de son mari. Toutes les fois qu'elle se montrait
en public, ce qu'elle ne faisait guère que pour aller
à l'église de Saint-Pierre , elle était accompagnée
d'une cour aussi brillante que celle de Rienzi. Elle
traînait à sa suite les dames de la première qualité,
qui étaient comme ses dames d'honneur. Une troupe
de jeunes gens armés lui faisaient escorte, et quantité de demoiselles marchaient devant elle, l'éventail
à la main, pour empêcher que la chaleur et les mou-
ches ne l'incommodassent. Toute la famille de Rienzi
se ressentit de sa fortune. Il avait un oncle nommé
Barbieri, qui était réellement barbier de nom et
d'effet. Pour effacer l'idée de sa profession, il lui fit
changer le nom de Barbieri en celui de Jean Roscio,
et l'éleva aux premières charges de l'Etat, de sorte
qu'il ne paraissait jamais en public qu'à cheval et
accompagné des principaux de Rome qui aspiraient

aux grâces du neveu en se ménageant la protection de l'oncle. Rienzi avait encore une sœur qui était veuve, et qu'il ne jugea pas indigne d'épouser le seigneur de Castella. En général, il avança tout ce qu'il avait de parents à proportion de leur proximité.

V

Malgré les vices de Rienzi, la réputation de son
intégrité fit tant de bruit dans toute l'Italie, qu'on
venait de tous côtés, et des lieux même les plus
éloignés, porter des plaintes à son tribunal, et lui
demander justice, comme s'il eût été le juge universel de tous les procès particuliers de l'Italie, à cause
des règlements du *bon Etat* qu'il s'était proposé d'y
établir. Il soutenait cette qualité avec tant de grandeur, qu'il citait les accusateurs et les accusés à
comparaître devant lui; ils quittaient leurs maisons
et leur pays pour se rendre à ses pieds; et ses déci-
sions étaient regardées comme des oracles, dont on

ne s'avisait pas d'appeler. Il allait jusqu'à punir les
coupables étrangers avec autant d'autorité que s'ils
eussent été ses sujets. Un Juif extrêmement riche avait
été tué à Pérouse, mais si secrètement qu'on n'avait
aucun indice des meurtriers ; l'affaire fut portée au
tribun comme au Salomon de son siècle. Quantité
de malheureux étrangers, que les factions avaient
chassés de leur pays, venaient se jeter entre ses bras,
et implorer sa protection pour rentrer dans leur patrie. Il la leur promettait, et on y avait égard. Les
chemins de Rome étaient nuit et jour remplis de
voyageurs qui y accouraient, les uns pour plaider
devant lui, les autres pour profiter de la liberté du
commerce qu'il faisait refleurir ; d'autres pour la
seule curiosité de voir cet homme extraordinaire
dont le gouvernement passait pour une merveille
inouïe, de sorte que les auberges de Rome n'étaient ni
assez vastes, ni en assez grand nombre pour contenir la foule des étrangers qui y abordaient. On commença à relever les maisons que la misère et le désordre des gouvernements précédents avaient laissé
tomber en ruine. L'affluence des marchands était si
grande que Rome se trouva bientôt dans un état flo-
rissant, qui rappelait en quelque sorte l'idée de cette
ancienne Rome que le tribun s'était flatté de faire
revivre. Plusieurs même des seigneurs qui depuis
longtemps s'en étaient exilés durant les troubles, et
qu'on ne regardait plus que comme étrangers, reve-
naient s'y fixer et y goûter la paix et l'abondance
qu'on n'y connaissait plus depuis si longtemps.

　Le tribun, enflé de ces succès, crut qu'il était temps

de paraître le seul maître comme il l'était réellement. Quoique le vicaire du pape, qu'il s'était associé par politique, ne lui portât aucun ombrage, il se lassa d'avoir un collègue qui n'en avait que le nom. Il le congédia dans les formes et apparemment sous quelque prétexte honnête, qui ne permit pas au bon prélat de s'en choquer. Car il est certain qu'ils ne se brouillèrent que dans la suite, et Rienzi, qui voulait toujours ménager le pape, envoya dans le même temps un ambassadeur pour l'informer en détail du progrès prodigieux de ce qu'il appelait le *bon Etat*. Le pape et les cardinaux en furent si surpris, que le député, à son retour, assura que, malgré son témoignage, ils n'avaient pu se persuader de la vérité des faits, qui leur semblaient avoir l'air de miracles. Mais les nouvelles qui en vinrent de tous les côtés, et l'éclat des ambassades nombreuses qu'on envoya à Rome de toutes les contrées de l'Italie, et même des royaumes voisins, ne leur permit pas de rester longtemps dans le doute.

Ce n'étaient plus des bannis et des particuliers opprimés qui venaient plaider au tribunal de Rienzi : c'étaient des Etats et des têtes couronnées. Ces ambassades, qui arrivèrent presque toutes en même temps à Rome, donnèrent un si grand lustre à la gloire du tribun, et charmèrent tellement les Romains, qu'ils crurent enfin voir revenir (suivant ses prédictions) le temps où Rome avait vu les rois soumettre leurs sceptres aux faisceaux, et reconnaître la souveraineté de la capitale du monde. Il n'y eut point de ville considérable d'Italie qui n'envoyât son ambassade particulière. Il en vint de Florence, de Sienne, de Pérouse, de Todi, d'Arrezzo, de Trani, de Spolète, de Rieti, d'Amélia, de Tivoli, de Velletri, de Pistoie, de Foligno et d'Assise. Il en vint de la Campagne de Rome, de la Calabre et de toutes les terres du patrimoine. Les ambassadeurs étaient tous des personnes distinguées par leur naissance, leur mérite et leur savoir. Tous offrirent au peuple romain, dans la personne du tribun, et de la part des Etats qui les députaient, tout ce qu'on demanderait d'hommes et d'argent pour l'avancement du *bon Etat*, avec des anneaux d'or en témoignage de leur fidélité; tant le mot de *bon Etat* dont Rienzi avait fait retentir toute l'Europe, et montré la réalité à Rome, avait flatté toutes les puissances. La ville de Pérouse lui députa deux ambassadeurs par chacune de ses cinq portes. Ils étaient dix, en tout, de la première qualité, et suivis chacun de dix soldats, ce qui faisait une petite armée, qui brilla plusieurs fois dans les tournois qu'on fit à Rome, tant que les ambassadeurs y restèrent.

Florence ne se distingua pas moins par la magnificence de son ambassade. La république de Venise chargea ses ambassadeurs d'une lettre scellée du sceau de plomb, par laquelle elle offrait ses sujets et ses biens à l'idole du *bon Etat*. Le tyran de Milan, Luchino Visconti, qui était une tête à entrer dans les idées du tribun, l'encouragea à poursuivre le projet du *bon Etat*, et l'avertit, sur toutes choses, de s'appliquer à ruiner la noblesse; mais de le faire avec prudence et précaution. Ce qu'il y eut de sin-

gulier, c'est que la ville de Gaëte, qui voulait se
soustraire à la domination du pape, envoya au tribun
un présent de dix mille florins, en s'offrant aussi à
cette espèce de croisade du *bon Etat*; et Rienzi accepta sans façon le présent et les offres, sans s'embarrasser de ce que le pape en pourrait penser.

Voilà pour l'Italie. L'ambassade de l'empereur,
quoique secrète, fut encore plus honorable à Rienzi
par l'estime et la confiance d'un si puissant souverain. Louis, duc de Bavière, avait été excommunié
l'année précédente par Clément VI, et il se voyait
un rival dans Charles de Luxembourg que le Souverain-Pontife avait fait nommer empereur et qui était
devenu roi de Bohême par le décès de Jean son père,
tué à la bataille de Crécy, le 26 août 1346.

Le duc de Bavière, las d'une vie agitée depuis
trente-deux années d'élection par les troubles que
ses divisions avec les papes avaient causés dans
l'Allemagne et l'Italie, faisait de nouveaux efforts
pour rentrer en grâce avec le Saint-Siége. Il conçut
une si haute idée de Rienzi, qu'il ne crut pas pouvoir choisir un médiateur plus efficace auprès de
Clément. Ce fut donc pour l'engager à ménager son
accommodement et à faire lever l'excommunication,
qu'il lui envoya sous main des ambassadeurs. Nous
verrons bientôt de quel air le tribun songeait à mener cette affaire, dans l'idée folle où il était de se
croire l'arbitre des potentats.

Deux têtes couronnées recherchaient en effet sa
protection, et se soumirent à son arbitrage ; de sorte
que de toutes les ambassades qu'il reçut, aucune ne

4..

lui fit plus d'honneur que celle qui lui vint vers le
commencement d'octobre, au sujet de la mort tragi-
que d'André, roi de Naples.

Mais auparavant, il est bon de reprendre les choses d'un peu plus haut.

Robert, roi de Naples, était mort le 19 de janvier 1343
à l'âge d'environ quatre-vingts ans.

Comme son fils, le duc de Calabre, était mort
après avoir laissé deux filles fort jeunes, Robert crut,
en mourant, faire un coup de politique chrétienne,
en restituant son royaume aux enfants de Carobert,
qui était de la branche aînée et roi de Hongrie : il
maria ses deux petites-filles aux fils de ce roi. L'un
d'eux était André, qu'il avait fait venir à la cour et
qu'il avait en effet marié avec la princesse Jeanne,
héritière présomptive du royaume de Naples, à condition que la couronne retournerait à la princesse
cadette en cas de mort de son aînée sans enfants, et
que le prince André, qu'il avait fait duc de Calabre,
ne serait point déclaré roi ni sa femme reine qu'ils
n'eussent atteint, lui l'âge de 22 ans, et elle celui
de 25. Robert mourut, et laissa à la princesse Jeanne
de grands trésors, avec un mari qu'elle n'aimait pas.
Robert avait nommé pour administrateurs du
royaume sa seconde femme Sanche d'Aragon, qui
se retira bientôt après dans un couvent ; Philippe,
évêque de Cavaillon, et d'autres seigneurs. L'ambition et l'intérêt d'une couronne brouillèrent bientôt
cette cour privée de son vieux roi, livrée à des ministres faibles, et gouvernée par une jeune reine et
sa sœur.

La reine Jeanne donna de grands chagrins à son
mari. Sa jeunesse, son imprudence, ses manières
libres, et les intrigues de cour contribuèrent à rendre cette union malheureuse, et le roi André en fut
la victime à l'âge de dix-neuf ans, le 18 septembre
1345. Comme la cour était à Aversa, le roi étant prêt
à se mettre au lit, fut appelé sous prétexte de quelque affaire de conséquence. Il alla dans une galerie
où étaient plusieurs seigneurs avec ses officiers. A
peine fut-il sorti de l'appartement, qu'on en ferma
brusquement la porte sur lui, et qu'on se saisit de sa
personne.

Un des assassins lui appliqua les mains armées de
gantelets sur la bouche pour l'empêcher de crier;
d'autres lui passèrent un nœud coulant au cou;
d'autres le tirèrent par les pieds. On fit encore
des insultes plus cruelles et plus horribles à son
corps pour précipiter sa mort. Les meurtriers,
l'ayant jeté par les fenêtres dans le jardin, voulurent l'enterrer promptement, pour cacher leur forfait. Mais une domestique hongroise qui les vit, se
mit à crier, et les fit fuir. La reine fut universellement soupçonnée d'avoir été au moins complice de
cette mort.

Les historiens rapportent qu'un jour qu'elle tres-
sait un cordon d'or et de soie, son mari lui demanda
à quoi elle le destinait : *à vous étrangler*, avait-elle
répondu.

Louis Ier d'Anjou, roi de Hongrie et frère d'André,
envoya donc au tribun deux ambassadeurs en poste
pour annoncer une ambassade solennelle qui les

suivait, afin de l'intéresser, lui et le peuple romain, à la vengeance du roi André, de lui remettre ses intérêts entre les mains, et de le rendre juge de cette affaire. Le tribun, extrêmement flatté d'une députation de cette importance, voulut leur donner une audience distinguée et capable d'inspirer au peuple et aux étrangers une grande idée de la majesté du tribunat. C'était un samedi, jour auquel il venait de rendre la justice au public, et de prononcer des peines contre les coupables ; il se fit apporter la couronne et le sceptre d'acier, surmonté d'une figure du monde avec une croix. Puis, ayant mené à la tribune ces deux ambassadeurs qui étaient vêtus de velours vert, il commença son discours par ces paroles du psaume 95 qu'il s'appliqua sans façon : *Il jugera le contour de la terre dans la justice, et les nations dans la vérité.* Sur quoi il exposa aux Romains le sujet de la députation et la conséquence d'une affaire où il s'agissait d'un roi qui venait demander justice de la mort d'un souverain, son frère.

La reine de Naples ne montra pas moins d'empressement pour le gagner. Elle lui envoya son ambassadeur avec des lettres très-gracieuses, et fit sous main à sa femme un présent de cinq cents florins et de quantité de bijoux pour l'engager à lui rendre son mari favorable. Charles, duc de Duras, qui était dans les intérêts de la reine, et que le roi de Hongrie accusait d'avoir été le principal auteur de la mort de son frère, lui envoya aussi demander sa protection, et lui fit de grandes offres dans une lettre fort civile dont l'inscription était : *A notre très-cher ami*. Mais Louis, prince de Tarente, qui était le plus intéressé dans cette malheureuse affaire, comme ayant épousé en secondes noces la reine Jeanne, un an après la mort d'André, se distingua le plus par la qualité et le train de ses ambassadeurs. La députation était composée d'un archevêque de l'ordre de Saint-François, grand théologien, d'un seigneur chevalier de l'Éperon d'Or, et d'un magistrat distingué dans la robe, avec une suite nombreuse qui faisait beaucoup d'éclat et de dépense dans Rome.

Rienzi eut ainsi la gloire de mettre cette cause en règle devant son tribunal pour y être examinée juridiquement, en présence du peuple romain. Il était assis sur son siége de justice comme étant choisi et reconnu pour juge par les deux têtes couronnées. D'un côté on voyait les avocats du roi de Hongrie qui représentaient avec force l'horrible attentat commis sur la personne du roi de Naples, jeune prince que ses vertus et son innocence rendaient dignes d'un meilleur sort. Ils exposaient en termes pathétiques avec quelles ruses on l'avait attiré de Naples à Aversa, où la nuit même du jour qu'il était arrivé on l'avait en quelque sorte tiré des bras de son épouse, sur le bruit d'une fausse alarme, et avec tout l'air d'un dessein prémédité depuis longtemps ; qu'une femme de la reine avait été apostée pour fermer la porte sur lui, et pour le livrer à ses assassins, qu'en effet cinq ou six des principaux seigneurs de la cour se trouvaient dans la galerie fa-

tale, où ce malheureux prince fut étranglé; comment
on se saisit de sa personne; avec quelle fureur on
lui mit les mains sur la bouche; de quelle manière
on lui passa la corde au cou, quels autres attentats
commirent des furieux qui ne voyaient plus dans
leur roi que leur ennemi; par quelle fenêtre du balcon on le descendit, pour l'attacher aux créneaux,
tandis que d'autres conjurés qui étaient dans le jardin le tiraient par les pieds; qu'ils songeaient déjà
à ensevelir leur crime avec son corps; mais que la
Providence n'ayant pas voulu qu'un forfait si noir
demeurât impuni, avait permis qu'une Hongroise
fût témoin de ce spectacle, et empêchât par ses cris
les assassins d'enterrer le corps du roi et de cacher
leur attentat.

Le tribun, environné de ses officiers et du peuple
romain qui était accouru en foule à une audience
d'un si grand éclat, écouta les plaidoyers de part et
d'autre avec le flegme et la dignité que demandaient
l'importance de la cause, le rang des personnes in-
téressées, et le titre d'arbitre qu'on lui avait déféré.
Mais il prit bien garde de donner une prompte déci-
sion, ni de faire paraître son penchant sur un
événement qu'il était bien résolu de faire servir à
ses grands desseins. Soit qu'il eût pris son parti, soit
qu'il balançât encore, n'osant d'un côté accorder à
une princesse, que la voix publique semblait condamner, une protection qui eût pu intéresser son
honneur, et de l'autre ne jugeant pas qu'il fût de la
politique de contribuer, en appuyant le ressentiment
du roi de Hongrie, à se donner un voisin dont la

puissance aurait pu lui être formidable, il prit un milieu qui fut de déclarer qu'une affaire de cette conséquence demandait une longue discussion ; qu'il examinerait avec les principaux du peuple romain les mémoires qu'on lui avait remis de part et d'autre ; et qu'après avoir reconnu et décidé de quel côté était la justice, il appuyerait de son bras et de toutes les forces de la république le jugement qu'il aurait porté.

Le roi de Hongrie avait déjà usé de voies de fait. Il avait envoyé dans le royaume de Naples le comte Bons, qui avec quelques troupes s'était emparé d'Aquila, ville de l'Abruzze Ultérieure. C'était ce comte qui négociait avec Rienzi au nom du roi son maître, pour l'affaire de Naples. Rienzi en obtint une suspension d'armes jusqu'à l'arrivée et le retour des ambassadeurs qu'il lui envoya. Il en députa aussi à la reine Jeanne et à l'empereur Louis de Bavière, leur donnant à tous de bonnes paroles, et feignant de songer à leur accorder ce qu'ils demandaient. Mais si l'on en croit les lettres postérieures du Pape Clément VI, le tribun avait bien d'autres vues que celles d'accommoder les grands différends que l'on portait à son tribunal. Il était déterminé à jouer également les deux parties, le roi de Hongrie et la reine de Naples, en faveur de Louis de Bavière, et de se servir des uns et des autres pour son propre agrandissement. Sa politique était d'amuser la reine et de la dépouiller de ses Etats par le moyen de son beau-frère, à condition de se payer les secours qu'il lui promettait dans un traité secret, par le comté de

Provence qui appartenait à la princesse, et qui serait mis sous la domination du peuple romain. A l'égard du roi de Hongrie, il l'unissait secrètement avec l'empereur Louis pour la conquête de la Sicile, qui devait, suivant les idées de Rienzi, demeurer à un des fils de l'empereur. C'est par ce double jeu que le tribun se ménageait un appui dans Louis de Bavière, pour parvenir à la tyrannie et à l'espèce de monarchie universelle dont il avait dressé le plan. Déjà les armées étaient en mouvement pour faire éclore ces projets dont le roi de Hongrie et la reine Jeanne eussent été les dupes : les Cajetans surtout étaient à la dévotion du tribun, à qui ils avaient envoyé dix mille florins, comme nous l'avons dit : tous les ressorts de cette intrigue se préparaient sourdement, lorsque tout fut rompu par la mort de Louis de Bavière et par les révolutions qui arrivèrent quelque temps après.

Pour couronner toutes ces ambassades, Rienzi reçut dans ce même temps des lettres fort civiles du Pape qui le félicitait sur ce qu'il entendait dire de bien au sujet du *bon Etat.* C'est que le Saint-Père, leurré par ses protestations d'attachement, n'avait pas encore pris de fâcheuses impressions contre lui, comme il le fit bientôt. A l'exemple de Clément, la plupart des cardinaux et des prélats de la cour d'Avignon lui firent leurs compliments, en lui insinuant néanmoins adroitement qu'il était de sa piété de conserver les biens de l'Eglise, et d'en user avec elle *comme avec une bonne mère, dont on ne doit sucer le lait qu'avec modération.* Il n'y eut que le roi de

France, Philippe de Valois, qui ne se laissa point éblouir par la nouvelle grandeur du tribun de Rome, et qui jugea sainement de son caractère. Il ne crut pas qu'il fût de sa dignité de répondre sérieusement aux lettres folles qu'il en avait reçues : et pour lui faire mieux sentir le ridicule du style fastueux et insolent qu'il y avait employé, il affecta un tour, grossier et un style de négoce dans sa réponse, qu'il lui fit porter par un simple archer de sa garde. Mais le porteur n'arriva à Rome qu'après la révolution du *bon Etat*, et se contenta de consigner au conseil des seigneurs du château Saint-Ange la lettre du roi son maître.

L'occupation que donnaient au tribun les affaires du dehors, les ressorts qu'il faisait jouer dans les cours étrangères, et les grands intérêts qu'il s'y ménageait, ne le rendaient pas moins appliqué à ce qui concernait le dedans de Rome. Au milieu de la multitude de députations qu'il recevait et qu'il envoyait de toutes parts, il avait autant d'attention à la police et au bon ordre de la ville que dans les premiers jours de sa domination. La sûreté y était entière ; les marchés publics où la mauvaise foi, la surprise et la fourberie avaient régné jusqu'alors avec toute sorte de licence et d'impunité, étaient devenus des écoles de sincérité et de franchise. Toute supercherie en était absolument bannie, et l'on était assuré de n'être trompé ni dans la nature ni dans la quantité, ni dans le prix des choses qu'on achetait. Les vendeurs disaient nettement : *ceci est bon, et cela est mauvais*, et tous les marchands en

usaient de même. Sur la moindre plainte qu'on portait au tribun à ce sujet, on avait satisfaction sur-
le-champ. Beaucoup plus était-il inexorable sur le
vol. Lorsqu'il s'en commettait quelqu'un, ce qui
était très-rare, il en faisait des perquisitions exactes,
et quand il ne découvrait pas incontinent le voleur,
il réparait la perte à ses dépens.

Un moine, qui était venu à Rome avec les députés
de Castello, s'était logé dans une hôtellerie du
champ de Flore. Après le souper, ne trouvant plus
son manteau qu'il avait laissé à la porte, il eut
quelques paroles avec l'hôte qu'il prétendait rendre
responsable du vol. Mais celui-ci ayant répondu qu'il
ne savait ce qu'on voulait lui dire, et qu'on ne lui
avait point donné de manteau à garder, le bon religieux s'en alla droit au tribun, à qui il tint naïve-
ment ce discours : « Seigneur, avant que de me met-
» tre à table, j'ai laissé mon manteau hors de l'au-
» berge, bien persuadé qu'il y resterait sous la sau-
» vegarde de votre seigneurie; on me l'a toutefois
» volé.... » — « Soyez en repos, répondit le tribun,
» votre manteau n'est pas perdu. » A l'instant même
il lui en fait faire un autre, en ordonnant au moine
de dire à son hôte qu'il n'avait rien perdu, et en
même temps il envoya un de ses secrétaires s'informer en cachette du lieu, du jour, de l'heure et de la
manière dont le vol avait été fait, de sorte que l'historien prétend que, sans la révolution qui suivit de
près, ce manteau aurait valu plus de mille florins au
tribun.

Il arriva qu'un voiturier fut volé dans le territoire

du château de Capranica. On lui avait enlevé un mulet avec sa charge. La plainte en ayant été portée à Rome, Rienzi cita le comte Bertollo, seigneur de ce château, et le condamna à trente florins de dédommagement pour le voiturier, et à quatre cents d'amende, pour lui apprendre à veiller à la sûreté des chemins dans les terres de sa dépendance.

En matière de meurtre, sa sévérité à faire observer le premier de ses règlements était telle, qu'il n'y a que l'exemple qu'on va rapporter qui puisse en donner une juste idée. Deux de ses courriers s'étant rencontrés dans une hôtellerie, l'un d'eux s'aperçut que l'autre avait de l'argent; durant qu'il dormait, il le tua, le vola, et s'enfuit. Le meurtrier ayant été pris et amené à Rome, fut condamné au supplice imaginé par le cruel Mézence, c'est-à-dire à être enterré vif avec le cadavre de son camarade appliqué sur lui, et l'arrêt s'exécuta dans toute sa rigueur.

VI

Il semblait que le tribun fût arrivé au comble de
la gloire, et qu'après avoir vu toute l'Italie et des
têtes couronnées à ses pieds, il ne lui restât plus
rien à désirer du côté de l'ambition. Cependant ce
même homme qui pouvait se regarder en quelque
sorte comme au-dessus des rois qu'il avait vu plaider à son tribunal, eut la manie de vouloir être fait
chevalier, sans faire attention qu'en voulant entrer
dans le corps de la noblesse qu'il avait humiliée, il
se décréditerait auprès du peuple dont il soutenait
les droits, et que le titre de chevalier ferait tort à sa
dignité de tribun. Soit raffinement de politique, soit

ivresse de prospérité, il publia son dessein, et fixa
le jour de la cérémonie au premier d'août. Comme
il suivait en tout ses idées folles sur le rétablissement de l'ancienne Rome, il voulut que la pompe de
plusieurs fêtes consécutives égalât la magnificence
des triomphes des vieux Romains, afin que l'éclat
dont il aimait à éblouir le peuple, fît passer sur sa
famille et sur sa postérité ennoblie la vénération
qu'on avait pour lui, malgré l'obscurité de son extraction. Il voulait encore frapper par de grands spectacles les ambassadeurs qu'il avait voulu retenir à
Rome durant tout le mois d'août. Plusieurs jours
avant les fêtes qu'il devait donner, il fit parer le
vieux palais de Constantin, celui du Pape, et le palais neuf, c'est-à-dire toute la longue suite des appartements de Saint-Jean de Latran. Il y fit dresser
des tables pour le festin qu'il se proposait de faire
au peuple à l'exemple d'Assuérus. Ce qui restait de
bois des barrières et des palissades qu'il avait enle-
vées aux nobles, lorsqu'il les obligea de les faire
transporter à leurs frais au Capttole, fut employé à
construire ce prodigieux nombre de tables dont la
seule vue avait quelque chose d'étonnant. Pour la
facilité du service, et pour la commodité des officiers, on fit des ouvertures dans les murs des salles,
avec des escaliers de communication dans les cours,
et l'on ménagea, d'espace en espace, des pièces à part
pour y mettre les vins.

De si grands préparatifs avaient attiré à Rome une
foule extraordinaire, qui était accourue des villes
voisines, pour assister à un spectacle si nouveau.

Le jour marqué pour la fête étant arrivé, toutes les places et toutes les rues où la marche se devait faire, furent remplies de peuple. Sur les trois heures du soir on vit avancer une nombreuse cavalerie, composée de tous les ambassadeurs, d'étrangers et de citoyens, de barons et de bourgeois, tous richement vêtus et marchant en bel ordre à la suite des étendards, et au son des instruments. Ils étaient suivis d'une troupe innombrable de masques, de baladins, de sauteurs, avec des tambourins, des cornemuses et d'autres instruments qui formaient une symphonie singulière. On voyait ensuite paraître la femme du tribun, à pied, mais précédée de deux écuyers qui tenaient les mors dorés d'un cheval superbement enharnaché. Elle était accompagnée de sa mère, et escortée d'un brillant cortége de dames, que la crainte forçait à cette complaisance. Quantité de trompettes d'argent, qui sonnaient de temps en temps, partageaient la marche dont une partie était terminée par les dames et l'autre par le tribun. Suivait une cavalcade de jeunes gens, surtout de Pérouse et de Corneto, armés de lances. Ils se distinguaient par leur adresse à manier leurs chevaux, et par les diverses évolutions qu'ils leur faisaient faire; deux fois ils jetèrent leurs manteaux de soie pour joûter. Enfin, paraissait le tribun avec le vicaire du Pape à sa gauche; il avait devant lui quatre officiers, dont l'un portait l'épée nue qu'il tenait élevée au-dessus de sa tête; le second déployait l'étendard où était un soleil d'or au milieu des étoiles, avec une colombe qui tenait à son bec une **branche d'olivier**; le troi-

sième montrait au peuple le sceptre d'acier qui était
la marque du tribunat; et le quatrième répandait
dans la foule une nouvelle sorte de monnaie que le
tribun avait fait battre. Un gros de seigneurs des
plus qualifiés formait un groupe autour de lui ; mais
on le distinguait par sa longue robe de satin blanc
brochée d'or, et plus encore par l'air de majesté
qu'il affectait au milieu de cinquante gardes armés.
Ce fut en cet équipage qu'il se rendit à l'église de
Saint-Jean de Latran, qu'il avait choisie pour la cérémonie de son installation.

A l'entrée de la nuit, il monta dans la chapelle du
pape Boniface, d'où il pouvait être vu et entendu du
peuple. Il prit aussitôt son air prophétique, et parla
en ces termes : « Peuples qui m'écoutez, sachez que
» mon dessein est de me faire chevalier cette nuit.
» Retirez-vous, et revenez demain. Vous entendrez
» des choses qui glorifieront Dieu dans le ciel, et
» qui donneront de la joie aux hommes sur la terre. »
Ces paroles jointes à la nouveauté de la fête remplirent le peuple de satisfaction. Tout s'y passa sans
trouble et sans désordre. Il n'y eut que deux hommes
qui, s'étant pris de paroles, mirent l'épée à la main ;
mais ils la remirent aussitôt, et la querelle n'alla pas
plus loin, tant était forte l'impression de crainte et
de respect que Rienzi avait répandue dans tous les
esprits. Le peuple s'étant retiré, le clergé commença
l'office, après lequel le tribun fit une chose qui lui
causa bien des affaires dans la suite. Il s'avisa de
prendre le bain dans cette fameuse cuve de marbre,
où l'empereur Constantin s'était, dit-on, baigné, après

avoir été guéri de la lèpre par le pape saint Sylves-
tre. Ce monument ayant toujours depuis été regardé
comme quelque chose de sacré, la liberté indécente
du tribun surprit étrangement; mais on s'en tint
aux murmures secrets. Au sortir du bain, il se fit
ceindre l'épée par le chevalier Vic Scotto; puis, par
une nouvelle indécence qui déplut autant que la
première, il alla se coucher dans un endroit de
l'église fermé de colonnes et nommé les fonts de
Saint-Jean. En entrant dans le lit, il lui arriva une
chose qui, dans ce siècle superstitieux, parut d'un
mauvais présage. C'est que le lit quoique neuf s'ef-
fondra sous lui, de sorte qu'il fut obligé de passer la
nuit en cet état.

Le lendemain matin, il prit une robe de pourpre,
et se fit ceindre l'épée de nouveau par le ministère
de Vic Scotto, qui lui attacha aussi les éperons d'or.

On accourut de toutes parts à l'église pour voir le
tribun en équipage de chevalier. Il en soutint si bien
le personnage, qu'il imprima un nouveau degré d'admiration et de respect sur l'esprit des assistants. Il
était assis sur un trône dans la chapelle du pape
Boniface, et entouré à l'ordinaire des principaux
officiers de la cour, de barons romains et de seigneurs
étrangers, qui étaient tous dans l'attente des mer-
veilles qu'il devait leur annoncer. Il suspendit la
curiosité publique par une action de piété. Il fit commencer une messe solennelle avec la pompe qu'on
emploie au sacre des rois, et au milieu de la célé-
bration des saints Mystères, s'étant levé de sa place,
et s'avançant vers le peuple, il dit d'une voix forte :

« Nous citons à notre tribunal le pape Clément, et
» lui ordonnons de venir résider à Rome où est son
» Siége. Nous citons pareillement tout le sacré col-
» lége. » Il cita ensuite Charles roi de Bohême, empereur nouvellement élu, et Louis de Bavière qui
avait la qualité d'empereur, avec tous les électeurs
qui avaient proclamé Charles roi des Romains, ainsi
que nous l'avons dit. « Je serai bien aise, ajouta-t-
» il, d'entendre d'eux les raisons d'une pareille élec-
» tion, et sur quel fondement ils s'arrogent un droit
» qui n'appartient qu'au peuple romain, qui de temps
» immémorial est le souverain arbitre de l'empire. »
Il tira ensuite l'épée nue dont il frappa l'air vers les
trois parties du monde connu, en disant à haute
voix : *Cela est à moi : cela est à moi : cela est encore*
à moi.

Raymond, vicaire du pape, grand canoniste, mais
homme d'un sens fort borné pour le gouvernement,
et tel en un mot que nous l'avons peint, ayant entendu citer le Saint-Père sans murmurer, et assisté
tranquillement à tout ce mystère qui devait réjouir
le ciel et le terre, se réveilla enfin de ce profond assoupissement. Il eut la force de faire ses protestations au nom du pape, et de dire que tout ce qu'on
venait de voir se faisait sans sa participation, et
sans l'aveu de Clément. Il ordonna même à un notaire d'en dresser un acte et de lire. Mais à peine le
notaire eu eut-il commencé la lecture, que le tribun,
qui avait déjà accoutumé son collègue à des éclats
fort humiliants, fît jouer les timbales, les trompettes,

et les autres instruments dont le bruit empêcha que
la protestation ne fût entendue.

Après qu'on eut achevé la messe, que ce tumulte
avait interrompue, le tribun invita le peuple au festin qu'il avait fait préparer dans les trois palais voisins, et se rendit dans la vieille salle de Saint-Jean
de Latran. Il prit sa place à une table de marbre, où
les Papes avaient coutume de manger. Il n'y avait
que deux couverts, l'un pour lui, et l'autre pour l'é-
vêque d'Orviète, vicaire du Pape. Le nouveau chevalier y paraissait tout brillant avec ce riche habit de
pourpre dont il s'était revêtu, et un chapeau garni
de perles et surmonté d'une colombe ornée de joyaux.
Les autres tables, disposées à quelque distance de la
sienne, furent pour les ambassadeurs, pour les seigneurs, pour les gentilshommes, et pour les nota-
bles du peuple. La femme du chevalier occupait de
son côté le palais neuf du Pape, où elle faisait les
honneurs des tables destinées aux dames soit romaines, soit étrangères. Le reste des appartements
bas de ces deux palais, et tous ceux du troisième furent remplis par tout ce qui se présenta de peuple.
On ne refusait personne, tous se mettaient à table
sans distinction d'âge, d'état et de profession. Malgré
la multitude des convives, toutes les tables furent ser-
vies avec autant d'ordre que d'abondance et de profusion. L'eau y était plus rare que le vin. Durant le
repas, quantité de bouffons et de baladins couraient
çà et là parmi les tables, suivant l'usage du temps,
pour divertir la compagnie par leurs bons mots et
par leurs postures grotesques. Le cheval de bronze

5.

de Constantin, au moyen de petits canaux qu'on avait adroitement ménagés, ne cessa pendant tout ce jour de faire couler le vin par l'une de ses narines, et l'eau par l'autre, dans le bassin de marbre qui était dessous. Enfin, selon l'idée de Rienzi et du peuple, la fête se passa avec une magnificence digne des plus grands princes. Sur le soir, le tribun se retira au Capitole avec toute sa cavalcade, dans le même ordre qu'il en était sorti, et fort content du succès qu'il se promettait de sa nouvelle dignité. Dès le lendemain, pour commencer à la mettre en exercice, il fit dresser en forme les actes de la citation qu'il avait faite au Pape et à l'empire, et partir ses courriers pour les porter à Avignon et en Allemagne.

Pour tenir toujours les esprits en haleine, et pour amuser le peuple par de nouveaux spectacles, il destina le jour de l'Assomption à une nouvelle cérémonie qui n'attira pas moins l'attention que la première. Il prétendit imiter les anciens tribuns qui se faisaient, disait-il, couronner. Il alla donc dans l'église de Saint-Jean de Latran, et se fit donner sept couronnes, par allusion aux sept dons du Saint-Esprit, dont il mêlait impudemment les symboles et les mystères aux superstitions et aux rites des païens. La première couronne était de chêne; le prieur de l'église de Latran la lui présenta en lui disant : *Recevez la couronne civique, pour avoir délivré les citoyens de la mort.* Le prieur de Saint-Pierre en lui offrant la couronne de lierre, lui dit : *Recevez ce lierre, parce que vous avez aimé la religion.* La troisième couronne, qui était le myrte, lui fut présentée par le doyen de Saint-Paul : *Recevez*, lui dit-il, *le myrte, parce que vous avez observé vos devoirs, aimé l'instruction, haï l'avarice*. L'abbé de Saint-Laurent hors des murs lui fit le même compliment en lui donnant le laurier qu'il avait béni dans son église. L'olivier lui fut donné par le prieur de Sainte-Marie-Majeure, qui dit : *Homme humble, prenez cette couronne d'olivier, parce que votre humilité vous a fait triompher de l'orgueil*. La sixième couronne était d'argent. Le prieur du Saint-Esprit *in rocca* la lui mit sur la tête et lui donna le sceptre en main en disant : *Tribun auguste, recevez les dons du Saint-Esprit, et la couronne spirituelle désignée par cette couronne et ce sceptre*. Le chevalier Godefroi, pour septième couronne, lui donna des branches d'arbre fruitier, le baisa, et lui dit : *Tribun auguste, recevez et aimez le symbole de la justice, donnez-nous en revanche la liberté et la paix*. Le vicaire d'Ostie était chargé de l'arrangement des couronnes, et l'archevêque de Naples avait la garde de celle qui était d'argent. À mesure que l'on couronnait le tribun, il y avait un gueux à ses côtés, armé d'une épée, et dont l'unique occupation était d'arracher les couronnes de sa tête. Ce que Rienzi souffrait, disait-il, par humilité, et par imitation des anciens triomphateurs, qui, le jour de leur triomphe, souffraient les bons mots et les insultes qui échappaient à la licence du soldat. C'est par ce mélange de momerie et de grandeur que le bizarre tribun se jouait du profane et du sacré, et dégradait également la majesté de nos cérémonies, et la noblesse des usages de l'empire romain.

Tout ceci se passa en présence des ambassadeurs que le tribun avait retenus, et de tout ce qu'il y avait de seigneurs considérables en Italie. Rienzi crut devoir distinguer en cette occasion les députés de Pérouse, dont il était extrêmement satisfait. « Il voulut
» les épouser tous dix par un seul anneau qu'il leur
» donna en présence de toute l'assemblée. Puis, s'é-
» tant fait apporter un drapeau rouge où étaient les
» armes de Constantin, et une aigle blanche tenant
» en son bec une guirlande d'olivier, avec ces mots
» au-dessus, *Asie, Europe et Afrique,* il leur en fit
» présent pour la Seigneurie, en leur disant : *Por-*
» *tez ce drapeau à votre ville, comme un garant de*
» *notre alliance mutuelle.* La Seigneurie reçut ce
» don avec beaucoup de reconnaissance, et le mit
» honorablement parmi ses dépôts les plus pré-
» cieux. »

Toutefois depuis que le tribun se fut fait couronner, son crédit commença à déchoir; la pompe passagère des cérémonies qui avait occupé un temps toute l'attention des Romains, fit place ensuite à de plus sérieuses réflexions. Le luxe que Rienzi affectait dans ses habits et à sa table, le cortége brillant qu'il traînait à sa suite, et le passage subit de l'austérité républicaine à la magnificence monarchique déplurent tellement, qu'on se demandait à l'oreille ce qu'était devenue cette ancienne modestie dont il se parait avec tant d'adresse dans les commencements de son élévation. Les indécences qui s'étaient passées dans l'église de Saint-Jean de Latran, et que l'ivresse de la fête n'avait pas permis au peuple d'apercevoir, revinrent à l'esprit des Romains. On murmurait surtout de la profanation du monument de Constantin, et de la citation trop réelle du Vicaire de Jésus-Christ; mais ces murmures n'éclataient pas, et Rienzi, élevé au plus haut point de sa gloire aprè. tant d'heureux succès, était plus redouté que jamais, et ne sentait pas que le principe intérieur de la vénération qu'on lui témoignait commençait à s'altérer.

Il crut donc qu'il pouvait tout oser, et qu'il était temps de frapper le dernier coup pour s'assurer de la noblesse par la mort de ceux des nobles dont la puissance lui faisait encore ombrage : voici comment il s'y prit. Un matin, le 14 septembre de cette année 1347, il envoya inviter à dîner le vieux Etienne Colonne, qui se rendit au Capitole sans soupçonner le sort qui l'attendait. Rienzi le fit aussitôt conduire dans un appartement séparé sous bonne garde. On arrêta en même temps Pierre Agapit Colonne, seigneur de Jenazzano, qui après avoir été prévôt de Marseille, était devenu Sénateur de Rome ; et Jean Colonne, à qui, peu de temps auparavant, Rienzi avait donné le commandement des troupes qu'il avait destinées contre le comte de Fondi. Jourdain, surnommé de la Montagne ; Renaud de Marini, le Comte de Berthold et son fils, le seigneur du Château Saint-Ange, tous de la maison des Ursins, furent auss menés au Capitole avec quantité d'autres seigneurs Le tribun les attira tous dans le piége qu'il leur ten dit, en faisant croire aux uns qu'il les appelait pour les consulter sur des affaires d'importance, et aux autres qu'il les invitait à un festin. De tous les seigneurs du premier rang, il n'y eut que Luc de Savelli, le jeune Etienne Colonne, et Jourdain de Marini qui échappèrent par hasard aux perquisitions du tyran.

Comme un coup de cet éclat pouvait causer de l'émotion dans Rome, il fit semer le bruit que ses prisonniers étaient des traîtres qui avaient conspiré contre le gouvernement, et qu'il s'était vu obligé de s'assurer d'eux pour prévenir leurs mauvais desseins. Le peuple crédule à qui il imposait comme il voulait, ne douta point qu'il n'y eût en effet une conjuration formée et prête à éclore. Plein de cette idée, il donnait mille malédictions aux nobles, et relevait la modération du tribun, qui s'était contenté de se saisir de leurs personnes. Sur le soir, le peuple ayant été convoqué au Capitole, Rienzi fit amener ses prisonniers dans la grande salle. Etienne Colonne, indigné du traitement injuste qu'on lui faisait et de l'insolence du tyran, ne songea plus à le ménager ; et sans entrer en justification de sa conduite, il proposa une question à l'assemblée, savoir : « lequel valait mieux pour le bien du peuple, d'avoir un gouverneur prodigue ou modeste. » Ce problème, qui était un reproche bien vif de la magnificence que le tribun affectait depuis un temps, et qui rappelait le souvenir des dépenses vaines et des folles profusions de la dernière fête, donna lieu à beaucoup de raisonnements Sur quoi Colonne,

profitant de la disposition où il voyait le peuple, leva un pan de la robe du tribun, et le lui portant sous les yeux : « Un habit simple, lui dit-il, ne convien-
» drait-il pas mieux à un tribun du peuple, que ce
» riche ornement dont vous vous parez? » La hardiesse de Colonne, son regard majestueux, et une rumeur sourde que ces paroles excitèrent dans l'assemblée, firent pâlir Rienzi, homme naturellement timide et aisé à déconcerter ; il rompit brusquement l'assemblée sous prétexte qu'il était tard, et remettant l'affaire au lendemain, il fit resserrer et garder à vue ses prisonniers. Il était maître de leur vie, et n'avait rien à craindre du peuple qu'il menait à sa guise ; mais il n'était hardi que quand il se tenait assuré d'en être soutenu. Il n'osa donc exécuter son attentat durant la nuit. Il se retira fort chagrin de ce qui s'était passé, déterminé toutefois à sacrifier les seigneurs à son ressentiment et à sa sûreté, dès qu'il aurait obtenu l'aveu du peuple. Il les avait fait mettre dans des appartements séparés pour leur ôter toute communication. Etienne Colonne fut gardé dans la grande salle, sans qu'on lui laissât même un lit pour se reposer ; il passa toute la nuit dans de cruelles agitations, se promenant çà et là à grands pas, frappant de temps en temps avec fureur la porte, et conjurant la garde d'entrer et de le percer pour le dérober à l'infamie du supplice et à la cruauté du tyran. On ne l'écouta point, et on laissa impitoyablement ce vieillard, qui s'était vu maître de Rome, maudire le sort qui le réduisait à devenir la victime des caprices d'un furieux.

5..

Le lendemain 15 septembre, le tribun, plus résolu
que jamais de se défaire de ses prisonniers, fit tendre
de tapisseries mi-partie rouge et blanc le lieu où se
tenait le conseil, et qu'il avait choisi pour être le
théâtre de la sanglante tragédie que cette tenture
extraordinaire annonçait. Il envoya ensuite un Cordelier à chacun des prisonniers pour leur adminis-
trer les sacrements ; puis il fit sonner la cloche du
Capitole. A ce son fatal et à la vue des confesseurs,
les seigneurs ne doutèrent plus que leur arrêt de
mort ne fût prononcé. Tous se confessèrent, excepté
le vieux Colonne, et plusieurs reçurent la communion. Cependant le peuple, naturellement facile à
s'attendrir, quand sa première impétuosité a eu le
temps de se calmer, ne put voir sans quelque sentiment de pitié le funèbre appareil qu'on lui préparait.
La vue de la couleur du sang dont la tenture était
mêlée, le révolta. A cette première impression se
joignait l'idée touchante de tant de têtes illustres
qu'on allait immoler, et dont le sort paraissait d'autant plus à plaindre qu'on ne voyait point de crime
avéré qui les eût rendus dignes d'un traitement si
barbare. Surtout le malheur d'Etienne Colonne que
sa naissance, sa vieillesse, son affabilité rendaient
respectable, excitait une compassion particulière.
On se rappelait cet air de bonté et de franchise qui
l'avait fait autrefois chérir de tout le monde, la liberté pleine de noblesse avec laquelle il avait repro-
ché au tribun son luxe et sa noblesse; enfin la précipitation dont on usait dans un jugement de cette
importance à l'égard d'un seigneur qui avait dédai-

gné de se justifier. On n'entendait plus ce murmure d'approbation avec lequel le peuple avait coutume d'applaudir à la sévérité du tribun dans les exécutions ordinaires. Un sombre et lugubre silence régnait dans l'assemblée, et la pitié avait gagné tous les cœurs. Ceux qui étaient plus près de Rienzi lui firent remarquer ce changement. Ils en prirent occasion d'implorer sa clémence en faveur des prisonniers, et ils employèrent pour le fléchir les paroles les plus tendres et les motifs les plus puissants.

Le tribun connut bien dans l'instant qu'il avait été trop vite dans une affaire trop délicate; mais comme il était homme à retours singuliers et inattendus, il prit sur-le-champ son parti, tint tous les esprits en suspens, et sans découvrir son dessein, commanda qu'on amenât les prisonniers à son tribunal. Il était environ neuf heures du matin lorsqu'on les vit paraître en posture de criminels qu'on traîne au supplice. Au travers du trouble et du désespoir qu'on voyait peints sur leurs visages, on y découvrit des traits de cette indignation noble et fière, qui accompagne ordinairement l'innocence jusque dans les horreurs de la mort. Comme ils crurent qu'ils n'avaient plus rien à ménager dans ce dernier moment, ils voulurent du moins se donner la consolation de se justifier et de mourir innocents; mais à peine l'un d'eux eut-il pris la parole, que le tribun fit sonner ses trompettes favorites, qui l'avaient si bien servi lorsque le vicaire du Pape voulut faire les protestations en voyant qu'on citait

le Pape lui-même. A ce funeste signal, on crut les
seigneurs perdus, et sur le point d'être percés par
les bourreaux à la vue du peuple assemblé ; mais
Rienzi, prenant son air d'oracle, s'avança à l'instant
pour haranguer. Il commença son discours par ces
paroles de l'Oraison dominicale : *Pardonnez-nous
nos offenses, comme nous pardonnons à ceux qui nous
ont offensés.* Puis, s'étendant sur le besoin mutel que
tous les hommes ont de se pardonner, pour mériter
les effets de la miséricorde divine, toujours propor-
tionnés à leurs dispositions les uns à l'égard des
autres, il supplia le peuple avec larmes d'avoir quelque indulgence pour d'illustres prisonniers, dont les
services et la naissance méritaient bien qu'on n'exa-
minât pas leur conduite avec rigueur. Enfin, quoiqu'au fond il frémit de rage de se voir arracher ses
victimes, et qu'il prévît bien les conséquences de sa
première démarche, il entreprit de se faire un mérite auprès du peuple de la complaisance forcée à laquelle il le réduisait ; et auprès des seigneurs, de
l'éloquence avec laquelle il demandait grâce pour
eux. Il la demanda en effet, et la leur fit au nom du
peuple romain. Ensuite se tournant vers eux :
« N'êtes-vous pas résolus, leur dit-il, d'employer vos
» biens et vos vies pour le salut de ce peuple qui
» vous rend la vie et les biens? » Tous ces seigneurs, frappés de l'image de la mort et d'un changement si imprévu, ne répondirent que par une profonde inclination pour assurer les Romains de leur
reconnaissance et de leur dévouement.

Le tribun n'en demeura pas là ; et pour tâcher de

regagner entièrement ses prisonniers, il leur prodigua quantité de nouveaux titres qui lui coûtèrent peu ; il fit présent à chacun d'une riche robe fourrée d'hermine ; puis il les mena dîner chez lui ; et après un magnifique repas, il fit avec eux une cavalcade dans les rues de Rome en signe de pacification. Il tira d'eux toutefois des serments, prétendus volontaires, en faveur du *bon Etat* et du peuple, qu'ils réitérèrent le 17 septembre, après avoir reçu l'absolution du prêtre au nom du peuple, et la communion ensuite avec le tribun.

VII

Dès que les seigneurs persécutés se virent en liberté, plus effrayés du danger affreux qu'ils avaient couru que rassurés par les bienfaits du tribun, ou retenus par des serments forcés, ils songèrent à sortir de Rome et à se venger. Il y en eut pourtant quelques-uns qui, par crainte ou par politique, n'entrèrent point dans le conspiration et restèrent dans la ville. Les principaux de ceux-ci furent trois de la maison des Ursins, Nicolas, seigneur du château Saint-Ange; Jourdain de la Montagne; le fils du comte Berthold; et avec eux le chancelier Malabranca. Presque tous les autres suivirent les Colonne, qui engagèrent aussi dans leur parti une branche de la maison des Ursins, dont les plus considérables étaient Jourdain et Renaud, seigneurs de Marino, place où ils se retirèrent avec quantité de noblesse et de vassaux.

Cette retraite fit beaucoup raisonner à Rome ; et, dans l'appréhension des suites fâcheuses dont elle le menaçait, le peuple commença à blâmer publiquement le tribun d'avoir trop ou trop peu osé à l'égard des nobles. Pour eux, ils commencèrent par fortifier et munir leurs places ; et comme le château de Marino était le plus à portée pour faire des courses du côté de Rome, et pour se retirer sans risque, ils en firent leur place d'armes et l'asile de la faction. On travailla donc à la hâte à le réparer. On rétablit les fossés qu'on environna d'une double palissade. On pourvut le château de soldats, d'armes et de munitions de guerre, de sorte qu'en peu de temps il se trouva non seulement hors d'insulte, mais même en état de soutenir un long siége.

Le tribun eut l'imprudence et la lâcheté de laisser faire tous ces travaux sous ses yeux, malgré les murmures du peuple et la facilité qu'il y avait à les prévenir. On ne fut pas longtemps sans ressentir les effets de cette inaction. A peine les seigneurs révoltés se trouvèrent-ils en état d'agir, qu'ils firent des courses aux environs de Rome, pillant et ravageant la campagne, enlevant hommes et bestiaux, et causant des ravages incroyables. Rienzi, réveillé enfin par les murmures publics, prit un parti conforme à sa lâcheté naturelle. Il comptait plus sur la terreur de son nom que sur ses armes. Il envoya donc sommer les rebelles de comparaître devant lui ; mais ceux-ci, qui se voyaient en état de se faire craindre, maltraitèrent si fort l'officier qui s'était chargé de la sommation, qu'ils le chassèrent hors de la place de Marino avec trois blessures à la tête ; et pour braver le tribun par une nouvelle insulte, ils continuèrent ce jour-là, comme les autres, leurs courses et leurs dégâts avec plus de fureur que jamais.

Rienzi, moins chevalier et tribun que rodomont, ne répondit à ces outrages que par une seconde citation, où il sommait les rebelles de venir se rendre à son tribunal à pied et sans armes, sous peine d'encourir son indignation ; et par un trait d'autorité mal entendue, il fit pendre en effigie, la tête en bas et les pieds en haut, comme traîtres à la patrie, les deux seigneurs de Marino, Jourdain et Renaud des Ursins, qu'il voulut rendre responsables de tous les ravages qu'eux et ceux de leur parti faisaient dans le territoire de Rome. Cette bravade, qui marquait le dépit et l'impuissance du tribun, ne fit qu'irriter davantage les deux seigneurs offensés, qui vengèrent bientôt par des représailles cruelles et effectives l'infamie imaginaire dont on avait prétendu les couvrir. Jourdain, à la tête d'un parti, s'avança jusqu'à une des portes de Rome, où il fit nombre de prisonniers, et enleva quantité de butin. Renaud poussa le ressentiment plus loin : il passa le Tibre, et alla fondre sur la ville de Nepi, qu'il saccagea avec la dernière inhumanité, brûlant les maisons, massacrant les habitants, et mettant tout à feu et à sang sur son passage. Il porta la barbarie jusqu'à brûler un château où était une veuve de qualité, qui fut consumée par les flammes.

Les cris du peuple qui frémissait de rage contre les auteurs de ces désordres, et que la négligence du tribun désespérait, le forcèrent enfin, malgré ses répugnances, à se mettre en armes. Il forma à la hâte une armée de vingt mille hommes de pied et de huit cents chevaux; puis il alla camper dans une vallée où il s'épaula d'un bois à un mille de Marino. On était dans le mois de novembre, et les grandes pluies l'empêchèrent d'abord de rien entreprendre; mais les pluies ayant cessé, il mit en action ses troupes, qui firent durant huit jours un si horrible dégât dans le territoire de Marino, qu'il n'y resta ni maison, ni arbres sur pied. On arracha toutes les vignes, et le bois le long duquel le tribun était campé ne fut pas épargné, quoiqu'on l'eût respecté dans toutes les guerres qu'on avait faites jusqu'alors pendant ces temps de trouble et de division.

Après cette expédition faite suivant l'usage militaire de ce siècle, Rienzi ne jugeant pas devoir encore attaquer le fort de Marino, se jeta sur la petite ville de Castellucca, peu éloignée du château, la prit d'emblée, fit démollir les murs, et l'abandonna au pillage. Son dessein était d'attaquer la tour où la garnison s'était retirée; il avait même fait construire pour cela de grandes machines montées sur des roues, par le moyen desquelles on pouvait attaquer les assiégés jusque sur leurs remparts; mais ces préparatifs devinrent inutiles. Les assiégés, frappés

des secours et des ambassades qu'il recevait à chaque
instant , se rendirent à composition. Il fit là une
chose indigne qui prouve bien son caractère : ce fut
de faire noyer deux chiens , en disant que c'étaient
Jourdain et Renaud des Ursins.

Cependant le Pape , détrompé depuis quelque
temps des spécieuses protestations de fidélité dont
Rienzi l'avait leurré dans ses lettres , et mieux informé de sa conduite violente et tyrannique , avait
fait partir de Naples le cardinal Bertrand d'Eu , archevêque d'Embrun et prévôt de Liége, avec le caractère de légat , pour prendre connaissance de ces désordres et y remédier le plus efficacement qu'il se
pourrait.

Bertrand d'Eu était très-propre à réprimer ce fanatique ; il était du bourg de Blandiac , dans la séné-
chaussée de Beaucaire, diocèse d'Uzèz ; de prévôt de
l'Eglise d'Embrun, il fut fait archevêque en 1323, et
fut envoyé en qualité de nonce à Tarbes, en Gasco-
gne , pour apaiser quelques différends entre des seigneurs, et depuis en Sicile. L'an 1338, le pape Benoît le fit cardinal-prêtre du titre de Saint-Marc,
qu'il lui donna l'année suivante. Enfin Clément le
destina pour l'Italie en 1346, mais il n'y alla que vers
la fin de cette année, et ne se transporta à Rome
que dans le temps dont nous parlons. Rienzi était
encore en campagne à la tête de son armée, lorsque
le légat lui écrivit du Vatican, pour lui donner avis
de son arrivée, et pour le presser de venir recevoir
les ordres du pape. Le tribun ne fit pas d'abord beaucoup d'état de ce que le légat lui mandait ; il le laissa

quelque temps se morfondre à Rome. Mais enfin, fatigué de ses importunités, et craignant d'ailleurs qu'il ne tramât quelque chose à son préjudice, il quitta la campagne et revint à Rome à la tête de son armée.

Il y entra un matin, et signala son arrivée par la destruction de quelques palais appartenant aux principaux de la noblesse révoltée; il les fit renverser par ses troupes, et continuant son chemin vers l'église de Saint-Pierre, il y mit pied à terre, et alla droit à la sacristie. Là, pour imiter les Césars, il se fit donner la dalmatique impériale, que les empereurs avaient coutume de porter à leur couronnement, la mit par-dessus ses armes, et revêtu de cette tunique toute brillante d'or et de perles, la couronne en tête et le sceptre en main, il se rendit au palais du Pape au bruit des trompettes, et avec toute sa cavalerie, dans cet équipage qui avait quelque chose de pompeux et de burlesque; il aborda le légat en lui disant : *Vous nous avez mandé, qu'avez-vous à nous ordonner?* Le légat, étonné de la parure du personnage et de son compliment, lui répondit avec douceur qu'il avait quelques ordres du Pape à lui communiquer. A ces mots, le tribun éleva la voix, et repartit d'un ton aigre : *Hé! de quels ordres venez-vous me parler?* Cette incartade ôta au légat l'envie de répliquer. Ils se séparèrent sans éclaircissement et fort mécontents l'un de l'autre.

Cependant Rienzi, sans paraître s'embarrasser ni de la présence du légat, ni de la révolte des nobles, fit continuer les hostilités contre eux, à mesure

qu'ils en faisaient de leur côté sur le territoire de
Rome. Mais soit que l'arrivée du légat eût donné de
nouvelles forces aux rebelles ; soit que la crainte, la
mollesse et la lâcheté eussent ralenti la première
ardeur du tribun, il n'avait plus l'avantage. Le peuple, fatigué d'une guerre civile qui le tenait comme
assiégé dans ses murs, commençait à faire soupçonner son mécontentement ; l'argent manquait, les
troupes n'étaient plus exactement payées ; et, malgré
un reste de vénération qu'on avait pour le tribun,
tout paraissait se disposer à un murmure général.
Quelques gentilshommes, bien assurés de la disposition des esprits, et peut-être animés par celle du
légat, en donnèrent avis au vieux Colonne, et lui
promirent de lui ouvrir les portes de la ville, lorsqu'il se présenterait avec son armée.

Sur cet avis, les Colonne réunirent leurs troupes
à Palestrine, et formèrent un corps de quatre mille
fantassins et de seize cents chevaux. Cette conspiration ne put être si secrète, ni l'appareil si prompt,
que le tribun n'en fût informé. Au lieu de prévenir
ses ennemis, il les laissa se fortifier par crainte,
comme il l'avait fait d'abord par sécurité. Puis quand
il vit l'orage prêt à fondre, il tomba dans un abattement si étrange, qu'il en perdit le sommeil et le
soin des affaires. Il se tenait caché dans le Capitole
sans prendre aucun parti. Réveillé enfin de son assoupissement par la présence du danger, qui lui
fournissait d'ordinaire les ressources les plus singulières et les plus heureuses, il se montra au peuple
trois jours seulement avant qu'on en vînt aux mains.

Il harangua l'assemblée avec son éloquence ordinaire, tâchant de persuader aux Romains que dans une guerre, qu'il appelait sacrée, ils n'avaient rien à redouter des Colonne : « Car je veux bien vous apprendre, ajouta-t-il, que saint Martin, autrefois fils d'un tribun, m'est apparu cette nuit, et m'a dit : *Soyez certain que vous mettrez à mort les ennemis de Dieu.* » Comme il s'aperçut que sa prétendue vision avait eu quelque effet sur l'esprit du peuple, le jour suivant il en hasarda une autre avec la même impudence; et pour la mieux préparer, il fit sonner longtemps durant la nuit la cloche du Capitole, de sorte que dès le matin le peuple se rendit auprès de lui sous les armes et prêt à marcher : « La victoire est à nous, s'écria-t-il, et je viens vous apporter de nouveaux gages. Le pape Boniface vient de m'apparaître cette nuit, et m'a annoncé que nous tirerions une vengeance signalée des Colonne qui l'ont si cruellement outragé, aussi bien que l'Eglise de Dieu. » Cette vision était d'autant plus adroitement ménagée, qu'elle faisait ressouvenir les Romains de la brouillerie des Colonne avec Boniface VIII, et de l'attentat de Sciarra Colonne et du seigneur Guillaume de Nogaret sur la personne de ce Pape qu'ils traitèrent indignement lorsqu'ils le prirent à Anagni. Le tribun ajouta tout de suite : « Voici mon fils Laurent, je veux qu'il marche à mes côtés, et qu'il apprenne de bonne heure à combattre les parjures et les traîtres qui ont conspiré contre le peuple. Je suis bien informé par mes espions que les ennemis ont campé cette nuit à qua-

» tre mille de Rome, dans un lieu nommé *le Tom-*
» *beau.* Triste présage pour eux, et qui montre bien
» que non-seulement ils seront défaits, mais encore
» ensevelis ; et que leur champ de bataille sera pour
» eux un *sépulcre.* » En achevant ces mots, il fit sonner les trompettes, mit son armée en ordre de bataille, nomma les capitaines ; choisit pour ses lieutenants généraux Nicolas et Jourdain des Ursins
surnommé de la Montagne, et prit sa marche du côté
de la porte Saint-Laurent, autrement dite porte Ti-
burtine.

L'armée des nobles, qui avait en effet cette nuit-
là campé dans le lieu qu'on appelait le *Tombeau*, se
mit en marche, et s'avança jusqu'au monastère de
Saint-Laurent, qui avait été impitoyablement pillé,
parce que c'était là qu'on avait béni la couronne de
laurier du tribun. On y fit halte pour tenir conseil.
Le vieux Colonne, Jean son fils, Pierre Agapit, seigneur de Jenazzano, et Sciarra, tous deux de la maison des Colonne, Jourdain de Marini, Nicolas de
Buccio-Vaccia, et quantité d'autres de la principale
noblesse, délibérèrent entre eux comment ils se con-
duiraient quand ils seraient entrés dans la ville ;
si l'on commencerait par gagner le peuple, ou si
l'on irait brusquement attaquer le Capitole, sans la
faveur et le secours du peuple. Ils n'ignoraient pas
que le peuple était extrêmement irrité contre eux à
cause des pertes qu'il avait souffertes dans les dégâts horribles qu'on avait faits aux environs de Rome. D'ailleurs il n'était pas aisé de surprendre et
de forcer le Capitole sans la faveur et le secours du

peuple. Enfin le froid, le mauvais temps et la pluie auraient fait souhaiter à plusieurs que la partie eût été remise à un autre temps. Pierre Agapit paraissait le plus irrésolu. La profession ecclésiastique où il était resté longtemps ne lui avait pas inspiré un grand fond d'intrépidité. Il l'avait quittée pour se marier, après avoir possédé la première dignité du chapître de Marseille ; et ce changement d'état ne lui avait point fait changer d'humeur. Il était de plus alarmé d'un songe qu'il disait avoir eu cette même nuit, où il avait cru voir sa femme en habits de veuve. Ce songe avait fait tant d'impression sur son esprit, qu'il déclara nettement qu'il ne voulait point s'exposer ce jour-là, qui était le 20 novembre. Etienne Colonne, le chef du parti, avait actuellement la fièvre. Pour achever de les déconcerter, ils entendirent la cloche du Capitole, ce qui leur fit juger qu'ils étaient découverts, et que l'ennemi était sur ses gardes. Toutefois le vieux Colonne, qui était plein de cœur, et qui ne voulait pas perdre une occasion précieuse, dit aux seigneurs qu'ils étaient désormais trop avancés pour reculer ; qu'il allait lui-même reconnaître si l'intelligence était découverte ou non ; et que s'il trouvait tout disposé pour les recevoir, il fallait sans balancer entrer dans la ville et forcer le peuple à les suivre, sans lui donner le temps de la réflexion. Incontinent, tout malade qu'il était, il s'avança vers la ville, suivi seulement de deux valets de pied ; étant arrivé à la porte dont on était convenu, il appela par son nom celui qui devait en avoir la garde, et le pria d'ouvrir, ajoutant qu'il était citoyen de Rome; qu'il voulait retourner à son palais, qu'il venait pour favoriser le *bon Etat* et non comme ennemi; qu'il portait enfin le drapeau de l'Eglise et du peuple. « Retirez-vous prompte- » ment, lui cria la sentinelle, celui que vous avez » appelé n'est plus de garde; ignorez-vous la haine » que vous porte le peuple pour avoir troublé le » *bon Etat?* N'entendez-vous pas la cloche du Capi- » tole? Sauvez-vous, au nom du ciel. Pour vous mar- » quer, au reste, qu'on est en état de recevoir votre » armée, voilà les clefs que je vous jette; entrez » si vous l'osez. » Il les jeta en effet, et elles tom- bèrent dans une flaque d'eau où on ne put les re- trouver.

Colonne, ne pouvant plus douter qu'il n'eût été trahi et que le tribun ne fût sur ses gardes, retourna fort mécontent vers son armée. On jugea qu'il n'y avait pas d'apparence de rien entreprendre ce jour- là, et qu'il fallait se contenter de faire une retraite honorable, et qui eût quelque chose d'insultant pour le tribun, avec défense toutefois d'attaquer ou d'es- carmoucher. On convint donc que l'on partagerait les troupes en trois corps, qu'on les ferait défiler le long des murs au bruit des trompettes, et qu'après avoir passé en bon ordre devant la porte par où l'on avait compté d'entrer, on rabattrait sur la droite, pour se retirer, sans tirer l'épée.

VIII

Déjà le premier et le second corps, mêlés d'infanterie et de cavalerie, avaient défilé sans aucun trouble sous le commandement de Betruccio Frangipani. Il ne restait plus que le troisième, composé de la meilleure cavalerie et de la fleur de la noblesse. Le jeune Colonne, qui en était, avait pris les devants avec sept ou huit autres jeunes seigneurs, et avait laissé le gros à deux cents pas derrière lui. Le jour commençait à paraître, et les Romains, excités par le bruit des trompettes, s'étaient mis en devoir d'ouvrir la porte pour escarmoucher avec l'arrière-garde ennemie. La clef ne s'étant pas trouvée, ils avaient

6.

brisé les ferrements, et par négligence ou par précipitation on n'avait ouvert la porte qu'à demi, de
sorte qu'un des battants était demeuré fermé. Jean
Colonne, la trouvant en cet état, lorsqu'il en fut pro-
che, et entendant une rumeur populaire qui marquait l'alarme, s'imagina que la porte avait été forcée
par ceux de son intelligence. Sur quoi, emporté par
une ardeur inconsidérée, il mit sa lance en arrêt, et
donnant des éperons à son cheval, il s'avança à toute
bride dans la ville sans être suivi de personne.

A juger de l'événement par l'effet que produisit
d'abord une irruption si brusque, il était maître de
Rome s'il eût eu seulement cent hommes avec lui.
Car, dès qu'il parut, la cavalerie de la ville, sur laquelle il fondit d'abord, prit tellement l'épouvante
qu'elle se débanda et se mit à fuir en désordre, comme si elle eût eu toute l'armée ennemi sur les bras.
L'infanterie et le peuple vers qui il tourna sur la
droite ne tinrent pas plus à son approche. On eut dit,
à voir la frayeur et la confusion des troupes, qu'il les
chassait devant lui comme un troupeau. Mais enfin
les Romains venant à se reconnaître, et n'apercevant
qu'un seul homme au lieu d'une armée dont ils se
croyaient poursuivis, firent face et l'enveloppèrent.
Colonne, qui avait compté sur ses amis du dedans
et du dehors, fut étrangement surpris de se voir in-
vesti de toutes parts; il voulut regagner la porte,
mais il fut emporté par son cheval dans l'enceinte
d'une masure qui se trouvait près de la porte et à
gauche, au dedans de la ville. Les cavaliers qui le
poursuivaient l'atteignirent, le renversèrent de che-

val, le désarmèrent, et sans que sa naissance, ni sa
jeunesse, ni la manière tendre dont il demandait
grâce au peuple pût le toucher de pitié, il le frappè-
rent de trois coups d'épée dont il mourut sur-le-
champ. Il était à peine à l'âge de vingt ans, et il avait
déjà donné des preuves de valeur qui présageaient
de plus grandes actions et un destin plus heureux.
Dans le moment qu'il expira, le ciel, qui était couvert de nuages, s'éclaircit, et le soleil répandit la sé-
rénité dans la ville, après plusieurs jours de mauvais
temps; chose que Rienzi ne manqua pas de tourner
à son avantage pour s'attirer l'admiration d'un peuple crédule et superstitieux.

Cependant le vieux Colonne, qui suivait à la tête
de l'arrière-garde, étant arrivé à la porte de la ville
où il vit quelque populace assemblée, comme s'il
eût déjà eu un pressentiment de son malheur, se
mit à crier avec inquiétude : *Qu'est devenu mon fils ?*
— *Nous ne savons,* lui répondit-on, *ni ce qu'il a fait,
ni ce qu'il est devenu.* Cette réponse n'ayant fait
qu'augmenter ses alarmes, il poussa son cheval jusque sous la porte; et il vit de là son fils étendu à terre,
au milieu des assassins. La frayeur le saisit à ce
spectacle, il tourna bride, et sortit de la ville. Mais
la tendresse paternelle lui rappelant ses esprits, il
rentra pour délivrer son fils à quelque prix que ce
fût, dans l'idée qu'il en serait encore temps. A peine
eut-il fait quelque pas, qu'il reconnut par ses yeux
que son fils était mort. Comme il ne songeait qu'à se
sauver lui-même, tout abîmé de douleur et frémis-
sant de rage, une énorme machine, qu'on laissa

glisser d'une tour de la porte, tomba sur ses épaules,
et sur la croupe de son cheval. Au même instant les
soldats de la ville accoururent pour l'envelopper.
Son cheval, percé de nouveau d'un coup de lance,
se cabra et s'agita avec tant de violence qu'il renversa le cavalier déjà froissé du coup qu'il avait
reçu. Aussitôt ces furieux se jetèrent sur lui et le
criblèrent de coups de lance avec la dernière inhumanité. Alors, le peuple, animé par la mort des deux
plus considérables du parti contraire, sortit en foule
sans attendre d'ordre, et alla tomber sur le reste des
troupes qui défilaient. Pierre Agapit fut leur première victime. Il était malheureusement tombé de
cheval, et il tâchait de se sauver dans les champs ;
mais le terrain que la pluie avait rendu glissant, sa
taille replète, et la pesanteur de ses armes auxquelles il n'était pas fait et qu'il portait pour la première
fois, furent cause qu'on le joignit bientôt dans des
vignes où il se cachait ; les larmes avec lesquelles
il demandait la vie d'une manière indigne d'un
homme de sa naissance, lui furent inutiles. On lui
ôta ses armes, on le dépouilla ; et après lui avoir
pris tout ce qu'il avait d'argent, on le massacra sans
miséricorde. Pandolfe, seigneur de Belvédère, et dix
autres de la première noblesse eurent le même sort.
La terreur se mit tellement dans le reste du parti,
que chacun ne songea qu'à chercher son salut dans
la fuite, en jetant ses armes pour fuir plus vite. Jourdain de Marini se sauva avec tant d'effroi, qu'il ne
s'arrêta que lorsqu'il fut arrivé à son château de Marino. Enfin la déroute fut si générale et si singulière,

qu'il n'y eut pas un seul révolté qui osât se défendre,
et que le peuple n'y perdit pas un seul homme, après
avoir tué tout ce qui ne put éviter sa première fureur.

Le tribun, qui avait été entraîné par ses troupes,
savait si peu ce qui se passait alors, qu'ayant vu de
loin tomber son étendard, il se crut perdu ; et regardant le ciel avec des yeux pleins de désespoir : *Ah !
Dieu !* s'écria-t-il ; *m'as tu donc trahi?* Mais dès qu'il
eut été instruit de la défaite entière de ses ennemis,
il passa tout à coup de la pusillanimité et de la
frayeur à la fierté et à l'insolence. Il fit sonner les
trompettes pour annoncer sa *victoire.* Il prit en main
son sceptre de tribun, mit sa riche couronne d'argent avec une autre d'olivier sur sa tête, et rentra
ainsi triomphant dans Rome ; il alla droit à l'église
de Sainte-Marie d'Ara-Cœli, suivi de tout le peuple,
pour remercier le ciel d'une victoire dont il voulait
qu'on le crût redevable à l'assistance du Saint-Esprit,
suivant la prédiction qu'il en avait faite au hasard.
Il donna en cette occasion des marques extérieures
de piété, fort capables d'imposer à une multitude
prévenue, qui le regardait comme une espèce de
prophète. Car il ôta la couronne d'olivier de dessus
sa tête, et la mit avec son sceptre aux pieds de la statue de la Vierge. A l'égard de la couronne d'argent
et de son gonfanon, il les déposa dans l'église des
Cordeliers, et ne reprit plus désormais aucun de ces
ornements. S'étant ensuite rendu dans le lieu où il
avait coutume de haranguer le peuple, il lui dit,
après l'avoir félicité du bonheur de ses armes, que

pour lui, son dessein était de remettre pour toujours son épée dans le fourreau. Il la tira en même temps, et l'ayant essuyée à un pan de sa robe, comme s'il eût voulu marquer qu'il ne l'ensanglanterait plus, il dit par allusion à la mort de Colonne : *J'ai coupé aujourd'hui une oreille d'une tête que ni pape ni empereur n'ont jamais pu trancher.*

Sur le soir, les parents et les amis de ceux qui avaient été tués allèrent reconnaître et enlever les corps. C'était un spectacle bien digne de compassion de voir répandues çà et là les tristes victimes de la barbarie d'un peuple furieux. Un historien fait monter le nombre des morts à trois cents. On avait tellement défiguré leurs cadavres qu'on eut de la peine à reconnaître ceux des personnes de marque. On en trouva six de la maison Colonne, à savoir : Jean fils d'Agapit, et deux fils naturels de cette maison ; outre Etienne, son fils, et Pierre Agapit, desquels nous avons parlé. On reconnut de plus les corps de Nicolas Paoli de Molara, de Jourdain Aretin, de Nicolas Forfaro, de Paul de Libano et de plusieurs autres gentilshommes tant de Rome que d'Orviète et des villes voisines. Le corps du vieux Colonne était si inhumainement maltraité, qu'on aurait eu de la peine à le démêler, sans un reste de vie qui dura encore quelques heures. Tout son visage était couvert de blessures si profondes, qu'il faisait horreur à voir. On transporta son corps et ceux des Colonne dans l'église du monastère de Sainte-Marie, où leur maison avait sa chapelle. Plusieurs dames de leurs parentes y accoururent pour leur rendre les der-

niers devoirs; mais le tribun, averti de leur deuil
et de leurs cris, les fit chasser de l'église par ses
gardes; il défendit même qu'on fît les obsèques ac-
coutumées à ces illustres morts, disant que c'étaient
des perfides et des traîtres indignes des honneurs
de la sépulture; et que si on le mettait en colère, il
ferait traîner leurs corps au lieu où l'on mettait ceux
des malfaiteurs; de sorte qu'il fallut les mettre à
l'écart et les faire porter secrètement dans l'église
de Saint-Sylvestre, où les religieuses les enterrèrent
sans cérémonie et sans bruit.

Si le tribun eût suivi sa pointe, et s'il eût été d'a-
bord se présenter devant le fort de Marino sans donner à ses ennemis le loisir de se reconnaître, il est
certain que, dans la consternation où ils étaient, ils
se seraient crus trop heureux de sauver leur vie en
abandonnant tout, et qu'il les aurait mis hors d'état
de lui donner de l'inquiétude. Mais comme il n'était
ni guerrier, ni brave, il croyait avoir tout gagné
quand le danger était écarté; et il se trouvait plus en
sûreté au milieu d'un peuple qui pliait sous son autorité et dans l'enceinte d'une ville, qu'à la tête
d'une armée devant le moindre ennemi qui osait lui
faire tête. Ainsi, au lieu de songer à assurer sa victoire en la poussant, il ne pensa qu'à en jouir, et
s'amusa à faire des processions triomphales, après
avoir répandu de tous côtés la nouvelle de son
triomphe, et en particulier à Florence, à Sienne et
à Pérouse, villes dont l'alliance lui tenait le plus au
cœur.

Mais cette victoire qui devait, ce semble, rendre

6.

sa domination inébranlable, fut la cause la plus im-
médiate de sa ruine par l'orgueil et l'insolence qu'elle
lui inspira. Il lui échappa dès le lendemain un trait
qui lui fit grand tort, et qui lui aliéna le cœur de ses
meilleures troupes. Ayant fait monter à cheval tous
les volontaires, qu'il honorait du nom de milice sacrée : « Suivez-moi, leur dit-il, je veux vous procurer doublement la paix. » Sur cela, il fait sonner le
trompettes, et ayant à sa gauche son fils Laurent, i,
prend sa marche, sans s'expliquer de son dessein,
vers l'endroit où le vieux Colonne avait été tué. C'é-
tait une flaque d'eau bourbeuse, où le corps de ce
seigneur avait longtemps trempé, et qui était encore
teinte de son sang. Ce fut là qu'il fit faire halte, et
qu'étant descendu de cheval avec son fils, il prit
dans le creux de la main un peu de cette eau ensan-
glantée et en aspergea son fils, en lui disant ces paroles : *Tu seras désormais le chevalier de la victoire.*
Il voulut ensuite que chaque capitaine frappât son
fils du plat de l'épée sur les reins. Cela fait, il reprit
le chemin du Capitole d'où il congédia sa cavalerie
en ces termes : « Retirez-vous, Romains ; ce que je
« viens de faire vous est commun avec moi : aussi
« n'appartient-il qu'à vous et à nous de combattre
« pour la patrie. » Ce discours et la cérémonie barbare et burlesque dont ces cavaliers avaient été témoins leur déplurent tellement, qu'ils ne voulurent
plus porter les armes pour lui.

Après avoir perdu l'affection de la principale partie de ses troupes, il fit tout ce qu'il fallait pour perdre aussi celle du peuple. Persuadé que sa victoir

avait mis la noblesse si bas qu'elle ne pourrait pas
se relever, il ne se ménagea plus en rien. Il devint
d'un orgueil et d'une arrogance insupportables, et
s'abandonna à toutes sortes d'injustices et de tyrannies : il établit de nouveaux impôts. Il se mit à ran-
çonner les riches qu'il envoyait prendre dans leur
maisons pour des crimes supposés, et qu'il ne relâ
chait qu'après en avoir tiré de grosses sommes ; i
s'empara des abbayes et des bénéfices ; il porta le
luxe des habits et de la table à un excès qui indigna
les gens de bien. La jeunesse romaine qui s'était
empressée à lui faire la cour, se trouvait plus rare-
ment au Capitole. On blâmait généralement sa conduite ; et Rome qui l'avait si longtemps regardé comme son libérateur, ne le considérait plus que comme
son tyran. Aussi n'assemblait-il plus si souvent le
peuple pour donner audience ou pour tenir conseil ;
il se tenait renfermé dans son palais, et ne faisait
sentir sa présence que par les concussions qu'il avait
punies si rigoureusement dans les autres. Il est vrai
que le cardinal légat qui était toujours à Montefiascone n'omettait rien pour lui susciter des ennemis,
et pour lui ravir l'affection du peuple. Après l'avoir
cité inutilement trois fois, il lança sur lui l'excommunication, comme sur un homme noté d'hérésie.
Le pape Clément VI, de son côté, adressa au peuple
romain un bref daté du 3 décembre pour l'exhorter
à se départir de l'obéissance au tribun. Le Saint-
Père rappelle aux Romains avec beaucoup de douceur l'élection insolite qu'ils ont faite depuis plus de
six mois sans son aveu, en se donnant pour gouver-

neurs Nicolas Rienzi et Raymond, évêque d'Orviète,
vicaire de Sa Sainteté. La contravention manifeste
qui avait paru dans cette conjoncture à l'offre qu'ils
avaient faite à lui pape dès le commencement de son
pontificat de la disposition universelle et entière des
charges et dignités de la ville; l'acceptation de cette
offre et les restrictions qu'il y avait mises comme
souverain naturel de Rome; l'indulgence qu'il avait
eue en dissimulant ses mécontentements; sa complaisance à ratifier l'élection dans l'espoir qu'il en
résulterait un bien véritable pour les Romains et
pour la manutention des droits de l'Eglise. Il dit ensuite, en des termes extrêmement énergiques, que ce
Nicolas qui est leur idole a trompé toutes les espérances qu'on avait conçues de lui à Avignon et à
Rome; que son ingratitude et sa perfidie envers
l'une et l'autre ville ont été portées au comble : qu'il
les prie de ne considérer que quelques-uns de ses
excès dont il ne veut rapporter que la moindre partie ; que Rienzi a commencé par exclure du gouvernement son collègue l'évêque d'Orviète qui s'oppo-
sait à ses attentats et à ses usurpations; que ce vicaire du pape a été contraint de sortir de Rome pour
n'être pas témoin de ses violences, de ses rapines
des biens ecclésiastiques, et des impôts inouïs dont
il chargeait ses sujets, sans crainte des anathèmes
lancés contre de pareils tyrans. Il leur remet devant
les yeux l'audace qu'a eue Rienzi de se baigner dans
l'urne de Constantin, et d'imiter les cérémonies
païennes dans son couronnement et dans ses autres
fêtes de triomphe pour affecter de ressembler aux

Césars, par une vanité aussi insensée que ses lois;
d'avoir cité Louis de Bavière et les électeurs; de s'ê-
tre arrogé le droit d'élire les empereurs; d'avoir as-
piré lui-même à la dignité impériale; d'avoir révo-
qué les concessions faites par le peuple romain de
temps immémorial; d'avoir confondu l'Eglise avec
le peuple de Rome; de s'être attribué les droits de
ouverain pontife par la citation et la détention de
quantité de religieux et de clercs; de s'être ligué
avec Louis de Bavière, et d'avoir destiné la Sicile à
un des fils de ce prince. Il finit par avertir les Romains, dans cet écrit qui peut passer pour un manifeste d'un souverain à ses sujets, qu'il s'est comporté
à l'égard de Rienzi avec une patience paternelle,
qu'il a tâché de le ramener au bon sens et au devoir
par de charitables avis : que c'est dans cette vue
qu'il a envoyé à Rome le cardinal Bertrand; mais
que Rienzi a tout dédaigné, et n'en est devenu que
plus orgueilleux, comme s'il eût ignoré que le bras
du Seigneur, qui a perdu Lucifer, Balthazar, et tous
ceux que l'orgueil et l'ambition avaient aveuglés,
pouvait le frapper lui-même, et mettre un frein à
ses blasphèmes, et des bornes à ses iniquités. Sa
Sainteté avertit donc les Romains qu'ils aient à peser
mûrement ce qu'elle leur écrit, à persister dans l'o-
béissance dûe à l'Eglise, et par conséquent à rompre
tout commerce avec ce serpent dangereux, qui ré-
pand son venin sur tout le troupeau.

Tout cela était bien capable d'ébranler la puissance
du tribun, mais il était tellement maître du peuple,
qu'il eût pu mépriser tous ces efforts comme il le fit,

s'il ne fût devenu lui-même son plus redoutable ennemi par l'irrégularité de sa conduite. Tandis que
les Romains se trouvaient exposés au-dedans à sa
tyrannie, ils n'avaient pas moins à souffrir au-
dehors du côté des nobles qui recommençaient leurs
courses aux environs de la ville, et qui ravageaient
la campagne avec plus de fureur que jamais. Jourdain de Marini, qui avait eu le temps de se remettre
de sa première alarme, et qui était informé du mécontentement du peuple, crut qu'à force de le fatiguer par ses hostilités, il le réduirait enfin à abandonner ce fantôme de grandeur qu'il avait formé
dans son tribun. Il avait recueilli dans son fort de
Marino les restes de l'armée des Colonne, dont la
déroute avait été plus grande que la perte. Les partis
qu'il envoyait incessamment dans la campagne
tenaient tout le pays dans une telle alarme, que les
marchands n'osaient plus approcher de Rome qui
était comme bloquée. L'interruption du commerce y
causait une grande cherté ; et le blé surtout y était
monté à un prix excessif. Cet état de disette comparé
à l'abondance dont les Romains avaient joui contre
leur espérance depuis l'élévation du tribun jusqu'à
cette malheureuse guerre, leur faisait faire de fâcheuses réflexions, et les refroidissait plus à l'égard
de Rienzi que le manifeste du Pape et les anathèmes
du légat.

Aussi ce dernier ne se contenta-t-il pas de fulmi-
ner des excommunications. Dès qu'il vit les chose.
arrivées au point qu'il les voulait, il s'aboucha avec
Luc Savelli et Sciarra Colonne pour harceler de plus

en plus les Romains, de sorte que les chemins de
Rome se trouvèrent entièrement fermés. Enfin, pour
ne pas donner le temps au tribun de revenir de sa
frayeur, ils engagèrent un seigneur du royaume de
Naples, homme hardi et entreprenant, à former une
conspiration contre lui.

Ce seigneur, nommé Jean Pepin, palatin d'Altamure et comte de Minorvino, était d'un génie factieux et turbulent qui lui avait attiré bien des affaires, et qui le fit périr dans la suite d'une mort igno-
minieuse. Robert, roi de Naples, l'avait condamné à
une prison perpétuelle. Après la mort de ce prince,
il fut mis en liberté par le roi André. La fin tragi-
que de ce dernier ayant causé une révolution dans
le royaume, il craignit de tomber entre les mains
des princes du sang qui avaient toute l'autorité et
qui ne l'aimaient pas. Il sortit donc du royaume et
vint se réfugier à Rome avec sa famille. Comme le
tribun l'avait cité à son tribunal et l'avait condamné
au bannissement faute d'avoir comparu, cet intérêt
personnel l'engageait à se venger, et la faveur du
légat et des nobles lui en fournissait les moyens. Il
saisit cette occasion avec d'autant plus d'agrément
pour lui et pour ceux qui le mettaient en œuvre,
qu'il était le seul homme qui, par sa conformité de
caractère avec Rienzi, pût entreprendre de le renverser et y réussir. Il ne demanda que cent cinquante hommes pour l'exécution de son dessein,
comme s'il eût voulu imiter Rienzi qui n'en avait
pas davantage quand il se fit proclamer gouverneur.
Le légat les lui fit donner par celui qui commandait

au nom du pape dans l'Etat ecclésiastique. C'était un coup de désespoir que hasardait le cardinal Bertrand, et dont il n'avait pas lieu d'espérer du succès contre un homme à qui tout réussissait, qui maniait les esprits à son gré, et dont le seul nom sans bravoure avait effrayé des troupes réglées et donné même de l'inquiétude aux grands Etats qu'il se proposait d'envahir; mais on voulait opposer bizarrerie à bizarrerie, pour tenter si la fortune ne détruirait pas son ouvrage par les mêmes ressorts qui l'avaient formé. Soit que Pepin fût déjà dans Rome, soit qu'il eût trouvé le moyen d'y entrer secrètement avec sa troupe, la nuit du 14 au 15 décembre, il s'empara du quartier de la Poissonnerie, s'y retrancha sans obstacle, et fit faire des barricades sous l'arcade de Saint-Sauveur, pour se mettre hors d'insulte de ce côté-là. Aussitôt, il fit sonner le tocsin à l'église voisine, et l'on ne cessa point de sonner la nuit et le jour suivant. Un auteur a cru devoir remarquer comme une circonstance qui en valait la peine, que c'était un juif qui sonnait; en effet, les Juifs haïssaient Rienzi qu'ils avaient vu naître parmi eux. Le tribun, plus effrayé de cette conjuration qu'il n'aurait dû l'être, donna aux conjurés tout le temps de se fortifier et de s'accroître par les cris de *Vivent les Colonne! Meure le tribun!* dont tout le quartier retentissait. Il se détermina enfin à y envoyer une compagnie de cavalerie, sous la conduite d'un capitaine qui lui était dévoué; mais à peine ce chef, nommé Scarpeta, se fut-il avancé vers la barricade, qu'il tomba mort d'un coup de lance; ce qui arrêta tout court ses cavaliers. Rienzi ayant fait sonner la cloche du Capitole et voyant que le peuple ne se rassemblait pas à ses ordres sortit tout abattu, et ne sachant quel parti prendre. La frayeur l'avait tellement saisi, qu'il ne pouvait presque parler; loin de songer à donner ses ordres à des troupes qu'il eût rendues victorieuses par le moindre signe de courage, il tomba dans un abattement si pitoyable qu'il s'imagina que tous les quartiers de Rome étaien soulevés, quoiqu'il vît de ses yeux le peuple tranquille qui se contentait de demeurer dans l'inaction sans vouloir ni se mettre contre lui, ni le défendre. Se croyant donc perdu sans ressource, il se tourna vers le peuple qui commençait à s'assembler sous la tribune, et lui dit en interrompant son discours de soupirs et de larmes : qu'il avait gouverné avec assez de bonheur et d'avantage pour le public ; que sur cet article il n'avait rien à se reprocher ; mais que, par la jalousie et la malice de ceux à qui le *bon Etat* et le bon ordre qu'il avait commencé d'établir ne plaisaient pas, il se voyait forcé d'abandonner son ouvrage. « Je me retire donc, ajouta-t-il, et je quitte les rênes du gouvernement sept mois après les avoir reçues de vos mains. » En finissant ces mots, il monta à cheval, et, suivi de quelques cavaliers affidés, il s'avisa de faire une retraite triomphante, au lieu qu'il aurait pu faire une attaque heureuse. Il marcha, trompettes sonnantes et drapeaux déployés, au château Saint-Ange, où il se cantonna quelque temps jusqu'à ce qu'il eût l'occasion de s'évader. Il y avait dans le cœur du peuple un si grand fond d'affection pour Rienzi, que, malgré tous les sujets de mécontentement, on ne put le voir se démettre de sa charge et se retirer sans être touché. Plusieurs même de ceux qui avaient témoigné le plus d'aliénation ou de froideur dans cette conjoncture, ne purent refuser des larmes à son malheur.

Le bruit de sa retraite se répandit en un moment dans toute la ville, et le comte d'Altamure n'en fut pas plutôt informé qu'il rompit sa barricade, sortit de ses retranchements, et alla au Capitole qu'il trouva abandonné. Tous les gens du tribun s'étaient retirés, et sa femme s'était sauvée en habit de religieux. On pilla les superbes meubles de son palais et les richesses immenses qu'il y avait amassées. Mais ce qui surprit le plus, ce fut la quantité prodigieuse de lettres qu'on trouva dans son cabinet, tant de celles qu'il recevait que de celles qu'il écrivait. On a pu observer en effet que les jours de ses plus brillantes fêtes, ou de ses plus grands embarras, tel que fut celui de sa victoire, il ne manquait pas d'écrire en diverses villes du dedans et du dehors, et d'y dépêcher sur-le-champ ses courriers. On le pendit en effigie contre les murs du palais où il avait logé, et on le traita comme il avait traité Jourdain de Marini, c'est-à-dire, qu'on le représenta les pieds en haut et la tête en bas. On fit le même traitement à Cecco Mancini, son principal confident, à ses secrétaires, et à un de ses neveux qui portait le titre de comte, et qui, à la première nouvelle de la chute de son oncle, abandonna la forteresse de Civita-Vecchia où il commandait.

Rienzi avait inspiré tant de terreur aux grands , que ceux qui s'étaient retirés dans leurs châteaux ne se rassurèrent point sur la nouvelle de son malheur, et furent trois jours sans oser rentrer dans Rome ; encore n'y demeurèrent-ils pas sans frayeur, tant qu'il s'y tint caché, tellement ils redoutaient que cette ombre de grandeur qui les avait attirés ne reparût encore et ne reprît son ancienne autorité, par l'ascendant incroyable que le tribun avait eu sur le peuple, qui l'aimait encore malgré ses tyrannies, et qui le regretta au point de faire un crime au comte Pepin de lui avoir ravi le *bon Etat.* Chose si singulière, qu'en effet ce fut un des reproches qu'on fit à ce seigneur huit ans après, lorsqu'on le pendit dans son pays pour ses brigandages avec un bonnet de papier en tête, où on le nommait, par dérision, le *Libérateur de Rome.*

Le légat, qui attendait à Montefiascone le succès de l'entreprise du comte d'Altamure, n'eut pas plutôt appris la retraite de Rienzi , qu'il se rendit à Rome, où après lui avoir fait de nouveau son procès par contumace, il le déclara déchu de sa dignité , suspect d'hérésie et excommunié. Il est remarquable qu'on le laissa cependant tranquille dans le château Saint-Ange, où il resta plus d'un mois sans être inquiété, soit qu'on appréhendât de soulever une partie du peuple qui lui était toujours attachée, soit qu'on aimât mieux lui donner lieu de s'évader que de faire un éclat inutile ou même dangereux. On jugea plus à propos de travailler à rétablir l'ancienne forme de gouvernement par la création des sénateurs. On en créa trois dont le premier fut le légat ; et des deux autres l'un fut pris de la maison des Colonne, et l'autre de celle des Ursins. Cet arrangement fut un trait d'habileté du légat, qui, après les troubles dont Rome avait été agitée durant la dernière révolution, et peu auparavant, crut ne pas faire assez pour assurer la tranquillité publique en partageant l'honneur du commandement entre les Colonne et les Ursins, s'il n'y entrait en tiers pour prévenir les dissensions, et entretenir entre eux et avec le Pape la bonne intelligence.

Rienzi avait repris courage dans le sein de sa retraite ; et il ne désespérait pas de son rétablissement. Il comptait sur la protection et le secours du roi de Hongrie, avec qui une ligue particulière l'avait mis en étroite liaison. Ce prince, à la tête d'une nombreuse armée, était sur le point d'entrer dans le royaume de Naples. Mais comme Rienzi craignait de tomber entre les mains de la reine Jeanne, qui avait donné des ordres pour le faire arrêter s'il paraissait sur ses terres, il n'osa se hasarder à aller trouver le roi de Hongrie qu'il ne fût maître de Naples et en état de lui donner un asile contre la puissance de la reine. Heureusement pour lui, la révolution qu'il attendait fut plus prompte qu'il n'eût osé l'espérer. Tout le royaume s'ouvrit au roi Louis. Presque tous les grands se déclarèrent pour lui et allèrent lui faire hommage. Les villes lui envoyèrent des députés pour le reconnaître et l'assurer de leur soumission. La reine Jeanne, qui se vit en un moment abandonnée de tous ses sujets, n'eut d'autre parti à

prendre que de se sauver en Provence avec trois ga-
lères chargées de ce qu'elle avait de plus précieux ,
et qu'elle tenait prêtes à tout évènement, dans le
port de Naples. Elle en sortit la nuit du 15 de janvier ; Louis, prince de Tarente, son époux, la suivit
deux jours après , accompagné de Nicolas Acciavoli,
le seul seigneur qui lui fût demeuré fidèle : de sorte
que le roi de Hongrie se vit maître absolu de tout le
royaume sans avoir été obligé de tirer l'épée.

Cette nouvelle si intéressante pour Rienzi parvint
bientôt à Rome, d'où il résolut de partir secrètement.
Avant son départ, il laissa un ordre qui marque bien
l'espérance dont il se flattait de se voir bientôt rétabli dans sa dignité. Depuis qu'il s'était retiré au
château Saint-Ange, il avait fait peindre sur les murs
de l'église de Sainte-Magdeleine, dans la grande place
du château, un ange avec les armes de Rome, tenant
en main une croix surmontée d'une colombe, et fou-
lant aux pieds un aspic, un basilic, un lion et un
dragon, pour faire entendre par ce symbole qu'il serait un jour rétabli dans sa dignité, qu'alors il hu-
milierait les grands qui l'avaient renversé, et qu'il
les écraserait suivant ces paroles du psaume 90 :
Tu marcheras sur l'aspic et le basilic, et tu fouleras
aux pieds le lion et le dragon. La populace, par dérision, avait couvert de boue cette peinture énigmatique. Rienzi, le soir avant son départ, fut curieux de
voir cet hiéroglyphe qu'il regardait comme un gage
de son retour. Il se rendit dans la place en habit de
moine, et piqué de voir cette image défigurée d'une
manière si outrageante pour lui, il ordonna à ses

amis qu'on tînt devant elle une lampe allumée durant un an entier. Cette nuit-là même il sortit de Rome, et s'embarqua pour aller à Naples, où il arriva sur la fin du mois de janvier.

———

IX

Le roi de Hongrie avait été véritablement touché
de la disgrâce de Rienzi, parce qu'il avait compté
sur lui comme sur un homme qui était entièrement
dans ses intérêts, et qui pouvait le seconder dans
l'entreprise qu'il méditait sur la Sicile, et pour laquelle le tribun lui avait promis son secours. Il le
reçut avec toute sorte d'honneurs, et lui donna un
asile à la cour. On prétend même qu'ils firent ensemble un traité secret, dont on n'a point su le sujet et
les conditions, mais qui déplut extrêmement au
Pape. Il en conçut tant d'inquiétude, qu'entre autres
ordres qu'il envoya au cardinal Bertrand d'Eu, qui

était alors légat en Sicile près la légation de Rome,
il le chargea expressément de remontrer au roi
Louis, « que s'il voulait justifier par des effets qu'il
» était véritablement fils de l'Eglise , il fallait qu'il
» s'abstînt de donner en aucune manière secours ,
» faveur ou protection à cet homme pervers, excom-
» munié et fort suspect d'hérésie, non plus qu'à ses
» partisans et ses fauteurs; qu'il devait même le
» faire prendre et l'envoyer sous bonne garde ou au
» légat ou à Avignon pour y recevoir le châtiment
» qu'il avait mérité.

Soit que les pressantes sollicitations de Clément VI
eussent fait impression sur l'esprit du roi Louis, qui
se voyait dans des conjonctures où il ne pouvait trop
ménager le Saint-Siége, soit qu'il crut n'avoir plus
besoin d'un homme dont il fallait acheter le secours
en commençant par le rétablir, soit que son retour
subit en Hongrie, qui laissait Rienzi sans protection,
eût obligé celui-ci à se retirer d'un lieu où il se trouvait désormais trop exposé, il est constant qu'il sortit de Naples, et qu'à la faveur de son premier déguisement il parcourut divers endroits de l'Italie, où il
erra encore pendant deux ans, presque toujours in-
connu et caché.

Le départ précipité du roi de Hongrie surprit également tout le monde. Ce prince, sans s'ouvrir de
son dessein ni aux grands du royaume, ni aux officiers de son armée, après s'être assuré des châteaux
et des places fortes où il avait mis de bonnes garni-
sons, s'était jeté dans une galère lorsqu'on s'y attendait le moins et avait repris la route de Hongrie

avec très-peu de suite, sur la fin du mois de mai de
l'an 1348, c'est-à-dire environ trois mois après en
être sorti. On raisonna diversement sur ce départ et
sur ce mystère. Il est certain que ce prince, malgré
les précautions qu'il avait prises, s'exposait, en partant, à perdre une conquête encore mal affermie,
comme l'événement le fit voir. Mais dans la mortalité
affreuse qui commençait à dépeupler l'Italie et en
particulier le royaume de Naples, il ne pouvait y rester
sans risque de sa vie; et dans la nécessité de s'éloi-
gner, il devait le faire en secret et brusquement, pour
tenir en respect les grands du royaume, dont la fidélité lui était justement suspecte, et pour les empêcher de prendre des mesures de cabale après son
départ.

La maladie contagieuse qui força le roi de Naples
de quitter l'Italie fut, au rapport des historiens, la
plus cruelle dont on eût jamais ouï parler : de sorte
qu'un auteur ne craint point de dire que la peste qui
affligea l'Egypte du temps de Pharaon, celle dont les
Juifs furent frappés sous les règnes de David et
d'Ezéchias, ni celle qui causa tant de désolation dans
l'Italie sous le pontificat de saint Grégoire, n'en
avaient point approché. La superstition et l'ignorance
firent croire qu'elle avait été annoncée dès l'année
précédente, 1347, au mois d'août, par une comète
qu'on regarda comme un signe assuré de mort. La
comète fut suivie quelque temps après d'un horrible
tremblement de terre, qui se fit sentir le 25 de janvier de l'an 1348, dans presque toutes les parties de
l'Europe, et qui dura l'espace d'une demi-heure en

quelques endroits, et d'une heure en d'autres. Il
causa de grands ravages à Pise, à Bologne, à Padoue, et surtout à Venise; mais plus encore dans le
Frioul et dans la Bavière. L'historien qui les rap-
porte avoue qu'ils sont presque incroyables; et l'on
ne peut lire sans frémir une lettre écrite de ce pays-
là qu'il a insérée dans son histoire. On y voit des
villes entières ruinées de fond en comble; plus de
soixante villages dans un seul canton écrasés par la
chute de deux montagnes qui comblèrent une vallée
de cinq lieues d'étendue, et un château entre autres
enlevé de terre et transporté tout en ruines à dix
milles du lieu où il était.

Tous ces désastres furent les avant-coureurs de la
contagion qui devait avoir des suites encore plus funestes. Des contrées de l'Orient où elle avait pris
son origine, après avoir ravagé l'Asie durant une
année, en se communiquant peu à peu elle passa en
Italie avec des marchands italiens, que la crainte
des excommunications du Pape n'avait pu empêcher
d'aller trafiquer chez les infidèles. La vue de la
mort, plus puissante que l'intérêt, les ayant enfin ra-
menés dans leur patrie, ils y apportèrent la peste.
Les ports de Pise, de Gênes, et du royaume de Naples où le reste de ces malheureux alla se réfugier,
furent les premiers attaqués. De là elle gagna bientôt
toute l'Italie, pénétra dans la Sicile, d'où, après
avoir désolé les côtes de Barbarie, elle fondit sur
la Sardaigne et les autres îles de la Méditerranée.
Il y eut ceci de particulier dans cette maladie, c'est
que pendant l'espace de trois ans qu'elle dura, elle

parcourut successivement toute l'Europe sans se
fixer plus de cinq mois dans les lieux où elle dura
le plus ; mais elle y faisait d'extrêmes ravages en peu
de temps. Elle commença dans le royaume de Naples,
au mois d'avril 1348, et dura jusqu'au mois d'août
suivant, finissant à peu près également dans les autres parties de l'Italie où elle avait commencé plus
tard. Pour donner quelque idée des maux qu'elle
y causa, il suffira de dire que dans la seule seigneurie de Pérouse on compta plus de cent mille morts.
Sur la fin de cette année, elle quitta l'Italie, et, tra-
versant les montagnes, elle alla tomber en Provence,
en Savoie, dans le Dauphiné, dans la Bourgogne ;
et des côtes de Marseille gagnant l'île de Majorque
et la Catalogne, elle se cantonna dans l'Espagne le
reste de l'année. De là, en 1349, elle parcourut les
côtes opposées, et alla gagner l'Angleterre, l'Ecosse
et l'Irlande ; d'où s'étendant vers le nord, en 1350,
elle infecta l'Allemagne, la Hongrie le Danemarck, la
Suède et tous les peuples septentrionaux. Elle se
dissipa enfin après avoir fait le tour de l'Europe,
et enlevé une quantité si prodigieuse de monde, que
suivant l'estimation de quelques auteurs, elle en
épargnait à peine un sur dix, et moins encore dans
quelques cantons.

La maladie commençait par une fièvre assoupis-
sante, avec des pustules qui s'élevaient en divers endroits du corps. Le venin se répandait en peu de
temps dans les veines et faisait mourir en moins de
trois jours ceux qui en étaient attaqués. On trouvait
dans ceux qu'on se hasarda d'ouvrir, qu'il s'était

formé autour du cœur une petite bourse pleine d'une humeur pestilentielle qui corrompait la masse du sang et engendrait des vers dans tout le corps. Cette maladie était d'ailleurs si contagieuse, qu'on la gagnait à l'approche et à la vue de ceux qui s'en trouvaient malheureusement frappés ; et ce fut ce qui rendit la mortalité si affreuse par le défaut des secours les plus nécessaires. Les malades abandonnés de leurs proches, périssaient sans qu'on eût égard aux motifs les plus pressants de l'humanité et de la charité chrétienne. Clément VI prévint cet inconvénient à Avignon : il gagea des médecins pour visiter les pauvres ; il assigna des fonds pour les nourrir ; il acheta un champ pour la sépulture des pestiférés ; et il donna des sommes considérables pour le port et l'inhumation de chaque cadavre ; il étendit la charité jusque sur les juifs qui eurent à essuyer une horrible persécution à l'occasion de cette maladie épidémique, dont on s'avisa de leur attribuer la cause, car ayant su que sous un prétexte si déraisonnable on se croyait en droit de les piller et de les massacrer impunément, il fit une bulle du 4 juillet 1348, par laquelle il défendait sous peine d'anathème de leur faire aucune violence à ce sujet, et de les poursuivre autrement que par les voies ordinaires de la justice. Véritablement on en fit périr une infinité en France, en Espagne et surtout en Allemagne où ils étaient plus riches. On prétend qu'ils s'étaient assemblés en grand nombre dans l'Espagne pour y délibérer des moyens de faire périr tous les chrétiens ; que là ils avaient composé, de concert, toutes sortes de poisons pour les répandre dans les rivières, les fontaines et les puits ; qu'on y avait trouvé des sacs remplis de ces poisons ; qu'ils avaient mis à mort plusieurs enfants, falsifié des quittances et fabriqué de fausses monnaies.

La providence, qui réservait Rienzi comme un fléau destiné au châtiment des Romains, permit qu'il échappât à une contagion qui avait fait périr tant d'innocents ; l'interruption des affaires et du commerce lui aida même à se cacher, et le mit à l'abri des perquisitions du Pape. Echappé de ces dangers, il poursuivit son premier dessein de se faire rétablir à Rome à quelque prix que ce fût, et il noua pour cela une intrigue qui donna de l'alarme à Clément VI.

Entre les troupes que le roi de Hongrie avait amenées à Naples, il y avait un corps d'Allemands de douze cents chevaux qui était commandé par un seigneur de la même nation, nommé Verner. Cette cavalerie avait été une des principales forces du roi de Hongrie. Après qu'elle eut fait des dégâts étonnants en Sicile, qui donnèrent lieu au pape de se plaindre, le roi s'en était utilement servi en diverses occasions. Mais Verner, par ses hauteurs et ses mécontentements hors de saison, lui avait donné bien des sujets de chagrins : enfin il se tourna contre lui, et, ayant abandonné son service, il se mit à courir la campagne de Rome. Cet homme indépendant, et qui faisait la guerre en vrai partisan, parut à Rienzi digne d'être ménagé, et propre à lui procurer son rétablissement. Il lui fit faire des propositions qui inquiétèrent telle-

ment la cour d'Avignon, que le pape donna des ordres très-pressants d'abord au cardinal Bertrand
pour prévenir les suites d'une intrigue si dangereuse, et pour détacher de Rienzi les Pérugins, les
Florentins, et les Siennois; puis à Annibal Ceccano,
successeur de Bertrand dans la légation, pour
arrêter les divers ressorts que cet esprit remûant
faisait mouvoir en Italie et à Rome pour y rentrer.

Les craintes du pape étaient d'autant mieux fondées qu'il n'ignorait pas les dispositions où était le
peuple romain pour son ancien tribun. Il savait que
le peu de fermeté des nouveaux gouverneurs avait
causé des désordres qui le faisaient regretter; qu'au
lieu de cette sûreté qu'il avait établie dans les chemins publics, on s'y trouvait exposé à des brigandages continuels; et que le peuple, naturellement porté
à faire des comparaisons odieuses de ce qu'il éprouve
avec ce qu'il a éprouvé, soupirait tellement après le
retour de Rienzi, que si cet homme eût été aussi
hardi que factieux, ou secondé le moins du monde,
il eût été reçu à Rome comme un libérateur. Ce fut
par égard à ces dispositions, et aux plaintes légitimes sur le peu de sûreté des chemins, que le Saint-
Père ne recommanda rien tant au premier légat que
de remédier à ce désordre, par toutes sortes de voies,
pour ôter au peuple l'idée trop chère de son tribun.
Quant au second légat, le pape lui ordonna expressément de renouveler les censures que son prédécesseur avait portées contre Rienzi.

Ces précautions de la cour d'Avignon et des légats

contre un fugitif sans armes et sans ressource font bien voir qu'il avait un grand parti à Rome et dans les villes qu'il s'était alliées. Toutefois, par les soins qu'on vient de dire, ni ce parti formidable, ni la protection du roi de Hongrie, ni les liaisons de Verner n'eurent aucun effet en faveur de Rienzi. Il se vit contraint de s'aller cacher dans l'ermitage de Mont-Mayelle, déguisé sous un habit de pénitent : il y vécut avec les ermites toute l'année suivante, 1349, en attendant l'occasion du grand Jubilé qui approchait et qui devait lui donner lieu de se couler secrètement dans Rome.

Cette indulgence, dont nous avons parlé, avait été fixée pour la première fois par Clément VI à l'année 1350 ; elle était tellement restreinte à la ville de Rome, que Hugues, roi de Chypre, qui avait envoyé un ambassadeur au Pape uniquement pour demander la grâce d'y participer sans sortir de ses Etats, ne put l'obtenir, non plus que plusieurs autres souverains. Le concours de toutes les parties de l'Europe fut si prodigieux, que l'on compta qu'entre la fête de Noël de l'an 1349, jour de l'ouverture, et Pâques suivant, il n'y avait guère eu moins de douze cent mille pèlerins à Rome ; ceux qui s'en retournaient étant remplacés par ceux qui arrivaient de nouveau. On en comptait encore environ huit cent mille entre l'Ascension et la Pentecôte ; et quoique les chaleurs de l'été eussent diminué considérablement ce nombre, il n'y eut point de jour dans cette saison qu'on ne vît au moins deux cents pèlerins ; de sorte qu'à tout compter, il y eut presque

toujours un million d'étrangers à Rome durant cette
année.

A la faveur de cette multitude il était aisé à Rienzi
de s'introduire dans la ville sans être connu. Il s'y
rendit confondu dans la foule, et y trouva les choses
dans une situation favorable à ses desseins par le
mécontentement général du peuple à légard du légat.
Voici quel en fut le sujet.

Il était porté dans la Bulle que pour gagner l'indulgence il faudrait visiter les églises prescrites durant un certain nombre de jours, qui fut fixé à trente
pour les Romains, à quinze pour les Italiens, à
dix pour les autres étrangers, et même à moins selon
la distance des pays d'où ils arrivaient. Et comme il
pouvait se trouver des raisons de réduire ces jours à
un moindre nombre, le Pape donna pouvoir au légat
cardinal de Ceccano, chargé d'ailleurs de maintenir
le bon ordre dans cette affluence extraordinaire d'é-
trangers, et au vicaire résidant à Rome, qui était
Ponce de Perro, évêque d'Orviète, Français de nation,
de dispenser les étrangers du nombre de jours limité,
selon qu'ils le trouveraient convenable. Ils le firent
avec toute la facilité possible, et particulièrement au
sujet de la cherté que l'avarice des Romains avait
amenée dans Rome, pour profiter des besoins de la
foule innombrable qui se rendait dans cette ville.
Malgré les ordres et les précautions du légat, ils
avaient empêché que les marchands du dehors n'ap-
portassent autant de blé, de vin et de denrées qu'il
en fallait, afin de taxer à leur gré ce qu'ils vendaient
aux étrangers. Car toutes les maisons étaient deve-

nues hôtelleries ; la vexation monta au point que le
cardinal Ceccano crut devoir y remédier par un grand
nombre de dispenses qui causèrent un mécontentement, dont la suite éclata de la manière que je vais
dire.

Le légat avait fait pratiquer hors de son palais des
écuries, où il y avait un chameau qui attirait la curiosité de la populace et des passants. Un jour que
quelques gens de la lie du peuple fatiguaient cet ani-
mal, le palefrenier prit querelle avec eux ; des menaces on en vint aux coups. Les gens du légat chassèrent le peuple ; mais la multitude s'étant ameutée,
brisa les portes, et fit voler les pierres de toutes parts
sur les fenêtres du palais, en criant : A l'hérétique.
Bientôt la fureur fournit toutes sortes d'armes, et le
palais fut comme assiégé par la foule. Ceccano voulut se montrer sur un balcon ; l'on ne respecta point
sa présence, jusqu'à ce qu'enfin Jean de Lucca, com-
mandeur du Saint-Esprit, étant accouru avec une
troupe de cavaliers, apaisa le tumulte qui commençait à dégénérer en sédition. Quoique ce fût une ba-
gatelle qui y donna lieu, la suite montra qu'il pouvait y avoir du dessein, et qu'il y avait sujet de soupçonner Rienzi d'en être l'auteur. On lui imputa en
effet un coup beaucoup plus hardi et qui semble être
la conséquence du premier. Il se mit, dit-on, en tête
de faire assassiner le légat au milieu des rues de
Rome, ne doutant point que dans l'épouvante et le
désordre que causerait un attentat de cette nature il
ne trouvât le moyen, en se mettant à la tête de la

7.

populace qui était toute à lui, de forcer le Capitole,
et de s'emparer du gouvernement.

Peu de jours après l'insulte qu'on avait faite au
palais du légat, ce cardinal voulut aller visiter les
églises pour gagner l'indulgence à son tour. Il mar-
chait d'ordinaire avec un grand équipage et une
pompe convenable à son rang, mais qui faisait dire
au peuple qu'il donnait dans l'excès, et qu'il aimait
le faste. Un des jours qu'il devait faire les stations,
après avoir officié pontificalement dans l'église de
Saint-Pierre, il monta à cheval accompagné d'un
nombreux cortége, et alla à l'église Saint-Paul au
bruit des trompettes, qui ne cessaient de sonner durant sa marche. Après avoir fait ses prières dans
cette église, il prit le chemin de celle du Saint-
Esprit ; mais lorsqu'il fut arrivé entre deux églises
qui se trouvent vers le milieu de la rue, on tira sur
lui d'une fenêtre grillée deux flèches, dont l'une
passa sans le toucher, et l'autre s'arrêta dans son
chapeau, sans blesser la tête. Il est aisé de juger
quelle fut la frayeur et l'indignation du prélat. On
courut à l'instant à la maison d'où les flèches étaient
parties, mais on n'y vit personne. Les meurtriers
s'étaient échappés par une porte de derrière et
s'étaient mêlés dans la foule, après avoir laissé l'arc
qui avait été l'instrument de leur attentat, et qui fut
la seule chose qu'on en put découvrir, malgré les
plus exactes perquisitions qu'on fit durant le reste
de l'année

Le cardinal, qui craignit de rencontrer de nouveaux assassins, ne jugea pas à propos de continuer

ses stations, et il reprit promptement le chemin de
son palais. On soupçonna un prêtre, qui fut arrêté à
cette occasion : l'on ne dit pas sur quel fondement.
On le mit à la question ; mais on ne put en tirer
aucune lumière sur ce fait. Au défaut des coupables,
la maison où s'était fait le coup fut démolie et rasée.
Malgré tant de recherches inutiles, et quoiqu'on
n'eût aucune preuve réelle, le soupçon tomba sur
Rienzi. Le bruit qu'on en fit tourna ce soupçon en
évidence ; les préjugés étaient en effet si forts contre
lui, que le légat ne doutant pas qu'il ne fût l'auteur
de ce forfait, fit tomber sur lui tout le poids de son
ressentiment. Après avoir écrit au Pape ses soupçons en lui envoyant le fer de la flèche, il excommu-
nia de nouveau Rienzi et ses complices, le qualifia
de *patarin,* nom d'hérésie infamant et odieux ; cassa
et annula tout ce que le tribun avait fait durant son
gouvernement ; le chargea des plus terribles malédictions ; le déclara déchu et incapable de toute
charge ou dignité, et lui interdit l'eau et le feu.

Rienzi, coupable ou non de cet attentat, vit bien
qu'il n'y avait plus pour lui de sûreté à Rome. Quoiqu'il eût eu la satisfaction de voir le peuple qui le
savait dans la ville mieux disposé que jamais en sa
faveur, il ne put toutefois y causer la révolution
qu'il avait espérée, soit que la vigilance du légat et
des gouverneurs eût pourvu à éteindre jusqu'aux
moindres étincelles d'un feu prêt à reparaître, soit
que le grand concours des étrangers plus intéressés
au bon ordre qu'aux projets d'un séditieux, ne permît pas d'espérer un heureux succès d'une sédition ;

soit enfin, comme l'écrit en termes exprès le Pape
au cardinal légat, que les Romains n'eussent différé
à un autre temps le rétablissement de leur tribun,
que dans la crainte de perdre le profit présent et
réel qu'ils tiraient de l'affluence du monde entier
dans la ville. Il est certain que Rienzi perdit alors
tout espoir de réussir, et qu'il se sauva dans les ca-
ravanes des pèlerins qui s'en retournaient.

Outré d'avoir manqué tant de fois son coup, et ne
sachant où trouver de nouveaux ressorts pour re-
nouer son intrigue, il prit une résolution hardie et
digne de sa témérité qui lui avait si souvent réussi.
Ce fut d'aller trouver à Prague Charles IV, roi des
Romains, le même qu'il avait cité quelques années
auparavant à son tribunal, dans la persuasion que le
prince, touché de la franchise avec laquelle il se jetterait entre ses bras, se piquerait de retour et lui
accorderait sa protection en ennemi généreux. Il
prit donc la route de Bohème, déguisé à son ordinaire
en Cordelier, et délivra ainsi le légat et les gouverneurs de l'ennemi le plus dangereux qu'ils eussent à Rome; mais il ne les délivra pas d'inquiétude.
Le légat avait su qu'il s'était rendu à Rome; mais il
n'avait point de preuve qu'il en fût sorti. Il craignait
toujours quelque nouvelle entreprise; et les précautions qu'il prenait pour la sûreté de sa personne
marquent bien qu'il n'était pas sans alarmes. Il ne
paraissait jamais en public sans porter une calotte
de fer sous son chapeau, et une cuirasse sous sa sou-
tane. Il est vrai que bien qu'il attribuât particulièrement à Rienzi l'attentat commis sur sa personne,

il n'en était pas moins outré contre le peuple romain
en général. L'insulte qu'on lui fit à son palais, comparée à ce dernier crime, lui parut alors bien moins
un effet d'une brouillerie de valets que d'un projet
concerté de le faire périr. Il en conservait dans le
cœur un vif ressentiment contre les Romains, dont
il disait que le caractère était d'être gueux et glorieux. Le peuple, de son côté, n'était guère favorablement prévenu en sa faveur, et disait assez librement ce qu'il en pensait. L'auteur d'une vie de Rienzi
qui entrait à cet égard dans les sentiments du peuple,
dit qu'il y avait quatre choses qui ne donnaient pas
bonne idée du légat : la première qu'il était de la
Campagne de Rome; la seconde qu'il était louche;
la troisième qu'il aimait l'éclat et le faste; et « pour
la quatrième, ajoute-t-il, je ne veux pas la dire. »
Pour le tirer de la situation désagréable où il se
trouvait à Rome, le pape lui donna, au refus du cardinal Gui de Boulogne qui s'en était excusé, la légation de Naples pour traiter avec le roi de Hongrie
dont le retour dans les états de Naples avait allumé
la guerre plus vivement que jamais. Annibal partit
de Rome; mais à peine eut-il passé par sa seigneurie
de Ceccano, par le mont Cassin et Saint-Germain,
qu'il s'arrêta à une journée de là dans un château où
on lui apporta des rafraîchissements, et entre autres
des vins que la suite fit soupçonner d'avoir été em-
poisonnés à dessein de faire mourir le légat. Il mourut en effet dès le lendemain, 17 juillet 1350, dans
un village appelé Saint-Georges. Tous ceux de la
suite du cardinal qui avaient bu de ce vin moururent

aussi. Un de ses neveux qui l'accompagnait eut le
même sort, tandis qu'une mort naturelle enleva un
autre neveu qui était resté à Rome. Pour ses gens,
nul d'eux ne réchappa, et tous périrent en très-peu
de temps, les uns dans le voyage, d'autres à Rome,
d'autres à Viterbe. Tous ses équipages furent pillés
par les grands du pays qui étaient en armes ; et son
corps, après avoir été embaumé et mis dans un cercueil avec l'habit de saint François, fut porté à Rome
sur un mulet et enterré à Saint-Pierre dans la chapelle de sa famille, mais sans convoi, sans pompe
funèbre, et même sans aucune des cérémonies ordinaires.

Ce fut vers le même temps que Rienzi arriva à
Prague où était alors le roi des Romains. Il alla se
présenter devant lui avec une contenance assurée,
et s'étant jeté à ses pieds, il lui dit avec son éloquence ordinaire : « Qu'il était ce Nicolas Rienzi à
» qui Dieu avait fait la grâce de procurer la liberté à
» Rome, et de la gouverner selon les lois de la jus-
» tice ; qu'il avait vu sous son obéissance la Toscane,
» la Campagne de Rome et les côtes maritimes ; qu'il
» avait humilié les grands, et réformé une infinité
» d'abus ; que tout ver de terre qu'il était, il avait su
» se servir avec succès de la verge de fer dont le Sei-
» neur l'avait armé pour la justice ; mais que ce
» même Dieu qui l'avait élevé et maintenu durant la
» sévérité de son gouvernement, l'avait enfin châtié
» de son relâchement et de sa mollesse, par l'injus-
» tice des grands, dont les efforts avaient prévalu, et
» l'avaient obligé de sortir de Rome ; que dans sa

» disgrâce il avait cru ne devoir point chercher
» d'autre asile qu'auprès d'un puissant empereur à
» qui il avait l'honneur d'appartenir, étant issu d'un
» fils naturel de l'empereur Henri ; qu'un prince
» destiné du ciel à détruire la tyrannie et les tyrans,
» serait trop généreux pour abandonner un homme
» dont il avait plu à Dieu de se servir pour les ré-
» primer. » Sur cela il lui exposa une prophétie
qu'il avait entendue, disait-il, d'un saint ermite du
Mont-Mayelle lorsqu'il s'y était retiré, et qui contenait en substance, que *l'aigle mettrait à mort les
corneilles.*

Charles admira la hardiesse et l'insolence du personnage qui avait le front de se dire son parent ;
mais moins choqué d'une pareille fanfaronade, que
touché de la franchise avec laquelle cet homme si
célèbre qui l'avait fait trembler lui-même, s'était
venu réfugier entre ses bras, il lui tendit une main
secourable, et le reçut avec toute l'affection et tout
l'honneur qu'il crut devoir au mérite malheureux ;
de sorte que Rienzi ne s'était point trompé quand il
avait compté sur la générosité d'un semblable ennemi. Toutefois cette générosité de Charles n'était pas
si pure et si désintéressée que Rienzi dût en être
dupe. Aussi ne l'avait-il pas été : quand il prit le
parti d'aller à Prague, il prévit bien que le nouvel
empereur, qui devait son élévation au pape, ne manquerait pas de lui faire sa cour en s'assurant de la
personne d'un homme que le Saint-Père faisait réellement chercher de toutes parts, dans la crainte qu'il
ne bouleversât encore l'Italie. Il prévit même qu'on

le livrerait au Saint-Père, et qu'on l'enverrait à
Avignon; mais il s'y était déterminé de lui-même.
N'ayant pu trouver ailleurs de ressource assez
prompte pour remonter sur l'espèce de trône dont il
était déchu, il présuma assez de son éloquence et de
son esprit souple et artificieux pour croire qu'il engagerait ses ennemis et la cour même d'Avignon à
lui rendre une dignité qu'il avait usurpée comme
rebelle et conjurée contre son souverain. L'empereur
Charles se trouva si flatté de pouvoir donner au pape, en lui sacrifiant Rienzi, des marques de complaisance, que le roi de Hongrie lui avait imprudemment refusées, qu'il commença par s'assurer de sa
proie, non en emprisonnant un homme qui s'était
remis à sa discrétion, mais en lui donnant quelques
gardes, mais par honneur, avec toute la liberté, du
reste, qu'il pourrait souhaiter; et en le traitant comme les prisonniers du premier rang. Encore Rienzi,
par un raffinement de délicatesse, voulut-il épargner
à Charles l'espèce de honte qu'il aurait pu avoir en
livrant à un maître irrité un malheureux qui avait
compté de trouver un asile dans ses États. Rienzi
déclara à l'empereur qu'il pouvait, qu'il devait même
faire savoir sa retraite au pape; que pour lui il ne
craignait point d'aller à Avignon, et que même il le
souhaitait. Charles, ravi d'accorder ainsi ses intérêts
avec la gloire, fit parfaitement sa cour à Clément,
et combla d'honnêtetés son prisonnier. Celui-ci, traité
avec splendeur et presque en souverain, recevait et
rendait des visites. La curiosité de voir un personnage si fameux et dont on avait raconté tant de mer-

veilles, attirait sans cesse chez lui ce qu'il y avait à
la cour et dans la ville de plus distingué. Il y venait
aussi des savants et des docteurs qui étaient bien
aise de disputer avec lui et de l'entendre. On était
charmé de l'étendue de ses connaissances, et particulièrement de la facilité, de la grâce et de la viva-
cité avec laquelle il s'énonçait en latin ; ce qu'il faisait d'une manière plus ornée et plus correcte que
les Allemands et les gens du pays. Sa mémoire, qui
lui fournissait toujours fidèlement les plus beaux
traits des anciens, qu'il appliquait à propos ; les
pensées vives et naturelles qu'il tirait de son propre
fonds, et les saillies heureuses d'une imagination
féconde, et brillante, le faisaient regarder comme un
prodige d'esprit.

Tandis qu'il se faisait ainsi admirer à Prague, où
il était caressé des grands et recherché de tout le
monde, on lui réservait un tout autre traitement à
Avignon. Il est difficile d'exprimer la joie que ressentit le pape quand il apprit, par les lettres de l'empereur, qu'il était enfin le maître d'un homme qui
lui avait donné tant d'alarmes et tant d'inquiétude.

Et d'autre part, quoique l'empereur détournât
Rienzi du dessein d'aller à Avignon, il est à présumer qu'il eût été très-fâché de se voir pris sur parole. Rienzi non-seulement consentit d'aller à Avignon, mais il le demanda même avec instance ; de
sorte qu'il souscrivit à la résolution qu'on avait déjà
prise secrètement de l'y envoyer, sans se donner le
plaisir malin d'embarrasser l'empereur en feignant
d'accepter une offre qui n'était pas sérieuse. Charles,

par ce moyen, se fit doublement un mérite tant auprès de Rienzi, qu'il semblait laisser le maître de
son sort, qu'auprès du pape à qui il sentait bien que
le parti d'envoyer le prisonnier agréait le plus. On
le remit donc entre les mains de Jean, évêque de
Spolète, de Roger du Moulin-Neuf, et de Hugues
Carlatio, officiers du pape envoyés exprès par Sa
Sainteté pour conduire Rienzi à Avignon. Dans toutes les villes, et dans tous les endroits où il passa,
les peuples allèrent en foule à sa rencontre, en
criant qu'ils venaient pour le délivrer et le sauver des
mains du pape. Mais il se tournait vers eux en les
remerciant de leur bonne volonté, et il leur protes-
tait qu'il allait volontairement et de son plein gré à
Avignon. On le combla d'honneurs sur sa route ; et
jusque dans son malheur il parut plutôt marcher en
triomphe, comme il avait tant aimé à le faire dans
son élévation, qu'en qualité de prisonnier et de coupable qui allait être présenté à un juge sévère et à
un souverain offensé.

X

Dès que Rienzi fut arrivé à Avignon, Clément VI
eut la curiosité de revoir un homme qui, depuis la
première fois qu'il avait été député à la cour, avait
eu la témérité et le bonheur de se faire plus que roi,
et lui avait donné de si fréquents et de si cruels embarras. Il le fit amener en sa présence pour voir de
quel air il soutiendrait son aspect, et ce qu'il oserait
dire pour sa justification. Le coupable parut aux
pieds du pape, dans une contenance modeste à la
vérité, et convenable à sa disgrâce ; mais avec une
liberté respectueuse que la majesté du Souverain-
Pontife et de toute la cour ne put déconcerter. Il dit

au Saint-Père qu'il n'ignorait pas à quel point on
l'avait noirci dans son esprit, et quels fâcheux préjugés avaient dû faire naître contre sa personne et
sa conduite les sentences des légats qui l'avaient
condamné avec plus de précipitation que de justice;
que Sa Sainteté était trop équitable pour le condamner ainsi sans l'entendre; que loin d'avoir cherché
à se soustraire à son jugement, il serait venu depuis
longtemps s'y présenter de lui-même, s'il avait cru
le pouvoir faire en sûreté dans la prévention terrible
où l'on était contre lui à sa cour; qu'il n'avait passé
par la Bohême que pour supplier l'empereur de lui
procurer auprès de Sa Sainteté les ouvertures nécessaires pour se justifier avec moins de danger; à présent qu'il avait le bonheur d'embrasser les genoux
du Père commun des chrétiens, le plus juste et le
plus clément qui fût jamais, il le suppliait de vouloir
bien lui donner des juges, devant qui il était prêt de
rendre un si bon compte de sa conduite, qu'il se flattait qu'après un mûr examen on reconnaîtrait que
personne n'avait eu plus d'attachement que lui pour
l'Eglise, pour le Saint-Siége, et pour le Saint-Père
en particulier; qu'au reste s'il lui était échappé
quelque faute dans le gouvernement d'un peuple
aussi indocile et aussi tumultueux que l'était le peuple romain, elles étaient de nature à le rendre plus
digne de compassion que de châtiment.

Le pape, qui s'était attendu qu'un chef de conjuration couvert de crimes si publics ne se jetterait à ses
pieds que pour implorer sa miséricorde, fut étrangement surpris de l'impudence avec laquelle il osait

demander des juges et se donner comme **innocent.**
Il conçut à ce seul trait de quoi était capable un
homme de ce caractère; et, prenant la parole, il lui
dit que quand il ne demanderait pas justice, ses tyrannies la demanderaient assez, et mettaient le Saint-
Siége dans la nécessité de la lui faire très-sévère-
ment; puis, faisant signe qu'on l'ôtât de sa présence,
il ajouta qu'il siérait mieux à un homme coupable
de tant de violences et d'excès que la voix publique
lui reprochait, de tâcher de mériter quelque indulgence par un humble aveu de ses forfaits, que de les
aggraver par une affectation si mal entendue d'innocence.

On le conduisit, suivant l'ordre du Saint-Père,
dans une prison particulière qui lui avait été préparée comme à un criminel d'Etat. C'était une tour
assez vaste où il fut renfermé seul et attaché par le
pied à une chaîne qui tenait à la voûte; on nomma
trois cardinaux pour lui faire son procès. Les chefs
d'accusation roulaient sur les mêmes griefs que le
pape avait articulés dans une lettre qu'il écrivit au
peuple romain peu de temps avant la chute de Rienzi.
Les principaux points étaient d'avoir soutenu ce
dogme impie que l'Eglise catholique et le peuple de
Rome étaient une même chose; d'avoir avancé plusieurs autres propositions tendant au schisme et à
l'hérésie; d'avoir traité avec Louis de Bavière ennemi déclaré du Saint-Siége; de lui avoir offert la Sicile pour lui ou pour un de ses enfants et donné le
titre de duc; d'avoir profané l'urne de Constantin en
s'y baignant; d'avoir mangé à la table de **Saint-Jean**

de Latran, réservée aux seuls souverains Pontifes ; d'avoir affecté des cérémonies païennes ; d'avoir enfin rejeté avec dédain les avis que le légat cardinal d'Embrun lui avait donnés de la part de Sa Sainteté.

Il paraît surprenant que parmi tant d'accusations que les historiens nous ont conservées, il ne soit parlé que très-légèrement, et en termes généraux, des crimes de rébellion, de conjuration, d'usurpation, de tyrannie, de violence, et des autres crimes d'Etat qui devaient être extrêmement sensibles à un souverain.

Rienzi tâcha de se justifier sur les points proposés, à peu près comme il l'avait fait dans une de ses lettres que j'ai citée. Pour ce qui regarde les propositions hérétiques, il protesta qu'il était entièrement soumis à l'Eglise ; que s'il lui était échappé quelque terme peu mesuré, ç'avait été par ignorance ou faute d'attention, et qu'enfin il le désavouait. Il convient qu'il a reçu des ambassadeurs de Louis de Bavière, et qu'il lui en a envoyé, mais uniquement pour ménager sa réconciliation avec le Saint-Siége ; que les lettres qu'on lui représentait, et qu'on prétendait être la traduction de celles qu'il avait écrites à ce prince, étaient fausses et ne pouvaient faire preuve contre lui, n'étant ni signées de sa main, ni légalisées ; que si dans ses lettres il l'avait traité de duc de Bavière, c'est qu'il n'avait pas cru, en écrivant à un prince qu'il s'agissait de regagner à l'Eglise, devoir lui disputer des honneurs dont le refus n'eût servi qu'à l'aigrir ; qu'à l'égard de l'urne de Constantin, il

ne croyait pas qu'un catholique qui recevait souvent,
le corps de Jésus-Christ, ne pût faire sans irrévérence
ce qu'avait fait un empereur encore païen. Que pour
la table des papes, il ne pensait pas qu'il eût fait
une grande faute en y mangeant avec le vicaire de
Sa Sainteté. Qu'enfin les cérémonies qu'on lui reprochait dans son couronnement, n'avaient rien en
elles-mêmes, selon lui, ni de blâmable, ni de contraire aux lois de l'Eglise, quoique pratiquées autrefois par les païens.

Soit humanité de la part du pape, qui était naturellement fort doux, et fort sensible au vrai mérite
partout où il se trouvait, soit bonne foi du côté de
Rienzi dont on crut d'ailleurs n'avoir plus rien à
redouter, on ne le traita point avec la dernière rigueur; on se contenta de le retenir en prison, comme
un esprit dangereux et capable d'exciter de nouveaux
troubles si on le mettait en liberté.

Il demeura donc dans sa prison enchaîné comme
on l'a dit, et du reste traité avec beaucoup de douceur.
Comme on lui fournissait tous les livres qu'ils souhaitait, il passait son temps à la lecture de la Bible
et des historiens romains, mais surtout de Tite-Live
son auteur favori. Il se mit à le relire avec avidité,
s'attachant particulièrement aux révolutions, aux
guerres civiles, et aux discordes arrivées entre le
Sénat et le peuple. Il étudiait avec soin les différentes démarches des tribuns, leurs entreprises,
leurs succès, leurs disgrâces, recherchant, par de
profondes méditations, les principes qui avaient fait
réussir les uns, ou causé la perte des autres. Il s'i-

maginait quelquefois se voir dans ce qu'il lisait, et
se l'appliquait à lui-même. Repassant sur la conduite qu'il avait tenue avant son élévation, et dans
le cours de son tribunat, il reconnaissait en quoi il
s'était trompé ; ce qu'il aurait dû faire où éviter en
telle ou telle conjoncture où il s'était vu ; ce qu'il
serait encore dans la situation présente des affaires,
dont il était bien instruit, si son étoile voulait qu'il
fût rétabli dans une autorité, dont le souvenir et le
goût l'avaient toujours suivi jusque dans la prison
et presque sur l'échafaud. Plein de vues pour l'avenir, et animé d'un je ne sais quoi qui lui disait qu'il
serait un jour rétabli, il examinait dans les divers
événements qu'il lisait s'il n'en trouverait aucun qui
lui fournît une ressource à sa disgrâce.

Mais tandis qu'il cherchait assez inutilement dans
Tite-Live quelque moyen de se relever de sa chute,
la Providence y travaillait pour lui d'une manière
plus efficace et plus sûre par les brouilleries et les
révolutions qui arrivèrent consécutivement à Rome
depuis qu'il en était sorti, et qui le rendirent nécessaire à ceux mêmes qui semblaient avoir eu le plus
d'intérêt à le perdre.

Sans parler des deux sénateurs établis par le cardinal d'Embrun immédiatement après l'expulsion de
Rienzi, ni de la faiblesse de leur gouvernement,
qui, comparée avec la fermeté inflexible du tribun,
fit un contraste fort dangereux sur l'esprit d'un peuple mutin, accoutumé à aimer et à craindre cette
idole du tribunat qu'il s'était formée; sans parler
de la légation du cardinal de Ceccano, qui malgré le

bon ordre qu'il tâcha de maintenir durant le jubilé,
ne laissa pas, comme on la vu , d'essuyer quelques
insultes et de mourir de la manière qu'on l'a dit;
les Romains, en conséquence du jubilé, témoignèrent
au Pape qu'ils voulaient vivre désormais dans une
entière dépendance de Sa Sainteté ; et, pour lui en
donner des preuves, ils l'avaient prié de leur envoyer
quatre cardinaux. pour établir parmi eux une forme
de gouvernement, telle qu'il la jugerait plus convenable. Ces prélats firent des règlements pour le bon
ordre de la ville, et en suivant toujours la politique
des légats et de Rienzi même ; ils partagèrent l'autorité entre les Colonne et les Ursins, en nommant
Sciarra Colonne et Jourdain des Ursins sénateurs ,
avec cette circonstance particulière et nouvelle qu'on
inséra dans leur commission qu'ils étaient faits sénateurs par autorité du Pape. Le cardinal d'Embrun
avait donné lieu à cette nouveauté en se faisant lui-
même un des sénateurs pour le Saint-Siége après la
chute de Rienzi ; et cela pour entretenir le peuple
dans le souvenir de sa dépendance du souverain
Pontife. Mais , d'un côté, le peuple s'embarrassait
assez peu de ces dehors de soumission , qui ne lui
coûtaient rien à donner ou à retirer suivant ses intérêts ; et de l'autre, les nouveaux sénateurs ne purent
demeurer longtemps en bonne intelligence. Ils se
brouillèrent ; et la brouillerie alla si loin, que Colonne se trouvant le plus faible , se vit contraint de
céder toute l'autorité à son collègue. Le gouvernement de celui-ci ne fut pas au gré des Romains, qui
avaient pris goût à la sédition depuis l'absence de

8

leur tribun. Les anciens désordres avaient recommencé. Ils se pillaient les uns les autres à force ouverte, et tenaient à leurs gages des brigands pour se défendre ou s'attaquer mutuellement. Ils ne trouvèrent point de meilleur moyen de se défaire du sénateur qui leur était à charge, que d'engager sous main les ennemis qu'il avait au dehors à assiéger une de ses places. Jourdain vola au secours ; pendant son absence, le vicaire du pape, Ponce de Perrot, aussi homme de tête et de résolution que Raymond, son prédécesseur du temps de Rienzi, l'avait peu été, profita de cette occasion ; et mécontent également des sénateurs et du peuple, il s'empara brusquement du Capitole à dessein de gouverner jusqu'à ce que le Pape eût nommé de nouveaux sénateurs. Mais il ne fut pas longtemps sans être attaqué par Jacques Savelli de la faction des Colonne, qui l'obligea de sortir tandis qu'Etienne Colonne, fils de l'un et frère de l'autre Colonne, qui les premiers furent tués à la porte de Saint-Laurent en combattant contre le tribun, s'emparait de son côté d'une forteresse de Rome appelée la Tour du Comte.

Tous ces mouvements ne purent se faire sans augmenter les désordres de la ville, qui durant cette espèce d'anarchie était exposée à un brigandage public. On volait et on assassinait impunément; ce qui restait d'étrangers qui étaient venus les derniers pour l'indulgence, se trouvait en proie à l'avarice et à l'insolence de la populace de Rome : et si quelques bons citoyens, touchés de l'état déplorable où était la ville, délibéraient entre eux sur les

moyens d'y mettre ordre, leurs délibérations étaient
aussitôt rompues que commencées, parce que se trouvant liés d'intérêts, les uns à un parti, les autres à un
autre, chacun se croyait en droit de soutenir ou du
moins de ne pas abandonner ses amis. Ainsi le mal
allait toujours en croissant, jusqu'à ce qu'une con-
frérie de la Vierge, composée de ce qu'il y avait de
plus honnêtes gens dans la ville, entreprit, à l'exemple de Rienzi, de faire ce qu'il avait fait pour
arrêter le cours d'un mal qui ne pouvait plus se tolérer.

Le lendemain de Noël 1350, les confrères s'assem-
blèrent dans l'église de Sainte-Marie-Majeure, et
ayant appelé à leurs délibérations la plus saine partie du peuple, ils conclurent que l'unique remède
aux maux présents était de choisir un chef pour
commander avec une autorité absolue dans la ville. Ils
jetèrent les yeux sur Jean Cerroni, qui fut élu d'un
consentement unanime et nommé chef du peuple.
C'était un simple bourgeois de Rome, mais d'une
famille ancienne et considérable de la bourgeoisie;
d'un âge d'ailleurs et d'une probité qui le rendaient
respectable à tous les citoyens, et digne d'occuper sa
place par une autre voie que par celle de la conjuration. Mais les attentats des grands et la mutinerie
du peuple avaient rendu ces conjurations en quelque sorte nécessaires. Il semble même que l'exemple et le succès de Rienzi, qui les imagina le premier, leur avaient ôté en partie ce qu'elles ont d'o-
dieux et d'exécrable.

Dès que l'élection fut faite, on mena Cerroni en

8.

grande pompe, mais sans tumulte et sans armes,
au palais du Capitole où commandait Jacques Savelli, après en avoir chassé le vicaire du Pape.
Savelli n'étant pas en état de faire tête au peuple,
prit son parti de bonne grâce : il demanda ce qu'on
souhaitait de lui ; et dès qu'on lui eut signifié qu'on
voulait qu'il rendît le Capitole, il le rendit sur-le-
champ, et se retira. Cerroni y entra, et fit sonner
la cloche du Capitole, qu'on n'avait point entendue
depuis le gouvernement de Rienzi. A ce son, tout le
reste du peuple accourut sans armes ; les grands au
contraire, alarmés de cette nouveauté, et croyant
que le tribun était sorti de ses prisons pour venir
les écraser, se rendirent au Capitole bien armés et
bien accompagnés. Ils demandèrent ce que voulaient
dire tous ces mouvements. Le peuple entier leur répondit d'une voix unanime, qu'il avait choisi pour
chef Jean Cerroni, afin de gouverner la ville selon
les lois de l'équité. La noblesse, effrayée d'une réponse si ferme et si précise, tint la meilleure contenance qu'elle put, et souscrivit malgré elle au choix
qui avait été fait sans sa participation.

Cerroni se vit donc universellement reconnu gouverneur ; mais pour mettre son autorité hors de toute
atteinte, et pour imiter en tout la conduite de Rienzi,
il voulut avoir l'agrément du vicaire du Pape. Ce
prélat fut mandé et arriva incontinent. Comme il
avait apparemment trempé dans ce mystère, déterminé qu'il était à humilier les nobles, il consentit à
tout ce qu'on voulut ; mais par un trait d'habile
homme, qui était échappé à l'inexpérience de son

prédécessur, il exigea avant toutes choses de Cerroni
qu'il fît serment de fidélité à l'Eglise, et qu'il jurât
d'obéir ponctuellement à tous les ordres du Pape.
Par là, le vicaire du Pape, après avoir reçu son serment, et mis le sceau à son autorité, rendit légitime
et utile une conspiration, qui dans Rienzi avait été
un chef-d'œuvre de soumission apparente, et de tyrannie réelle. Tout ceci se passa le jour de saint
Etienne au matin, et fut terminé avant midi, au
grand contentement du peuple. Il se consola d'avoir
vu échouer sans retour sa première conjuration qui
avait offensé le pape, par le succès d'une seconde
qui ne manquerait pas de lui être agréable. En effet,
on ne pouvait souhaiter à Avignon un meilleur
choix que celui qu'on venait de faire en la personne
de Cerroni, homme d'un esprit juste, d'un cœur
droit, d'une humeur pacifique, ennemi de la violence, exempt de tout vice, et d'autant plus solide-
ment vertueux, que sa nouvelle grandeur n'altéra
jamais sa vertu. Il gouverna le peuple avec beaucoup de douceur et de paix, sans qu'il y eût dans tout
le temps qu'il fut en charge ni division au-dedans,
ni guerre au-dehors, à la réserve d'une excursion
qu'on fut contraint de faire sur le territoire de Jean
de Vic, gouverneur de Viterbe.

Une conduite si sage aurait dû, ce semble, affermir son autorité, et lui gagner l'affection des Romains ; mais il connaissait mal ce peuple inquiet et
factieux qui attendait plus d'un homme qu'il avait
élevé. Il lui fallait quelque chose de plus animé et
de plus vif : accoutumé aux scènes sanglantes et aux

fêtes extraordinaires de son tribun, il s'ennuyait de
ne voir plus ni de ces pompes ni de ces grandes
exécutions, dont il se faisait un spectacle propre à
occuper son inquiétude naturelle. Une forme de
gouvernement aussi unie et aussi modérée que celle
qu'avait établie Cerroni dégoûta insensiblement les
Romains, et ils se lassèrent enfin d'être gouvernés
par un honnête homme. Il n'était plus obéi; ses ordres étaient souvent méprisés; on perdait tout respect pour lui; et les grands l'insultaient impunément. Il se lassa à son tour d'avoir affaire à une
multitude si volage et si indocile; et prenant occasion d'une insulte que lui fit Luc Savelli sans que le
peuple en eût témoigné de ressentiment, il l'assembla pour se démettre de sa charge. Cette démarche
d'un homme assez désintéressé pour renoncer à une
dignité presque souveraine, ou trop peu courageux
pour sacrifier son repos à son ambition, ou si l'on
veut, trop raffiné dans sa politique, mit la division
parmi les Romains; les uns opinant à le prendre au
mot, les autres à l'obliger à continuer son administration et à le venger. Renaud des Ursins, qui était
à la tête de ce dernier parti, prit les armes, et chassa
de Rome Luc Savelli et ses partisans. Mais ceux-ci
rentrèrent bientôt après à main armée. Cerroni, pour
les réprimer, alla lui-même solliciter le peuple dans
les différents quartiers, demanda main forte, et fit
sonner la cloche du Capitole pour donner le signal
du ralliement. Il ne fut pas plus écouté cette fois
que ne l'avait été Rienzi dans la sédition du comte
d'Altamure; comme s'il eût été réglé que l'origine,

HISTOIRE DE RIENZI.

le progrès, et la fin du gouvernement de Cerroni auraient le même sort qu'avait éprouvé le tribun, excepté l'emprisonnement. Il prit donc son parti, et après s'être assuré de ce qu'il put recueillir de ses biens, et surtout de six mille florins qu'on lui avait donnés sur les revenus de l'Etat Ecclésiastique pour soutenir sa dignité, il sortit de Rome au mois de septembre 1352, plus d'un an et demi depuis qu'il avait pris les rênes du gouvernement. Il abandonna volontiers à sa mauvaise destinée un peuple peu digne d'avoir un tel chef; et ayant acheté un château dans l'Abruzze, il y mena une vie privée; plus heureux que Rienzi, moins à cause de la liberté dont il jouissait, que par la modération dont il faisait son bonheur, tandis que l'autre jusque dans son cachot était plus tyrannisé que jamais par l'ambition.

Après la retraite de Cerroni, les grands de Rome reprirent leur supériorité ordinaire, et rétablirent l'ancienne forme du gouvernement, en nommant des sénateurs. On suivit en ce choix la politique qui avait été en usage depuis longtemps; ce fut de balancer le pouvoir des deux plus illustres maisons, et de choisir d'une part Bertold des Ursins, et de l'autre Etienne Colonne, pour apaiser ou pour suspendre au moins leurs querelles.

Durant qu'ils étaient en charge, le pape Clément VI mourut à Avignon, après avoir tenu le Saint-Siége dix ans et sept mois. Les superstitieux, ou plutôt les mal intentionnés contre le séjour des papes à Avignon, crurent que sa mort avait été annoncée à Rome par un furieux coup de tonnerre qui fondit toutes les cloches de l'Eglise Saint-Pierre, et qui renversa une partie du clocher et de la voûte. Les cardinaux entrèrent au conclave peu de jours après sa mort. Pour prévenir les menées du roi de France, qui se disposait déjà au voyage d'Avignon, le sacré Collége, dont le grand nombre était de ses sujets, pressa tellement l'élection que le 28 décembre de la même année, le cardinal Etienne Aubert, Français du diocèse de Limoges, fut choisi d'un consentement unanime, et prit le nom d'Innocent VI. C'était un homme d'une vie exemplaire, d'une vertu rigide, et d'un zèle très-ardent pour les intérêts de l'Eglise, comme il le montra, dès son avènement à la papauté, par les mesures qu'il prit pour rentrer dans les terres qu'on avait usurpées sur son domaine. A la vérité, le désordre était monté au comble : car de tout ce qui appartenait à l'Eglise dans la Romagne, dans la Marche d'Ancône, dans le duché de Spolète, et dans le patrimoine de Saint-Pierre, il ne restait presque rien qui n'eût été envahi. Quantité de petits tyrans avaient pris occasion pour s'emparer des biens de l'Eglise non-seulement de l'absence des papes et de leur séjour à Avignon, mais des funestes divisions entre l'Eglise et l'Empire, qui dépouillaient également l'une et l'autre au profit des usurpateurs.

Ces tyrans n'étant pas faciles à réduire, Innocent VI comprit qu'il ne pouvait choisir un trop habile homme pour une commission de cette importance; il jeta les yeux sur le cardinal Gilles d'Albornos, Espagnol, élevé au cardinalat dans la dernière promotion de Clément VI, le 18 décembre 1350. Il était d'un mérite universellement reconnu ; sa fermeté, son courage et son expérience dans les négociations et dans la guerre semblaient répondre du succès de l'entreprise qu'on lui confiait. Il s'était distingué dans sa jeunesse à la guerre de Grenade, et contre les Sarrazins et les Maures sous le roi Alphonse. Ensuite étant entré dans l'état ecclésiastique, il était devenu archevêque de Tolède. Le Pape l'ayant nommé légat et général de la guerre d'Italie, le revêtit de toute son autorité pour accorder aux usurpateurs telles conditions qu'il jugerait à propos, et pour disposer de tous les revenus du Saint-Siége qu'il appliqua à cette expédition.

Albornos commença son expédition vers l'automne de l'année 1353, et partit d'Avignon avec une bonne armée composée de soldats de différentes nations. Il passa par Milan, prit la route par Pise, entra dans Florence, et de là dans les terres du patrimoine, où il s'assura de quelques places, comme Montefiascone, Aquapendente et Boisène. Jean de Vic tenait sous sa puissance presque tout le reste du patrimoine, par lequel le prélat voulut commencer le recouvrement des terres de l'état ecclésiastique. Il envoya d'abord un exprès au préfet pour le prier de venir conférer avec lui à l'amiable avec des assurances pour sa personne. De Vic l'alla trouver, et comme sa pratique était de tout promettre et de ne rien tenir, il tomba d'accord avec le légat de ce qu'on voulut, et signa même un traité pour la restitution

8..

des places qui ne lui appartenaient pas. Mais à peine
fut-il rentré dans Viterbe, que se croyant dispensé
de garder sa parole, il se mit en état de défense en
plaisantant du cardinal qui était, disait-il, assez bon
pour s'imaginer qu'un trait de plume lui rendrait
des places prises à la pointe de l'épée : « Je n'en
» ferai rien, ajoutait-il : ce prélat traîne avec lui
» cinquante prêtres ou aumôniers, dont mes valets
» seuls viendraient aisément à bout. » Le légat lui
fit bien voir que ses prétendus cinquante prêtres
étaient de bonnes troupes capables de le réduire.
En effet, s'étant ligué avec les républiques de Florence, de Sienne et de Pérouse, sans compter les
Romains, il mena lui-même à Viterbe un corps d'armée si considérable, qu'il réduisit de Vic à rendre
Viterbe, Orviète et tout ce qu'il avait usurpé sur
l'Eglise, à la réserve de Cerneto, de Civita-Vecchia,
et de Respampano qu'on lui laissa à certaines conditions, et que l'on reprit dans la suite.

Le cardinal, après avoir bâti une forte citadelle à
Viterbe, et remis tout le patrimoine sous la puissance
du Pape, tourna ses vues et ses efforts du côté de la
Marche d'Ancône, contre Malatesta. Celui-ci, soutenu
de son frère Galéotto, aussi brave guerrier que lui,
reçut d'abord avec bravade des propositions du légat,
au point que Galéotto lui proposa de vider leur querelle seul à seul. Le cardinal ayant accepté le défi, le
guerrier ne s'en tira que par des railleries, qui forcèrent le légat à le poursuivre à main armée. L'empereur Charles lui envoya un renfort d'Allemands,
dont le seul aspect étonna si fort Galéotto, qu'il se

rendit sans tirer l'épée. Malatesta pour ravoir son frère restitua tout ce qu'il avait pris. Le cardinal en usa bien avec eux, et les mit à la tête des troupes de l'Eglise, destinées contre les autres usurpateurs. Ordelafi coûta beaucoup plus de temps et de travaux pour être dompté. Il fallut d'abord deux armées, l'une de douze mille croisés, et l'autre de trente mille soldats, qui firent des ravages horribles. Leur principal exploit fut la prise de Césène. Cia, femme d'Ordelafi, aussi déterminée que son époux, commandait dans cette ville, et son mari dans Forli. C'étaient les deux places d'armes d'où ils bravaient les deux armées. La gouvernante de Césène encouragée par un billet de son mari qui l'exhortait à bien défendre sa place, lui répondit : « Qu'il eût soin de Forli, et qu'elle ré- » pondait de Césène. » Elle aurait tenu parole malgré les forces du légat qui l'assiégeait, sans un autre billet de son époux qui lui ordonnait de faire décapiter sur-le-champ quatre Césénois, à savoir : Jean Zaganella, Jacques Bastardi, Palazzino, et Bertonuécio, qu'il soupçonnait d'être guelfes, c'est-à-dire favorables au Pape. La gouvernante, avant que de rien précipiter, crut devoir examiner la conduite de ces quatre citoyens, et n'y trouvant rien qui méritât un pareil traitement, elle communiqua la lettre qu'elle avait reçue aux deux confidents d'Ordelafi, nommés Scaraglino et Tumberti. Ceux-ci la déterminèrent à épargner les quatre habitants, non-seulement à cause de leur innocence, mais encore dans la crainte de révolter la ville. Les intéressés ayant appris par une imprudente confidence le péril qu'ils

avaient évité et les soupçons qu'on avait d'eux, ne
songèrent qu'à se venger en les réalisant. Zaganella,
de concert avec les trois autres, gagna secrètement
tout ce qu'il put de mécontents : le nombre en fut si
considérable, que les révoltés firent des barricades,
se saisirent d'une porte et de quelques tours ; de
sorte que les Hongrois d'intelligence avec eux, sans
entrer dans la ville, animèrent la sédition, jusqu'à
ce que les Malatesta étant survenus se fussent rendus
maîtres de la place. Cia renfermée dans la citadelle
se vengea de cette perte sur Scaragino et Tumberti
qu'elle fit décapiter : chose que son mari n'approuva
pas ; mais ni la défense opiniâtre qu'elle fit, ni l'é-
paisseur des tours où elle s'était retirée ne purent
garantir la citadelle. Le légat fit tout miner. On pénétra jusqu'à la citerne qu'on creva ; on mit le feu
aux étançons de la principale tour, qui par sa chute
épouvanta toute la garnison ; on était sur le point
de renverser l'autre, lorsque la gouvernante s'avisa
d'un stratagème : ce fut d'y enfermer un grand nombre de Césénois dont elle se défiait le plus. Comme
le légat allait visiter les travaux, il fut surpris de
voir plus de cinq cents femmes échevelées se jeter
à ses pieds avec de grands cris, et demander grâce
pour leurs époux et leurs parents qui étaient dans
la tour prête à s'écrouler. D'Albornos sentit l'artifice,
et en profita pour presser la reddition de la place
qui ne résista plus. Ayant sauvé la vie à ceux qu'on
avait mis dans la tour, il voulut qu'on la fit tomber
pour entrer dans la place par cette énorme brèche,
et il fit la gouvernante prisonnière de guerre avec

toute la garnison. Il était sur le point d'attaquer
Forli, lorsqu'une excursion du comte de Savoie dans
la Provence, l'obligea de s'y rendre après avoir
chargé l'abbé de Boulogne, Français, de la suite de
l'expédition, qui alla plus lentement. D'Albornos
étant revenu depuis en Italie soumit peu à peu au
Saint-Siége toutes les places usurpées, et les enleva
aux petits tyrans, partie de force, partie par adresse
ou par insinuation. Mais sans entrer davantage
dans le détail de ces croisades qui durèrent plusieurs
années, et qui ne sont pas de mon sujet, excepté le
peu que j'en ai touché, je reviens à Rienzi qui y eut
quelque part d'une manière aussi propre à relever
sa gloire qu'elle était peu attendue.

Lorsque toute la Toscane et la Romagne étaient
dans la crainte du cardinal d'Albornos, dont les
grands projets mettaient tout en mouvement, on fut
étrangement surpris de voir arriver d'Avignon à sa
suite ce célèbre Nicolas Rienzi, que l'on croyait enfermé pour le reste de ses jours dans les prisons du
Pape. Comme le légat le traitait honorablement,
quoiqu'il le tînt sous sa dépendance et veillât sur
ses démarches, un retour glorieux et si inopiné parut
avoir des motifs bien forts et bien pressants. L'on
ne se trompait point en combinant la situation des
affaires de l'Italie avec le besoin qu'on avait de lui
et la nécessité de son rétablissement. C'est ce que je
vais à présent développer.

XI

Le comte Berthold des Ursins et le jeune Etienne Colonne, qui gouvernaient Rome en qualité de Sénateurs, depuis la retraite de Cerroni, avaient excité les murmures de tout le peuple par leur conduite imprudente et intéressée. Comme ils avaient résolu de faire des profits immenses sur la traite des grains qu'ils vendaient au-dehors, les magasins se trouvèrent bientôt épuisés, au point que, le 15 février 1353, le peuple étant allé acheter du blé au Capitole où se tenait le marché et où logeaient les Sénateurs, en trouva si peu et à si haut prix, qu'il entra en furie. La cherté extraordinaire qui désola cette année l'Itane, l'avait rendu attentif et soupçonneux sur les démarches des Sénateurs par rapport au blé. La multitude s'ameuta, et s'armant de pierres, courut au palais, où elle entra de force. Colonne qui était jeune se fit descendre par une fenêtre après s'être déguisé, et se sauva promptement par une porte de derrière : pour le comte Berthold, qui était moins dispos, il ne put éviter la fureur populaire, quoiqu'il eût eu le temps de s'armer de pied en cap avant que d'être forcé dans son palais ; comme il descendait les degrés pour se saisir d'un cheval, il fut assailli d'une grêle de pierres qui l'étourdit tellement, que tout ce qu'il put faire, ce fut de se traîner à une image de la Vierge qui était au bas du palais ; mais le peuple, sans respecter cet asile, continua de le lapider avec tant de barbarie, qu'il mourut enseveli sous un monceau de pierres haut de deux brasses. Cette catastrophe fut en quelque sorte le remède des maux qu'on souffrait. La cherté cessa ou parut cesser, soit que le peuple qui avait assouvi sa vengeance fût moins ardent à se rendre au marché, soit que ceux qui gardaient leurs blés aimassent mieux ouvrir leurs greniers que de s'exposer à un pareil traitement.

Toutefois cette mort qui avait semblé rétablir l'abondance dans Rome, n'y put ramener la paix. Il s'y forma deux nouvelles factions toutes différentes de celles qui jusque-là avaient déchiré la ville. Car, au lieu qu'auparavant on avait toujours vu d'un côté les Colonne avec les Savelli, et de l'autre les Ursins, en cette occasion chacun des deux partis se divisa de manière qu'on vit Ursins contre Ursins et Savelli contre Colonne, bouleverser la ville, sortir de Rome, lever des troupes, tenir la campagne tout le mois d'août, et remplir tout de carnage et de sang.

Durant ces divisions le gouverneur de Viterbe, Jean de Vic, sous prétexte qu'il avait été préfet de la ville de Rome, nouait des intrigues pour s'en emparer, et en faire le centre du petit Etat qu'il s'était formé aux dépens des terres du Saint-Siége. Il s'intriguait pour ce gouvernement avec d'autant plus de chaleur, qu'il ne voyait que cette ressource à l'orage qui se formait à Avignon contre lui et les autres usurpateurs. Le Pape, informé de ces menées, et du parti qu'il avait déjà ménagé dans Rome, écrivit une lettre au peuple romain pour le prévenir contre les artifices de ce dangereux voisin. La lettre était du 25 août 1353; mais avant qu'elle pût arriver, et dans le temps même que la faction du préfet faisait en sa faveur de plus violents efforts, la Providence, pour punir les Romains de leur légèreté et leurs mutineries, avait permis qu'il s'élevât au milieu d'eux un nouveau tyran, dont les excès rendirent enfin le retour de Rienzi nécessaire.

Le tyran qui commença à paraître sur la scène vers la fin d'août, se nommait François Baroncelli, fils de Jacques du même nom, et de Sulpitia Lunella; il était selon les uns de fort basse extraction, ou selon d'autres d'une assez bonne bourgeoisie romaine, et possédait une charge pareille à celle qu'avait Rienzi lorsqu'il se fit tribun du peuple, c'est-à-dire qu'il était greffier ou notaire du Capitole. Il avait de

son mariage avec Louise Barati deux fils déjà grands
et fort libertins. Comme il ne manquait ni d'ambition ni de génie, et qu'il avait plus de résolution que
Rienzi, à qui il le cédait pour l'éloquence et le savoir,
il se mit en tête de marcher sur ses traces, et de
s'élever à la même autorité que lui par la route qu'il
avait frayée. Il se trouvait dans les mêmes circonstances ; les grands étaient absents, et se faisaient la
guerre à toute outrance au-dehors ; au-dedans on
pillait, on massacrait, et l'on se livrait à toutes sortes d'excès, comme avant l'élévation de Rienzi. Baroncelli crut qu'il ne lui fallait qu'assez de hardiesse
pour l'entreprise, et que le succès était assuré. Comme le coup décisif consistait à se rendre maître du
Capitole et de cette fameuse cloche dont Rienzi avait
si bien fait connaître l'usage et l'importance, voici
comment il s'y prit pour réussir dans ce dessein.

Le commandement du Capitole avait été remis,
durant les divisions, entre les mains de Paul Jancolini, capitaine des gardes de cette place. Celui-ci était
dans une inimitié ouverte et déclarée avec Nicolas
Calvio, bourgeois puissant et accrédité. Baroncelli
résolut de se servir du second pour se défaire du
premier ; il va trouver Calvio son ami, et lui témoi-
gnant qu'il entre avec passion dans son ressentiment,
il lui promet de lui livrer sa victime. Calvio qui avait
juré la mort de Jancolini entra avec joie dans la
proposition. Ils concertèrent l'assassinat pour un
jour de solennité, où le commandant devait entendre
la messe dans l'église de Saint-Marc. On convint
que Calvio avec une troupe d'assassins attendrait

son ennemi durant la messe à la porte de l'église ;
que cependant Baroncelli qui avait une intelligence
dans le Capitole en ferait sonner la cloche, et vole-
rait à ce signal vers Calvio pour favoriser l'émeute
et l'assassinat. La chose se passa de la manière dont
ils l'avaient arrangée. Au jour marqué Jancolini se
rendit à l'église ; dès qu'il entendit la cloche du Capitole, il *sortit sur-le-champ pour voir* d'où venait
l'alarme ; mais à peine fut-il hors du vestibule, qu'il
se vit enveloppé de conjurés qui le massacrèrent.
Les amis de Jancolini qui l'accompagnaient étant
accourus avec sa suite, fondirent sur les assassins ;
mais ceux-ci soutenus par leur nombre ayant résisté,
et le peuple entrant dans la querelle, selon qu'il
s'intéressait pour l'un ou pour l'autre parti, il se fit
une mêlée des plus sanglantes et qui dura quatre ou
cinq heures. Le tumulte devint universel ; dans ce
désordre Baroncelli se rendit maître du Capitole, et y
arbora le drapeau du peuple romain. Alors ses émissaires ayant crié par toute la ville, *liberté, liberté,*
attirèrent la multitude au Capitole, où Baroncelli
ayant fait sonner les trompettes et fait faire silence,
invita les Romains à entrer dans l'église d'Ara-Cœli
pour les entretenir de leurs intérêts. Les Romains,
avides de nouveautés, s'empressèrent d'y entrer. Baroncelli s'y montra bientôt, couvert d'une longue
robe par-dessus ses armes, et étant monté dans une
chaire qu'il avait fait placer à un des côtés du grand
autel, il dit à l'assemblée : « Que ce n'était ni l'am-
» bition, ni l'intérêt qui l'engageaient à prendre la
» parole en ce lieu ; mais uniquement le zèle dont

» il brûlait pour sa patrie ; qu'il n'avait pu voir, sans
» être vivement touché, l'état déplorable où la li-
» cence effrénée des nobles l'avait replongée ; que
» leurs violences semblaient n'avoir été quelque
» temps suspendues, que pour se répandre avec
» plus de fureur ; que par leur tyrannie et leurs dis-
» sensions, Rome était aussi exposée aux brigan-
» dages que les grands chemins ; que ni les biens,
» ni la vie, ni l'honneur n'y étaient en sûreté ; que
» le sacré et le profane étaient également violés ;
» que tout, en un mot, était en confusion ; mais qu'il
» ne désespérait pas du remède, quelque grand que
» fût le mal, pourvu qu'on voulût l'entendre le len-
» demain : qu'il se sentait même assez de force et de
» courage pour rendre au peuple romain le repos,
» le bonheur, la gloire et la liberté. »

Le peuple à qui ce discours rappelait l'idée de son
ancien tribun qu'il regrettait toujours, crut le voir
reparaître dans Baroncelli ; on applaudit unanime-
ment à sa proposition ; on lui commit la garde du
Capitole, et l'on chanta le *Te Deum*, que Baroncelli
entonna. Le lendemain, sur le plan qu'il s'était fait
de copier Rienzi en tout, il déclama de nouveau contre l'orgueil et l'avarice des grands ; il s'étendit sur
la félicité, la grandeur et le pouvoir universel dont
jouissait autrefois le peuple romain ; et sur l'accable-
ment étonnant où la noblesse l'avait réduit, depuis
tant d'années. Ensuite en remontant au principe de
cette décadence, il fit une invective insolente contre
les Souverains-Pontifes, et surtout contre Innocent VI, assurant que son absence de Rome et le

séjour de ses prédécesseurs à Avignon étaient la
cause unique de l'esclavage intolérable où était le
peuple; il osa même proférer d'horribles imprécations contre le vicaire de Jésus-Christ s'il ne quittait
au plus tôt Avignon pour Rome. Puis rappelant le
gouvernement de Rienzi, il releva la nécessité du
tribunat, et le *bon Etat* de la ville qui en avait été
l'effet, tant que le tribun ne s'était point démenti de
la modération et de l'équité qui lui avaient fait tant
d'honneur. Il conclut : « Que ce plan de gouverne-
» ment était si beau, que Rome n'aurait pu manquer
» de revoir son premier éclat, si Rienzi, enivré de
» sa fortune, n'eût quitté sa première route, pour se
» frayer le chemin du despotisme et de la tyrannie ;
» que pour lui, trop instruit par les vices et les dis-
» grâces de ce grand homme, et résolu, du reste, de
» l'imiter dans ses vertus et dans son projet, il se
» promettait, si on voulait le faire tribun, de remé-
» dier efficacement à tous les désordres que l'ambi-
» tion des grands, la connivence des Sénateurs, et
» la tyrannie de Rienzi avaient causés : de répri-
» mer l'orgueil des nobles, l'audace des brigands,
» la licence des mauvais citoyens, et de rétablir
» l'abondance dans Rome, la sûreté dans les chemins
» publics, la justice dans les tribunaux, le respect
» dans les temples, la majesté ancienne dans la Ré-
» publique, et cette liberté précieuse pour laquelle
» était né le peuple romain. » Il finit, et tira aussitôt
de son sein un cahier où étaient écrits douze règlements dont il fit à haute voix la lecture au peuple.

Ces règlements faits pour représenter les douze

tables des lois romaines furent reçus avec de grandes acclamations. Baroncelli, pour ne point laisser refroidir l'ardeur de ces premiers mouvements, se fit dès le lendemain prêter serment par les capitaines de quartier; et chaque capitaine le fit faire incontinent au peuple dans les termes que dictait tout haut un Cordelier. Le tribun alla ensuite à l'église d'Ara-Cœli, où il avait harangué le peuple; là il reçut des mains de Tarquino Lelli, général des compagnies, la robe de tribun et les ornements de chevalier; puis il se revêtit de la robe d'étoffe d'or, habit ordinaire des Sénateurs, et prit en main un sceptre d'argent terminé par une croix d'or. Après quoi le chancelier Pierre Roscio le proclama tribun au nom et par l'autorité du peuple en ces termes : *François Baroncelli, second tribun et Consul de Rome.*

Après son installation il mit l'étendard du peuple entre les mains de Thomas de Monte-Rochio; et s'étant assis sur un trône de pourpre, il reçut les hommages des officiers de guerre et de justice en leur présentant sa main à baiser. Il commença l'exercice de sa charge par la cassation de quelques-uns des magistrats, à la place desquels il substitua des gens qui lui étaient dévoués, ne leur disant pour les installer que ces deux mots : *aimez la justice.* Parmi ceux qu'il cassa, il y eut trois greffiers du Sénat qu'il fit pendre: il en fit fustiger d'autres. Il fit aussi quelques exemples de sévérité sur des particuliers qu'il punit plus ou moins rigoureusement, selon la qualité de leurs crimes. Enfin il s'attacha d'abord à imprimer de la terreur suivant le procédé de Rienzi, et cette maxime tyrannique : *Qu'on me haïsse pourvu qu'on me craigne.* Mais s'il outra en cela les principes politiques de l'ancien tribun, il s'en éloigna bien davantage dans la conduite qu'il tint à l'égard du Pape. Loin d'avoir pour la cour d'Avignon les ménagements adroits qu'avait eu Rienzi dans les commencements de sa domination, pour l'obliger à tolérer ce qu'elle ne pouvait empêcher, il l'irrita imprudemment par une révolte ouverte, et par des lettres aussi fières que sa conduite avait été insolente.

Le Pape, avant que d'avoir reçu sa lettre ou plutôt la sommation outrageante qu'il lui faisait, était déjà informé de tout ce qui s'était passé par Hugues d'Arpajon, son internonce. Il apprit aussi les mouvements que se donnait le tyran, pour attirer dans son parti tous les Gibelins d'Italie, faction toujours puissante contre les papes. Il sut que pour se concilier la faveur de l'empereur Charles, Baroncelli avait eu l'audace d'inviter ce prince à se rendre au plutôt à Rome, même malgré le Souverain-Pontife, pour y recevoir de la main du Sénat et du peuple romain la couronne impériale, affectant de se porter pour le vengeur de la majesté de l'empire et de l'autorité des Romains. Tout cela, joint au succès d'une révolution si subite, donna l'alarme à la cour d'Avignon. L'on craignit avec raison que si l'on donnait le temps à Baroncelli de s'unir aux Gibelins, et aux usurpateurs du domaine, la partie ne devînt trop inégale. Tous ces petits tyrans étaient, à la vérité, trop faibles pour résister en détail aux forces de l'Eglise; mais s'ils venaient à se réunir, ils formaient une puissance formidable, contre laquelle tous les efforts du légat qui employa tant d'années à les subjuguer séparément, auraient infailliblement échoué. Dans cet embarras, Innocent VI ne trouva point de meilleure ressource que d'opposer au nouveau tyran un tyran plus accrédité, qui le premier avait ouvert le chemin de la tyrannie. Il crut que Rienzi, corrigé par une prison de trois ans, se comporterait avec plus de modération qu'il n'avait fait, et que la reconnaissance l'engagerait à conserver toute sa vie un attachement inviolable pour le Saint-Siége, de la faveur duquel il tiendrait son rétablissement.

Rienzi, qui languissait depuis si longtemps dans sa prison, avait perdu presque tout espoir d'en sortir, et ne s'attendait plus que ceux-là même qui l'avaient si étroitement renfermé, se vissent comme forcés, par le concours des conjonctures, à implorer en quelque sorte son assistance, et à le faire passer malgré eux des fers au suprême pouvoir. Il fut agréablement surpris lorsqu'on vint le tirer de sa tour avec un empressement et des manières qui lui firent augurer de sa fortune. On le conduisit devant le Pape, qui le reçut avec bonté, et lui dit : que le Saint-Siége, à l'exemple de Dieu qui ne voulait pas la mort du pécheur, mais son amendement, n'avait eu en vue, en le retenant prisonnier pendant quelques années, que de lui donner le loisir de rentrer en lui-même ; que comme il y avait lieu de croire que l'adversité l'avait éclairé sur ses excès passés, et mis en état d'employer utilement les heureux talents qu'il avait

reçus du ciel, on avait sur lui des vues plus hautes
et plus glorieuses que celle de lui donner simplement
la liberté; qu'on se proposait de lui confier le gouvernement de Rome en qualité de Sénateur; qu'é-
levé à un si haut rang non plus par une multitude
séditieuse et conjurée, mais par l'autorité du souverain Pontife, il fallait qu'il se comportât dans cette
charge d'une manière digne de la main qui le relevait; que désabusé des maximes tyranniques qui
l'avaient perdu, il devait prendre des idées convenables à un magistrat revêtu d'une puissance légitime; qu'on espérait enfin que justifiant par sa dépendance et sa soumission à l'Eglise le choix qu'on
faisait de sa personne, il donnerait lieu au Saint
Siége de se louer des faveurs extraordinaires et
inespérées dont on le comblait.

Rienzi, transporté hors de lui-même, et croyant à
peine ce qu'il entendait, se jeta aux pieds du Saint-
Père et lui fit des protestations d'une reconnaissance
éternelle. Il fut absous des censures qu'il avait en-
courues, logé dans un appartement du palais pontifical, et traité avec beaucoup de distinction. Le Pape
lui fit souvent l'honneur de l'entretenir en particulier sur les mesures qu'il fallait prendre pour chasser de Rome Baroncelli, et sur les lumières qu'il
pouvait donner au cardinal d'Albornos dans la guerre
qu'il allait entreprendre contre les usurpateurs.
Comme Rienzi était parfaitement au fait sur les
affaires d'Italie, il pouvait être d'un grand secours
au cardinal, qui s'en servit en effet utilement dans
le commencement de ses expéditions. Il l'emmena

9

avec lui d'Avignon, et lui assigna, pour subsister avec honneur, un revenu raisonnable sur la république de Pérouse. Rienzi, bien équipé, commença à reprendre un peu l'air de son ancienne fortune. Il paya même de sa personne dans les petites guerres qui se firent pour le recouvrement du patrimoine, et surtout au siége de Viterbe, où ils se distingua. Mais comme il avait un objet plus relevé que le vain honneur d'être à la suite du légat pour l'aider de ses conseils, le temps qu'il passait dans ces expéditions militaires lui semblait ennuyeux, et il ne soupirait qu'après son rétablissement dans Rome. Il pressait souvent le cardinal de l'y conduire suivant les ordres du Pape, ou du moins de lui fournir l'argent nécessaire pour se mettre en état d'y entrer en Sénateur. D'Albornos, de son côté, n'étant pas aussi favorablement prévenu en sa faveur que l'était le Pape, temporisait toujours tantôt sous un prétexte, tantôt sous un autre. Ce prélat, homme d'un discernement fin et pénétrant, trouvait à Rienzi de l'esprit, du feu, de la hardiesse et de l'éloquence; mais plus il étudiait son caractère, moins il y découvrait un fond de solidité sur 'equel on pût compter. Grands discours, belles promesses, politique outrée, projets fastueux, tout confirmait le légat dans l'idée qu'il s'était formée de ce personnage comme d'un aventurier moins utile que dangereux. Sur cette idée, il se hâtait d'autant plus lentement de le rétablir, qu'il comptait que de la manière dont se comportait Baroncelli, il ne tarderait guère à se détruire de lui-même, sans qu'il fût nécessaire d'y employer le ministère d'un tyran qui

lui avait donné l'exemple. Le légat ne se trompa point
dans sa conjecture. Les nouveaux troubles qui arrivèrent à Rome par la faute de Baroncelli, et dont il
fut la victime, vérifièrent ses pressentiments. A peine
le tyran eut-il jeté les fondements de son autorité,
que pour l'affermir davantage, en copiant mal à propos Rienzi dans des conjectures toutes différentes,
il songea à ruiner la noblesse ; et afin de frapper le
oup quand il en serait temps, il invita tous les seigneurs à venir demeurer à Rome sous prétexte qu'il
n'était pas de leur dignité de se tenir ainsi disper-
sés, et comme relégués dans leurs châteaux. Quelques-uns s'en excusèrent, d'autres obéirent. Jean de
Vic, quoique maître de Viterbe et de presque toutes
les terres du patrimoine, fut un de ceux qui porta le
plus loin la complaisance pour Baroncelli. Il avait
l'art de se comporter diversement, et toujours avec
souplesse dans les diverses circonstances. Ce qu'il
n'avait pas fait pour le premier tribun, il le fit pour
le second, et l'intérêt le conduisit dans l'une et l'autre occasion. Il sentait que le légat, qui approchait,
ne tarderait pas de l'attaquer le premier. Il crut donc
trouver un appui dans le tyran de Rome, et il espéra le gagner à force de déférence et de soumission.
Pour lui donner des preuves efficaces d'un dévouement parfait, il lui fit croire qu'il lui donnait la clef
du despotisme, en lui remettant entre les mains tous
les titres des privilèges accordés à la ville de Rome
par les empereurs et les Souverains-Pontifes. C'é-
tait un dépôt dont il s'était emparé tandis qu'il avait
été préfet de Rome ; et Baroncelli, moins éclairé que

Rienzi qui s'embarrassait peu des titres, pourvu qu'il eût la réalité, regarda ce présent comme un trésor précieux qui mettait son autorité hors d'atteinte.

La confiance qu'il eut en ces titres fut la cause de sa perte; il ne se gêna plus, il leva le masque, et s'abandonna à toutes sortes d'excès. Ses deux fils enchérissaient sur les violences de leur père. Les plaintes qu'on portait de leurs désordres publics n'étaient point écoutées. Le tyran, uniquement occupé du soin de s'enrichir par des voies abrégées, fermait les yeux à tout le reste. On ne voyait que proscriptions, que confiscations et supplices. Il devenait d'autant plus avide et plus cruel, que personne n'osait lui résister. Il se trouva cependant un homme assez hardi pour entreprendre à lui seul de délivrer sa patrie d'un monstre si sanguinaire : ce fut Richard Tancrède. Il l'attaqua un jour à la sortie du Capitole, lui porta brusquement quelques coups d'épée, et croyant l'avoir blessé à mort, il se mit en fuite. Le peuple ne se mit point en peine d'arrêter Tancrède, qui eut le loisir de s'évader, tandis que Baroncelli, moins effrayé de ses blessures qui étaient assez légères, que de l'indifférence du peuple qui commençait à s'émeuter, se retirait avec précipitation au Capitole. Etant rentré il envoya prendre cinq domestiques de Tancrède à qui il fit donner la question d'une manière très-violente; mais n'ayant pu rien apprendre de la conspiration qu'il supposait, il les fit couper en quartiers qu'on exposa par son ordre en différents endroits de la ville. Toujours

prévenu de l'idée qu'une troupe de conjurés en voulait à sa vie, il jeta ses soupçons au hasard sur divers particuliers qu'il fit périr par différents supplices. De ce nombre furent Fabrice Corse, chevalier aux éperons d'or, qu'il fit décapiter ; Tibère Tosi
et un autre bourgeois qu'il fit pendre avec sept de
leurs amis; César Margani, et Ange Branca; ce dernier fut mis en quatre quartiers. Quantité d'innocents qui demandaient en vain d'être écoutés, furent,
en cette occasion, sacrifiés à ses soupçons par la perte
de leurs biens ou de leur vie. Pour Tancrède, qui
s'était retiré dans les terres des Ursins, d'où il faisait des courses fréquentes dans le territoire de Rome, le tyran le fit effigier avec deux autres citoyens,
et il ordonna que leurs palais fussent rasés.
Ces sanglantes exécutions ne purent le rassurer ; il
n'en devint que plus farouche et plus défiant, même
à l'égard de ses meilleurs amis qu'il enveloppait in-
différemment dans son insatiable vengeance. Il n'y
eut pas jusqu'à son plus intime confident Thomas
de Monte-Rocchio, qu'il avait fait porte-enseigne du
peuple romain, qui lui devint suspect : il le fit arrêter, et lui ayant fait couper la tête, la nuit même,
dans la prison, il fit exposer le lendemain son corps
aux yeux du public, faisant entendre au peuple dans
un procès fabriqué sur ses soupçons, que ce malheureux était un des conjurés contre sa personne.
Il cita à son tribunal comme complices César de
Conti, Paul Annibaldi, Nicolas Savelli, Franciat des
des Ursins, François Palumbari, Jacques Stalli et
quelques autres de la principale noblesse. A l'occa-

sion d'une flèche qui fut tirée à son fils César, sans l'avoir atteint, il fit emprisonner François et Poncel des Ursins, prétendant qu'ils avaient suborné un assassin pour faire le coup. Il se préparait encore à répandre bien du sang, lorsque le ciel permit que Rome fût enfin delivrée de ce redoutable fléau. Quoiqu'il craignît le voisinage du cardinal d'Albornos et de Rienzi, il se promettait de remporter sur eux une éclatante victoire, et de braver le Souverain-Pontife : il se fondait sur les chimères dont il repaissait le peuple, et les secours effectifs qu'il attendait des Gibelins d'Italie, et même de l'empereur, dont il publiait les lettres ; mais ni ces grandes promesses du recouvrement de la liberté, ni ses prodigalités à l'égard des Romains, ni l'abondance qu'il avait procurée à la ville, ne purent diminuer l'horreur de ses tyrannies : excommunié par le Pape, livré comme rebelle à la vengeance publique, détesté de tout le monde, il sentit sa chute prochaine ; et après avoir fait évader sa femme et ses fils en habits de religieux, avec ce qu'il avait de plus précieux, comme il se disposait à se retirer lui-même, il fut massacré dans le lieu même où il avait fait répandre tant de sang, vers le milieu de décembre 1353, un peu moins de quatre mois après son élévation. Il avait porté plus loin que le premier tribun le faste politique de la dignité de son tribunat, ayant pris pour arme un globe céleste entouré d'un rameau d'olivier rampant, et de bandelettes rouges et blanches, avec le nom du sénat et du peuple romain ; emblème qu'il avait fait mettre au bas de ses portraits, sur les drapeaux, et sur la monnaie qu'on avait battue en son nom.

La mort de Baroncelli était le plus fâcheux contre-temps qui pût arriver à la fortune de Rienzi, qu'elle rendait désormais moins nécessaire. Aussi le légat qui jusqu'alors n'avait pas été fort porté à le rétablir dans Rome, le fut encore moins dans la suite, et en perdit même tout à fait la pensée, quand il vit que les Romains, après s'être défaits de Baroncelli, lui envoyaient d'eux-mêmes faire leur soumission. Ce peuple léger et incapable de rester longtemps dans la même assiette, passant alternativement de l'obéissance à la révolte, et de la révolte à l'obéissance, envoya en effet des députés au légat pour se mettre sous sa protection et pour obtenir le pardon du Saint-Siége. Le légat les reçut favorablement, et leur promit toute sorte d'appui auprès du Pape, à condition qu'ils se ligueraient avec lui contre Jean de Vic, ce qu'ils acceptèrent, moins par zèle pour l'Eglise, que par haine pour le gouverneur. Dès le mois de mai suivant de l'année 1354, ils envoyèrent un corps de dix mille hommes joindre l'armée du légat qui était devant Viterbe. Rienzi qui s'y trouva, ainsi que nous l'avons dit, roulait inutilement dans sa tête le moyen de rentrer dans Rome sans presque plus rien espérer du légat, dont il avait pénétré la défiance et dont il supportait fort impatiemment les délais ; mais les marques de dévouement et de zèle que lui donnèrent les Romains au siége de Viterbe, réveillèrent ses espérances, et l'animèrent à trouver le secret de se rétablir dans sa dignité sans le secours du légat. L'armée des Romains le regarda en effet comme un homme protégé du ciel et miraculeusement échappé de mille dangers pour faire une seconde fois leur gloire et leur félicité : ils allaient en foule le visiter avec des empressements et une joie qui surprenaient le légat, et qui lui faisaient voir à quel point ce génie extraordinaire s'était rendu maître des esprits et des cœurs. Rienzi, de son côté, les recevait avec reconnaissance, et toutefois avec un air de supériorité qui ressentait son ancienne grandeur et celle où il aspirait de nouveau. Il passait ces heures précieuses à les entretenir de ses aventures depuis son bannissement de Rome, qu'il n'imputait point au peuple, mais uniquement à la jalousie de la noblesse qui le tyrannisait. Il leur racontait la manière dont il avait été reçu du roi de Hongrie, les honneurs qu'il avait reçus de la part de l'empereur à Prague, les raisons que ce prince avait employées pour le détourner du dessein d'aller à Avignon, la détermination où il avait été de s'y rendre lui-même pour se justifier auprès du Pape, les préventions où l'on était contre lui à la cour, la force de son innocence qui sans les dissiper avait pourtant contraint les juges de le retenir plutôt dans une injuste captivité, que d'oser prononcer contre lui; enfin l'équité d'Innocent VI, qui mieux instruit de son affaire l'avait tiré de prison comme un autre Joseph pour le renvoyer à Rome en qualité de sénateur. Il ajoutait qu'il ne savait pas pourquoi le cardinal d'Albornos différait à exécuter les ordres de Sa Sainteté; qu'il en viendrait sans doute de nouveaux et de plus pressants; que s'il pouvait une fois être rétabli, on devait s'attendre à voir tout autre chose que ce qu'on avait vu de lui la première fois, que ses profondes réflexions et la lecture des historiens romains lui avaient donné de nouvelles lumières, et inspiré des idées plus relevées de la grandeur du peuple romain; qu'au reste son unique ambition était de rendre à sa patrie cette supériorité et cet empire qu'elle avait eu autrefois sur le monde entier, et ne rien épargner pour y réussir, dût-ce être aux dépens de son repos et de sa vie.

En mêlant ainsi le vrai au faux, avec cette éloquence artificieuse dont il savait si bien le secret, il sut enchanter les milices romaines, et les engager plus que jamais dans son parti. Quand elles furent sur le point de s'en retourner, les plus considérables de l'armée allèrent prendre congé de lui et le presser de ne pas différer son retour à Rome, en l'assurant que, dès qu'il paraîtrait, il y serait reçu comme un libérateur descendu du ciel.

Rienzi n'avait pas besoin de beaucoup d'exhortations pour goûter ces conseils; mais il eût fort souhaité des secours présents, et plus effectifs que des paroles. Les cœurs étaient ouverts, et les bourses ne s'ouvraient point en sa faveur, soit que la pauvreté des Romains ne leur permît pas de faire les avances considérables que la conjoncture exigeait, soit que la crainte de déplaire au légat, sous la protection duquel ils s'étaient mis, concourût avec l'intérêt à les retenir. Le légat de son côté ne voulait rien

avancer, s'excusant sur la dépense énorme de son
armée qui absorbait tout ce qu'il pouvait tirer des
revenus du Saint-Siége. D'ailleurs ce que Rienzi
tirait de la commune de Pérouse suffisait pour la
subsistance honorable d'un guerrier, et non pour le
rétablissement d'un sénateur. Dans les fréquents
voyages qu'il avait faits à Pérouse, et qu'il réitéra
souvent durant près de huit mois, il avait harangué
les chefs de cette petite République pour l'engager à
lui faire quelque avance.

La douceur insinuante de ses paroles le faisait
écouter avec plaisir, et l'on était toujours prêt à
l'entendre; mais tout le fruit de ses discours était
une admiration stérile ou une vaine excuse sur la
conjoncture des temps et le voisinage des armées
qui obligeait les Pérugins à ménager leurs finances
et à se tenir sur leurs gardes. Enfin malgré la bonne
volonté de tous les particuliers, tant de Rome que
de Pérouse, les résultats des conseils de la commune
aboutissaient toujours à d'honnêtes refus, et tout
paraissait désespéré pour Rienzi, lorsqu'une heureuse rencontre lui ménagea, dans le temps qu'il y
comptait le moins, la ressource après laquelle il
soupirait depuis tant de mois.

Il y avait alors à Pérouse deux gentilshommes
provençaux qui s'y étaient établis depuis quelque
temps à la faveur du crédit d'un de leurs frères,
homme fort puissant en Italie, et que les Pérugins
avaient fait, par distinction, citoyen de leur ville. Ce
dernier, qui était chevalier de Rhodes, et nommé
Montréal, était devenu un tyran d'une espèce parti-

culière. Le roi de Hongrie l'avait amené avec lui en
Italie à la conquête du royaume de Naples, et l'avait
fait gouverneur d'Aversa. Après le retour de ce
prince dans ses Etats, Montréal, moins observé, avait
profité des troubles du royaume pour piller impunément le pays. Mais lorsque Louis de Tarente, roi de
Naples, fut rentré dans son royaume, après l'avoir
cité plusieurs fois inutilement, il envoya contre lui
Malatesta de Rimini qu'il avait fait son lieutenant
général ; et celui-ci le serra de si près, qu'après un
long blocus, Montréal fut contraint de se rendre, à
condition seulement de se retirer lui et sa garnison
la vie sauve, sans que des richesses immenses qu'il
avait amassées par ses brigandages, on lui permit
d'emporter plus de mille florins d'or.

Ce chevalier, au désespoir de se voir dépouillé de
ses trésors, et outré contre le roi de Naples et Malatesta, forma un projet aussi singulier que hardi
pour se venger d'eux et s'enrichir de nouveau.
L'Italie était alors infestée de soldats congédiés ou
déserteurs, qui ne vivaient que du pillage qu'ils faisaient en s'attroupant. C'étaient pour la plupart des
restes de l'armée que le roi de Hongrie avait formée pour sa conquête, et qui faute de paie s'était
débandée, et répandue de tous côtés. Il y en avait
d'Allemands, de Français et d'Italiens, gens vaga-
bonds, d'ailleurs bons soldats à qui il ne manquait
qu'un chef. Montréal se mit en tête de les rassembler et de les prendre à sa solde, résolu de changer
ces pelotons de voleurs publics en troupes réglées
de brigands, et de se distinguer avec eux par de plus

illustres brigandages aux dépens d'une partie de
l'Italie. Pour cela il fit courir dans la Toscane, la
Romagne et la Marche, des billets par lesquels il
donnait avis que tous les soldats soit d'infanterie,
soit de cavalerie, qui voudraient se rendre sous ses
drapeaux, auraient bonne solde et leur subsistance.
Ces billets eurent un effet si prompt, qu'en fort peu
de temps il se trouva à la tête d'un corps de trois
mille cinq cents hommes, tous aguerris et déterminés. Ce fut là l'origine de ces redoutables bandes,
qui devenues volontaires et indépendantes d'aucune
puissance que des chefs qu'elles se choisissaient,
firent dans la suite tant de ravages dans l'Italie, la
Provence, et plusieurs autres provinces françaises.

.Le premier usage que fit Montréal de sa petite
armée, ce fut de la mener contre son ennemi Malatesta qui assiégeait Fermo depuis fort longtemps.
Cette place était aux abois, et sur le point d'être
enlevée à son tyran Mogliano, lorsque celui-ci, soutenu par Ordelafi, tyran de Forli, attira Montréal
qui se rendit plus à la haine qu'il avait pour Malatesta, qu'à son zèle pour les habitants de Fermo. Il
fit lever le siége dès qu'il parut; ce succès commença
à mettre ses bandes en réputation, de sorte qu'elles
s'accrurent insensiblement. Après avoir mis en fuite
Malatesta, elles se mirent à piller dans la Marche,
elles y enlevèrent les châteaux de Mondolfe, de la
Frata, de San-Vito et six autres, sans compter les
ravages des villages et des bourgs; elles prirent d'as-
saut Feltrans, où elles se remplirent de sang et de
butin. Montefano et Montesfiore avec plusieurs au-

tres forts des environs se rendirent sur la terreur de leurs noms. S'étant emparé depuis de Monte-Lupone, et d'Umana, elles revinrent vers Ancône, et prirent Falconara et huit châteaux en un jour ; l'effroi ayant fait fuir ceux qui les défendaient, sans rien emporter de leurs biens. Albinello, Ficardo, Itaffole, Massaccio, la Penna, et quantité d'autres forteresses devinrent leur proie. Le nom de Montréal et le butin extraordinaire qu'il faisait, lui attiraient un si grand nombre de soldats, qu'ils accouraient en foule de toutes les parties d'Italie, s'offrant à servir sans autre solde qu'une petite part sur ce qui reviendrait du pillage. Plusieurs personnes de la première noblesse prirent parti avec lui ; et quoiqu'il y en eût dont la naissance était fort supérieure à la sienne, tous le reconnurent pour chef de l'armée, qui commença alors à s'appeler la grande bande de Montréal ; ils lui jurèrent une obéissance éternelle, sans souffrir qu'on élût d'autre général que lui tant qu'il vécut ; ils nommèrent seulement quatre des principaux d'entre eux, pour l'aider en qualité de secrétaires dans l'expédition des affaires et dans les opérations de la guerre. Ces quatre, qui furent le comte Lando, le baron Fenzo, le comte Broccardo, et Aiméric de Canaletto, formaient avec Montréal le conseil étroit, outre lequel il y en avait un autre plus étendu, composé de quarante conseillers, pour les affaires courantes qui exigeaient moins de secret. Tout le butin était consigné entre les mains du trésorier général de l'armée qui était chargé de faire vendre les effets. Il distribuait ensuite l'argent qui en provenait selon

les ordres du général, à qui tous obéissaient avec
autant de respect, de dévouement et de fidélité, que
s'il eût été leur prince naturel. Aussi entretenait-il
un si grand ordre parmi ses troupes, que ni la division, ni l'oisiveté n'y trouvaient aucune entrée. Ce
corps, outre plus de quinze cents braves guerriers,
était composé de plus de vingt mille, partie bandits,
partie valets, sans compter les femmes qui suivaient
l'armée. Mais la discipline que le général y avait
établie, fit de cette armée bizarre une espèce de république ambulante, où chacun était occupé à l'avancement du bien public. L'office des femmes était
d'entretenir la propreté dans le camp, d'avoir soin
des habits, des vivres, et surtout de ne point laisser
manquer les troupes de pain, chose à laquelle Montréal avait pourvu par un grand nombre de moulins
à bras, qu'on transportait toutes les fois qu'on se
mettait en campagne. Par ce bon ordre et par sa vigilance, il maintenait l'abondance et la tranquillité
dans une multitude de brigands qui portaient partout
le trouble et la désolation.

Il mit en effet à contribution presque toute l'Italie.
Malatesta qui voyait l'orage grossir, sans qu'aucun
des petits Etats d'Italie songeât à le dissiper, se donna
d'abord de grands mouvements pour engager les
républiques de Florence, de Sienne, de Pérouse, à
s'unir avec lui pour s'opposer à l'ennemi commun.
Il alla lui-même les solliciter, il leur montra par des
raisons très-palpables que ce torrent les menaçait;
que si on le laissait croître, il ne serait plus temps
de le détourner de leurs terres; qu'avec les forces

qu'il avait, un secours proportionné d'argent et de
troupes qu'elles fourniraient, suffirait pour mettre
une digue à cette inondation ; qu'enfin, si on voulait
l'aider, il répondait de délivrer pour jamais l'Italie
de ce nouveau monstre qui ne tirait des forces que
de leur faiblesse et de leur mésintelligence. De si
pressants motifs ne purent les persuader. Pérouse
ne voulut rien avancer que Florence ne se fût déclarée : Sienne en fit de même. Les Florentins firent
quelques avances ; mais les Siennois et les Pérugins
reculèrent sous de vains prétextes ; et tous regardant
le danger comme éloigné, laissèrent Malatesta sans
secours et au désespoir d'avoir perdu tant d'efforts
inutiles pour des républiques qui, par un vil intérêt,
ne voulaient pas entendre leur intérêt véritable. Il
en fut bientôt vengé : contraint de céder à Montréal,
qui lui avait déja pris quarante-quatre forts, il crut
n'avoir point d'autre parti à prendre que de com-
poser avec lui, en payant quarante mille florins d'or
dont il paya une partie comptant, avec son fils en
otage pour l'autre, à condition que la grande bande
ne le molesterait point durant un temps marqué.
Cela fait, il congédia ses troupes, qui toutes s'engagèrent à Montréal. Il en coûta vingt-cinq mille florins d'or à Florence pour avoir négligé les avis de
Malatesta. Pise, Sienne, Pérouse furent aussi con-
traintes d'entrer en composition avec Montréal et
d'en payer les unes plus, les autres moins. Le tyran
de Forli et celui de Fermo furent condamnés à
trente mille chacun ; et l'on taxa le roi de Naples
lui-même à quarante mille, qu'il promit de payer

dans un temps marqué ; à quoi n'ayant pas satisfait,
il eut tout lieu de s'en repentir : enfin la puissance
de la bande devint si formidable, que l'archevêque
de Milan d'un côté, la ligue contraire de l'autre, et
le préfet de Vic du sien, s'efforcèrent de l'attirer chacun dans leur parti. Montréal les tint tous en suspens ; mais, après avoir levé ses contributions, il s'en-
gagea enfin dans le parti contraire à l'archevêque,
qui menaçait toute la Lombardie ; et il y envoya son
armée, sous la conduite du comte Lando, moyen-
nant cent cinquante mille florins pour quatre mois
de service. Pour lui, il s'en alla à Pérouse avec laquelle il s'était accommodé à la condition d'y avoir
droit de citoyen, afin de méditer de nouveaux projets
de tyrannie. Ce fut dans cette ville, et quelque temps
avant l'engagement de Montréal dans la ligue, dont
on vient de parler, que Rienzi trouva les deux frères
provençaux par le moyen desquels il espéra engager
le chevalier dans son parti.

XII

Depuis que le chevalier Montréal s'était avisé de former sa bande, et de se faire partisan sans titre pour mettre à contribution toute l'Italie, il avait amassé en peu de mois des richesses immenses et capables de le consoler de ce que le roi de Naples et Malatesta lui avaient enlevé. L'ordre qu'il avait mis dans ses troupes était une suite de celui qu'il observait dans ses affaires. Il était peu de villes considérables dans l'Italie où il n'eût de l'argent chez les banquiers ; et il avait en outre soixante florins d'or dans la ville de Padoue. L'appât de ces richesses faisait souhaiter à Rienzi de gagner un protecteur si puissant; mais jugeant bien qu'un homme de ce caractère, qui mettait ses services à si haut prix, serait bien éloigné de lui donner des secours pour des espérances peut-être qu'il regarderait comme chimériques, il ne crut pas devoir d'abord s'adresser immédiatement à lui ; il tenta de s'insinuer adroitement dans les bonnes grâces de ses deux frères, l'un nommé Arimbald, et l'autre Bettrone, qui s'employaient à Pérouse à faire valoir et à placer les grandes sommes que leur frère tirait de ses brigandages. Arimbald était homme de lettres, et par cet endroit plus susceptible des charmes que l'érudition de Rienzi répandait dans ses conversations. Celui-ci lui rendit de fréquentes visites, et fut assez heureux pour réussir à lui plaire. Ils mangèrent souvent ensemble. Rienzi affecta alors de faire tomber le discours sur la puissance des anciens Romains, dont il relevait par des exemples choisis la vertu, la valeur, la prudence et les conquêtes. Il en parlait d'une manière si vive et si animée, qu'Arimbald en était comme transporté hors de lui-même. Rienzi en effet s'était d'autant mieux adressé, qu'il avait affaire à un jeune homme vif et sans expérience, d'un caractère d'esprit plus brillant que solide, et d'une imagination propre à saisir comme des réalités les chimères d'une imagination aussi forte que la sienne. Arimbald, infatué de ses discours et de ses projets, ne pouvait se lasser de l'entendre. Il le goûta tellement, qu'ils n'eurent plus désormais que même habitation, même table, et même appartement; de sorte qu'ils étaient nuit et jour inséparables. Enfin,

ébloui des belles promesses de Rienzi, qui ne parlait
pas de moins que de le faire son lieutenant-général
et de le rendre plus célèbre que le chevalier de Montréal, il se détermina à épouser sa fortune et à concourir à son rétablissement. Rienzi demandait trois
mille florins d'or pour se mettre en équipage et pour
lever quelques soldats. Arimbald lui en promit davantage; et il en tira de ses coffres quatre mille,
qu'il lui mit entre les mains. Mais soit qu'il n'osât
disposer de cette somme sans l'aveu de son frère le
chevalier à qui elle appartenait en partie, comme
étant tirée du dépôt commun; soit que Rienzi l'eût
engagé lui-même à en donner avis à Montréal, pour
tacher d'en tirer davantage, Arimbald écrivit à son
frère une lettre, où il lui disait avec un air plein de
confiance : « J'ai plus gagné en un seul jour, que
» vous dans toute votre vie : je suis le maître de la
» souveraineté de Rome ; j'ai pour garant le fameux
» Nicolas Rienzi, chevalier et tribun romain, que
» tout le peuple redemande à haute voix ; je ne crois
» pas m'être trompé dans mes projets, et je me flatte
» que vous ne les désapprouverez pas. Au reste
» comme il est besoin de quelque argent pour com-
» mencer un ouvrage de cette importance, j'ai cru
» pouvoir prendre du dépôt quatre mille florins :
» je lève des soldats, j'attends votre réponse et je
» pars. »
Rienzi avait jugé juste, quand il craignait que
Montréal n'eût pas une aussi bonne opinion de cette
entreprise que son frère. Mais il comptait tellement
sur le succès, qu'il espérait, par cette confidence,

l'engager un jour dans ses intérêts. La réponse fut
telle : « J'ai mûrement pesé votre projet; et il est
» si grand et si vaste, qu'il m'a paru, à ne rien dé-
» guiser, fort au-dessus de vos forces : je ne com-
» prends pas que vous puissiez l'exécuter, et plus
» j'y pense, moins ma raison s'y rend; faites pour-
» tant tout ce que vous jugerez à propos, mais sage-
» ment et pour le mieux; surtout prenez si bien vos
» mesures, que les quatre mille florins ne soient pas
» perdus. Si vous trouvez quelque obstacle sur votre
» route, écrivez-moi, je volerai à l'instant à votre
» secours avec mille ou deux mille hommes, s'il le
» faut, et vous en verrez le succès. Comptez sur moi,
» vous et mon frère, aimez-vous toujours l'un l'autre,
» et ne faites point de bruit de votre dessein. »

Arimbald, qui attendait avec impatience la réponse
de Montréal, n'eut pas plutôt son consentement, qu'il
alla plein de joie faire part de cette nouvelle à son
ami; mais celui-ci, avant que de faire des levées
pour le voyage de Rome, voulut aller trouver le légat
pour obtenir son agrément. Le premier usage qu'il
fit de la somme qu'il avait reçue, fut de s'équiper
magnifiquement et en tribun auguste. Il se fit faire
des habits fort riches avec des capes d'écarlate four-
rées d'hermine et brochées d'or; il se pourvut d'armes précieuses et surtout d'éperons d'or en qualité
de chevalier; il prit une nombreuse suite, qu'il
revêtit d'une manière qui répondait à sa magnificence; il monta un superbe coursier, et dans cet
équipage, étant suivi de sa maison, et accompagné
des deux Provençaux, il alla trouver le cardinal-

légat à Montefiascone. Cette nouvelle pompe sembla
lui avoir rehaussé le courage : il entra dans le palais
avec une démarche fière, la tête haute, les yeux
assurés, et tout l'air d'un homme accoutumé à commander, sans oublier pourtant ces manières de cour
qui allient la modestie à la fermeté, et la souplesse à
la grandeur, suivant le rang des personnes qui se
présentent. Il dit au légat en l'abordant qu'il s'était
mis en état décent pour venir recevoir ses ordres
avec plus de dignité ; qu'il le priait de le déclarer
sénateur de Rome suivant les intentions du Saint-
Père ; et qu'il irait, en cette qualité, lui préparer les
voies à Rome, et l'aider à remettre sous l'obéissance
du Souverain-Pontife tous ceux qu'un esprit de sédition en avait écartés.

Le cardinal d'Albornos, qui n'avait point reçu
d'ordres contraires aux premiers, ou qui peut-être
ne comptait pas sur l'exécution de ce projet, crut ne
voir aucun risque à lui accorder ce qu'il ne pouvait
d'ailleurs lui refuser, après avoir épuisé tous ses
prétextes. Il le déclara donc sénateur romain et
gouverneur de la ville, sans lui donner toutefois aucun secours ni d'hommes, ni d'argent, pour se mettre
en possession de sa charge.

Rienzi, qui regardait comme un coup d'état pour
lui cet agrément si longtemps souhaité, et qui ne
comptait pas en obtenir autre chose, se retira fort
content de cette entrevue. Comme il n'avait plus
besoin que de soldats pour le conduire à Rome, heureusement pour lui il se trouva alors à Pérouse deux
cent cinquante cavaliers, de ceux que Malatesta avait

licenciés après son accord fait avec Montréal. Rienzi les fit sonder par un de ses amis, qui leur proposa de sa part de se mettre à sa solde pour deux mois, dont un leur serait payé d'avance, en leur faisant entendre qu'il s'agissait d'une entreprise aussi utile que glorieuse, à savoir, d'escorter à Rome le seigneur Nicolas Rienzi, que le Pape y envoyait avec le titre de sénateur; qu'au reste, cet engagement pourrait durer autant qu'ils le croiraient avantageux par leur expérience. Cette troupe était composée pour la plus grande partie d'Allemands : « gens simples, mais » que l'air de l'Italie rend plus déliés que les Ita- » liens. » Les chefs, après avoir délibéré sur cette proposition, conclurent d'abord à n'y point entendre pour trois raisons : la première, tirée du caractère des Romains, qu'ils regardaient comme une nation remplie d'une fierté folle, et plus fastueuse en paroles qu'efficace en réalité; les deux autres, fondées l'une sur l'impuissance de Rienzi, homme de peu de naissance, et dont les malheurs ne leur promettaient pas grand espoir de récompense; l'autre sur le hasard d'une entreprise si délicate, où il n'y allait pas moins que de choquer toute la noblesse romaine. Toutes les voix allaient au refus, lorsqu'un Bourguignon de la troupe se leva, et dit qu'il ne voyait nul inconvénient pour eux dans cette affaire : « Prenons, » ajouta-t-il, l'argent présent qu'on nous offre; con- » duisons le bon sénateur à Rome; ce sera pour nous » un voyage où nous satisferons et l'intérêt et la » piété : puis, selon les conjonctures, restera ou se » retirera qui le trouvera bon. » La naïveté de cet avis l'emporta. On traita avec l'envoyé de Rienzi qui paya sur-le-champ le prix conclu pour un mois. Il joignit à cette cavalerie deux cents hommes de pied, qu'il prit dans la Toscane, sans compter quantité de braves Pérugins, ce qui fit une brigade assez considérable pour imposer aux Romains.

Avec ce petit corps d'armée, fait à la hâte, Rienzi brusqua son départ, passa par la Toscane, et traversa des vallées et des montagnes ordinairement infestées par les partis qui couraient toute l'Italie; mais il fut assez heureux pour arriver sans aucune fâcheuse rencontre jusqu'en vue de Rome. Dès qu'on sut qu'il approchait, la joie fut universelle. On se prépara à le recevoir avec une pompe pareille à celle qui accompagnait le retour des anciens vainqueurs. La cavalerie romaine alla à sa rencontre, portant en main des branches d'olivier en signe de victoire et de paix. Le peuple sortit en foule hors des portes pour l'escorter. On dressa des arcs de triomphe; on orna les rues de tout ce qu'il y avait de plus précieux en étoffes d'or et d'argent; on les joncha de fleurs, et dès qu'il parut, tout retentit du bruit des trompettes et du son des instruments, souvent interrompus par des cris de joie. Le peuple porta même l'ivresse de cette fête jusqu'à faire en faveur d'un homme, qu'il avait chassé quelques années auparavant, la réception que les Juifs avaient faite à Jésus-Christ à son entrée dans Jérusalem. On étendit sur son passage des tapis et des vêtements; on les parsema de rameaux d'oliviers, et l'on cria : *Béni soit le libérateur qui vient à nous!*

Au milieu de cette pompe triomphale, on conduisit
Rienzi jusqu'au Capitole, où étant arrivé, il fit une harangue fort spirituelle comme à son ordinaire, à laquelle la joie de le revoir donna encore un nouveau
prix. Il se représenta « comme un autre Nabuchodono-
» sor, qui avait été contraint de disparaître pendant
» sept années. » Mais il ajouta que, « par un effet de la
» protection visible du ciel, il rentrait dans Rome,
» non pas comme un banni qui ne reparaît qu'en
» tremblant, mais comme un sénateur, établi par la
» voix même du Vicaire de Jésus-Christ ; que cette
» voix puissante, qui l'avait tiré d'une injuste capti-
» vité, pour lui confier une autorité légitime, suffi-
» sait seule pour réparer son incapacité ; qu'ainsi il
»   se promettait de travailler si efficacement à réta-
» blir le *bon Etat*, qu'il y avait lieu d'espérer qu'il
» en viendrait heureusement à bout. » Il donna
ensuite des marques publiques de sa reconnaissance
aux deux frères de Montréal à qui il avait l'obligation d'un si heureux retour. Il les fit gonfaloniers
de la république, et ceignit l'épée à un habitant de
Pérouse, nommé Ceccho, qu'il fit chevalier, pour
reconnaître les services qu'il en avait reçus, et à qui
il donna dans cette cérémonie une robe relevée
d'or.

Le lendemain il reçut quelques députés des villes
voisines, qui le félicitèrent sur son rétablissement.
Il les paya de son côté de promesses magnifiques, et
du récit des grands projets qu'il méditait, chose qui
lui coûta peu, et par laquelle il avait appris depuis

longtemps à se donner une réputation aussi brillante que peu solide.

Durant tout ce triomphe de Rienzi, les nobles se tenaient tranquilles et alertes en attendant l'événement : quelques jours se passèrent en fêtes et en réjouissances publiquss. On ne voyait dans la ville que des détachements de la brigade, qui, en éblouissant le peuple par un vain éclat, donnait à la noblesse de justes soupçons d'une nouvelle tyrannie. Le nouveau sénateur, suivant sa manière, amusait ainsi les Romains, tandis qu'il dépêchait des courriers de tous côtés pour informer toute l'Italie de son rétablissement, et pour inviter tous les potentats à seconder ses vues pour le renouvellement du *bon Etat*. Il tint parole suivant l'idée qu'il avait suivie dans sa première administration, et à laquelle il s'attacha avec plus d'opiniâtreté sur les réflexions qu'il avait faites depuis son bannissement. Comme il fondait l'affermissement de son autorité et la sûreté de sa personne sur la destruction des nobles, et qu'il attribuait sa première chute moins à sa tyrannie sur le peuple qu'à la jalousie de la noblesse qu'il avait laissé échapper de ses mains, et sur laquelle il ne s'était vengé qu'à demi, il résolut de commencer par l'attirer une seconde fois dans ses piéges pour l'accabler plus sûrement.

Les seigneurs, à son arrivée, s'étaient presque tous retirés dans leurs terres pour observer de loin et en sûreté quel tour prendrait ce nouveau gouvernement, que le premier leur avait rendu trop justement suspect. Les troupes étrangères, qui étaient entrées dans la ville, et qui semblaient annoncer dans tous les quartiers une domination despotique et indépendante, leur donnaient lieu de pénétrer dans les desseins secrets du sénateur, et d'imaginer même ce qui n'était peut-être pas.

Quatre jours s'étaient à peine écoulés depuis le retour de Rienzi, qu'il leur envoya ordre à tous de se rendre à Rome pour lui prêter en personne serment de fidélité. Le prétexte était d'autant plus spécieux et le piége d'autant mieux dressé, qu'il leur était difficile de s'en dispenser sans blesser le Pape, dont le sénateur tenait son autorité. Comme la maison des Colonne était la plus considérable, et celle dont la ruine entraînerait aisément la chute du reste de la noblesse, il crut devoir flatter le jeune Etienne Colonne, qui en était devenu le chef depuis la funeste mort de son père et de ses parents, tués à la journée de la porte Saint-Laurent. Il usa à son égard d'une distinction particulière : il lui députa deux des principaux citoyens romains, Buccio Jubilo et Jean Cafarello, avec charge de lui faire entendre que ce qu'on exigeait de lui n'était qu'une formalité indispensable pour la conséquence de l'exemple; que s'il donnait au sénateur cette marque de soumission, il pouvait se promettre tout de sa part, et qu'au contraire, s'il la refusait, cela l'obligerait à en venir contre lui à des extrémités, dont il aurait lieu de se repentir.

Colonne en avait été cruellement offensé, et l'avait offensé lui-même trop vivement, pour se persuader qu'on pût se pardonner de part et d'autre ; il avait

pris le parti de se renfermer dans son château de
Palestrine, où il ne songeait qu'à se fortifier contre
les entreprises d'un homme qu'il regardait avec justice comme le meurtrier de ses proches et l'ennemi
juré de sa maison. Il reçut les députés du sénateur
en souverain qui se croit outragé de voir qu'un sujet
ose traiter avec lui ; sans daigner les écouter, il les
fit mettre dans un cachot, ordonna qu'on arrachât à
chacun une dent, et les condamna de plus à une
amende de quatre cents florins pour avoir eu l'audace de porter de pareils ordres à une personne de
rang. Le lendemain, il se mit en campagne avec sa
garnison, et alla faire une course jusqu'aux portes
de Rome, d'où il enleva tous les troupeaux qui pas-
saient aux environs.

Le murmure qu'excita dans la ville ce premier acte
d'hostilité, obligea Rienzi de monter à cheval, et de
prendre à la hâte ce qu'il put ramasser de soldats,
partie armés, partie sans armes. Il prit la route de
Palestrine, où il jugeait que Colonne se retirait avec
son butin. Mais celui-ci, qui avait prévu qu'on ne
manquerait pas de le poursuivre, avait ordonné à son
parti de se jeter à l'écart dans la forêt de Pantano
entre Tivoli et Palestrine, et de s'y tenir à couvert
jusqu'à ce qu'à la faveur de la nuit ils pussent conduire leur proie au château, ce qui fut exécuté.

Le sénateur, après avoir inutilement rôdé tout le
jour, fut surpris de la nuit, et contraint de se retirer
à Tivoli, où il apprit le lendemain de quelle manière
les ennemis lui avaient échappé. Confus d'en avoir
été la dupe, et se reprochant de s'être mis en marche

10.

à l'aventure, il fit éclater son ressentiment par des imprécations contre les Colonne, dont il jura publiquement la perte; et comme la forteresse de Palestrine était *leur place d'armes et le centre de leur* domination, il résolut de l'assiéger dans les formes. Les quatre jours qu'il resta à Tivoli furent employés à faire les préparatifs du siége. Malgré la décadence de ses premières vertus, dont nous verrons bientôt le principe, il parut en cette conjoncture rappeler son activité passée, et la haine des Colonne fit en lui *ce qu'avait fait autrefois le zèle outré de la patrie.* L'ardeur avec laquelle il travailla à disposer tout, et à envoyer ses ordres de tous côtés, fit connaître combien il avait à cœur l'entreprise qu'il méditait : il fit venir de Rome sans délai tout ce qu'il avait d'infanterie et de cavalerie. Arimbald et Bettrone, qu'il avait faits ses lieutenants généraux dans cette guerre, *arrivèrent à la tète des troupes, portant l'an*cien étendard que Rienzi avait arboré à Rome dans le temps de sa première élévation. Mais l'idée populaire, beaucoup plus que les années, en avait terni l'éclat. Ce soleil d'or et ces étoiles d'argent sur champ d'azur n'inspiraient plus les mêmes sentiments qu'autrefois; ce n'étaient plus ces conjurés et *ces gens fous de liberté et du bon État,* qui n'attendaient pas moins de leur nouveau prophète que la conquête de l'univers et la monarchie universelle. Ces idées chimériques avaient paru renaître à l'arrivée de Rienzi à Rome; la pompe des premières fêtes les avait entretenues; mais les espérances commençaient à s'évanouir avec elles. La nouveauté

d'une première conjuration avait donné à Rienzi un
crédit que ne lui donnait plus un rétablissement
fondé sur une autorité légitime; tant ce qui est dé-
fendu l'emporte dans l'esprit du peuple sur ce qui
est juste et permis. D'ailleurs Rienzi ne subsistait
que d'emprunt et par des secours étrangers, chose
qui ne pouvait qu'effrayer les Romains qui attendaient de lui des ressources, loin d'être en état et en
disposition de lui en fournir. Dans ces conjonctures
délicates, il avait entrepris témérairement une guerre
pour laquelle il manquait de fonds. Peut-être comp-
tait-il aussi sur son bonheur ordinaire pour en tirer
aux dépens des ennemis; mais il sentit bientôt qu'il
s'était trop avancé, et qu'il avait abusé de sa fortune. La mutinerie des soldats étrangers, et surtout
des Allemands plus intraitables que les autres, le
jeta d'abord dans l'embarras. Jusque-là il avait trouvé
le secret de les amuser, et de reculer, tantôt sous un
prétexte, tantôt sous un autre, le paiement dont il
était convenu. Ils avaient dissimulé tandis qu'ils
étaient à Rome; mais se voyant en campagne et
indépendants, ils déclarèrent au sénateur que, faute
de paye, ils avaient été contraints de laisser en gage
une partie de leurs armes, et qu'en un mot ils ne
serviraient point, si on ne les satisfaisait sur leur
solde. Dans le besoin qu'il avait de troupes, et dans
l'indigence où il se trouvait, il ne savait quel parti
prendre, lorsque la nécessité lui suggéra un artifice
qui lui réussit. Il fit appeler ses deux lieutenants
généraux Arimbald et Bettrone, à qui il exposa d'une
manière pleine de la plus intime confiance l'embarras

où le plongeait la mauvaise humeur des Allemands,
et le dépit qu'il avait de se voir arracher des mains,
par leur faute, une conquête qui devait les dédom-
mager tous deux avec usure de ce qu'ils avaient fait
en sa faveur. « Je ne vois, ajouta-t-il, qu'une
» ressource à cet inconvénient, et c'est l'histoire
» romaine qui me la fournit à propos. Il me souvient
» d'y avoir lu que la république se trouvant dans
» une conjoncture à peu près semblable à celle où
» nous nous trouvons, c'est-à-dire sans argent et
» dans la nécessité d'une guerre indispensable, le
» consul assembla les plus qualifiés et les plus riches
» Romains, et leur dit que c'était à eux, qui tenaient
» les premières charges, à donner l'exemple aux
» autres, et à contribuer volontairement au bien
» public. Ce discours, continua-t-il, fit tant d'im-
» pression sur eux, qu'ils se taxèrent de leur plein
» gré, et firent la somme nécessaire pour payer les
» troupes. Souffrez donc que dans les mêmes cir-
» constances je vous fasse la même proposition :
» c'est plus votre intérêt encore que le mien. Com-
» mencez, et je vous suis garant que le bon peuple
» romain, touché de voir des étrangers se sacrifier
» généreusement pour lui, nous remettra des som-
» mes immenses entre les mains. »

Quoique ce discours ne fût pas extrêmement du
goût des deux frères, ils se laissèrent toutefois
entraîner comme des joueurs, qui, à force de perdre
et d'espérer, hasardent toujours de nouveau. Ils lui
apportèrent 4,000 florins en deux bourses. Cet argent, distribué à la cavalerie allemande, apaisa la

rumeur. Rienzi tira des habitants de Tivoli de quoi
donner une demi paye au reste des troupes, et ayant
assemblé toute la ville dans la place de Saint-Laurent, il fit une de ces harangues dont il avait tant de
fois charmé les oreilles du peuple romain.

Elle eut tout l'effet qu'il s'en était promis. Le peuple de Tivoli consentit non-seulement à le suivre,
mais encore il fit tant de diligence, qu'on n'employa
qu'une nuit aux préparatifs. Rienzi, pour ne pas
donner à cette ardeur populaire le temps de se ralentir, se mit en marche dès le lendemain avec ces
nouvelles troupes, et alla camper à Castiglione de
Sainte-Préfète, qui était le rendez-vous général. Il
s'y arrêta deux jours pour attendre les troupes auxi-
liaires qu'il avait mandées de tous côtés ; il en vint de
Velletri, de Fara, de toutes les communes du plat
pays, et des montagnes d'alentour. Quand ces forces
furent rassemblées, l'armée marcha vers Palestrine,
et campa à une lieue de cette place, à Sainte-Marie-
de-la-Villa. Outre l'infanterie, composée de la commune de Tivoli et des autres, il y avait un corps de
mille chevaux, tant étrangers que Romains. C'en
était assez pour détruire Palestrine ; mais l'affection
ne répondait pas au nombre : les étrangers avaient
de la répugnance à servir contre les Colonne ; et ne
pouvant se dispenser de marcher, après avoir reçu
la paye, ils étaient résolus de faire la guerre fort
mollement. D'un autre côté, les Romains, sur lesquels le reste des communes se réglait, n'avaient
plus pour le nouveau sénateur les mêmes sentiments
qu'ils avaient eus pour l'ancien tribun, et n'étaient

guère disposés à s'ôter à eux-mêmes, par l'oppres-
sion de la noblesse, l'unique ressource qui leur restait pour prévenir la tyrannie de Rienzi, dont ils
commençaient à entrevoir les desseins. Ils ne l'a-
vaient suivi que malgré eux, et dans la résolution de
faire échouer l'entreprise; de sorte que quand le
camp fut établi à Sainte-Marie, chacun ne songea
qu'à passer agréablement le temps au jeu et à la
bonne chère, laissant au général tout le fardeau
d'une guerre à laquelle il prenait seul un véritable
intérêt. Aussi ne cessait-il de s'y employer avec toute
l'ardeur imaginable : son premier soin fut de reconnaître par lui-même la place qui lui parut d'un accès
plus difficile qu'il ne l'avait cru. C'était un château
considérable, assez bien fortifié pour ces temps-là,
et placé sur la croupe d'une colline d'où il dominait
toute la campagne. Il ne pouvait détourner les yeux
de cet objet, et cherchait quelque endroit faible par
où il pût l'attaquer; il roulait dans sa tête mille inutiles projets de fureur et de vengeance; il disait
quelquefois, en jetant des regards fixes et furieux :
« Voilà cette colline orgueilleuse et rebelle, qu'il faut
» que je renverse et que j'applanisse! » Il se remettait de nouveau à l'examiner, et tantôt abîmé dans
une rêverie profonde, tantôt laissant échapper des
signes de rage, il était toujours occupé de la vue de
ces remparts, d'où l'ennemi semblait braver sa
colère et son impuissance : il voyait les bestiaux
sortir et rentrer librement, tandis que des chariots,
chargés de vivres, arrivaient à la file d'un autre
côté, et entraient dans la place par une autre porte.

Le sénateur, trop peu instruit dans la connaissance de ces lieux, et trompé par ceux qui voulaient le dégoûter de son projet, se désespérait de rencontrer tant de difficultés dans l'exécution, et si peu de bonne volonté dans ses troupes ; il se consumait vainement en menaces contre les Colonne, et, se rappelant trop tard la faute qu'il avait faite de ne pas profiter de son avantage à la bataille de la Porte de Saint-Laurent : « Ah ! s'écriait-t-il, si dans la consternation » où étaient mes ennemis, je fusse tombé brusque- » ment sur Palestrine, je ne serais pas dans la peine » où je me vois, et Rome serait libre. »

Cependant on commença à faire le dégât, et, comme cela se faisait sans risque et au profit de l'armée, les troupes s'y portèrent assez volontiers. On continua le ravage avec la même ardeur durant huit jours ; déjà tout le plat pays était ruiné, et il ne restait plus d'entier qu'un petit canton au-dessus du château, lorsque Rienzi se vit obligé de licencier les communes, et de ramener son armée à Rome. La première cause de cette retraite fut la désunion qui se mit entre les communes de Velletri et de Tivoli ; plusieurs des premiers désertaient et se retiraient à Palestrine ; ceux qui restaient dans le camp étaient tous les jours sur le point d'en venir aux mains avec ceux de Tivoli ; de sorte que, pour prévenir les suites d'une dissension si dangereuse, Rienzi aurait été contraint de séparer son armée, quand une raison plus forte et plus pressante ne l'aurait pas rappelé à Rome. Mais auparavant je dois remonter au principe du changement des Romains à l'égard de leur tribun.

10..

et du mécontentement secret qui paraissait dans cette
expédition.

Il était à présumer que Rienzi, après son rétablissement, profiterait des réflexions qu'une longue disgrâce et qu'une captivité de trois ans lui avaient
donné lieu de faire sur sa conduite passée. Revêtu
d'une puissance légitime, émanée du Souverain-
Pontife et agréée du peuple, il aurait pu s'y maintenir par un gouvernement ferme et modéré qui, sans
donner de prise aux nobles, les tînt dans les bornes
du respect et du devoir; ou si une politique plus
ambitieuse lui inspirait des desseins plus vastes, il
y avait apparence qu'il les conduirait avec toute la
dissimulation et toute la souplesse qu'on devait attendre de son expérience et de ses malheurs; mais
il trompa bientôt l'attente de toute l'Europe, dont il
attirait les yeux par la bizarrerie de son étoile. Il se
trouva beaucoup plus neuf dans le gouvernement
cette seconde fois que la première; il y fit des fautes
plus considérables, et il s'y maintint beaucoup moins
de temps; l'adversité, loin de corriger ses vices et
ses mauvaises inclinations, n'avait fait que les fortifier : son ambition, sa cruauté, son avarice étaient
devenues plus violentes, et en même temps moins
circonspectes et moins artificieuses. Dans le cours
de sa première administration, il avait su contenir
ses passions, ou les pallier du prétexte du bien public; et si sa vertu avait paru s'altérer en quelques
occasions, ce n'avait été que peu de temps avant sa
chute; mais à peine se vit-il rétabli, qu'il s'abandonna à son naturel; il oublia ses malheurs, et s'en-

livra de sa prospérité ; il garda si peu de ménagement, que dès la première harangue qu'il fit au peuple, il laissa indiscrètement échapper quelques traits
mal enveloppés, qui tendaient à une domination
violente et tyrannique. Le peuple le sentit, et la noblesse le fit bien valoir pour ses intérêts particuliers.
Tous les défauts, toutes les mauvaises qualités
de Rienzi parurent d'une manière d'autant plus
sensible qu'il ne les couvrait plus de ces dehors et
de ces apparences qui les transformaient, pour ainsi
dire, en vertus ; tant qu'il avait mené une vie dure
et unie, on avait regardé ses cruautés et ses violences comme les effets d'une sévérité juste et nécessaire ; son attention sur les besoins publics avait
fait attribuer à un zèle véritable les démarches équi-
voques qu'une avarice cachée lui faisait alors hasarder pour s'enrichir. S'il avait dégénéré de cette austérité de vie et de cette sobriété qui avaient donné
tant d'éclat aux premiers jours de son élévation, ce
n'avait pas été jusqu'aux excès d'intempérance auxquels il se livra depuis son retour. L'indécence d'un
vice si opposé aux mœurs des Romains les choqua
extrêmement : ils ne reconnaissaient plus ce tribun
qui avait été quelque temps un modèle de frugalité.
Ils ne voyaient plus qu'un homme qui semblait
n'estimer la place où il se voyait rétabli, que pour
la licence de goûter impunément les plaisirs de la
table. Au commencement de son élévation, il fallait
qu'il se fît une espèce de violence pour accorder aux
besoins de la nature un temps assez court qu'il
croyait dérober aux affaires. Depuis son rétablisse-

ment, on eût dit qu'il avait regret du peu de temps
qu'il donnait aux affaires, et qu'il enlevait aux dé-
bauches de la bonne chère : il y passait presque
tout le jour, et buvait à toute heure; il mettait ses
soins à réveiller par des délicatesses recherchées,
et par le mélange des vins les plus exquis, un goût
que l'intempérance avait presque usé. Le commerce
des Hongrois et des Allemands lui avait, dit-on,
procuré ce vice. Pour colorer une manière de vie si
peu séante, il disait quelquefois que la soif dévorante
qui le tourmentait était l'effet d'un poison qu'on lui
avait fait prendre durant sa captivité. Il était devenu
d'une grosseur énorme et d'une taille monstrueuse :
un visage étendu et bouffi, un front brûlé, des joues
tremblantes, des yeux prompts à changer de couleur,
souvent enflammés et couverts de sang, une barbe
longue et négligée; tout son air en un mot, qui avait
je ne sais quoi de barbare et de féroce, faisait qu'on
ne pouvait l'envisager sans une espèce d'horreur.
Ses excès n'avaient pas fait moins d'impression sur
l'esprit que sur le corps : son esprit était moins
actif et moins capable d'application; son humeur
en avait été extraordinairement altérée; l'inquiétude, l'inconstance, la bizarrerie, défauts qui étaient
nés avec lui, mais dont il avait su faire un excellent
usage auprès d'un peuple aussi inquiet, aussi in-
constant, et aussi bizarre que lui, étaient venus à
un point qu'il ne pouvait se fixer à rien : d'un moment à l'autre il changeait de sentiment comme de
visage; et ceux qui le pratiquaient le plus familiè-
rement assuraient que son esprit n'était jamais un

quart d'heure de suite dans la même assiette. Tel
devint dans le cours de son second gouvernement ce
célèbre tribun, qui s'était flatté de parvenir à un em
pire universel.

XIII

Le chevalier de Montréal ayant appris que le sénateur, loin de songer à le rembourser des avances
qu'il avait faites pour son rétablissement, avait encore arraché depuis peu mille florins à ses frères,
s'était rendu à Rome durant l'expédition de Palestrine. Il y était venu accompagné pour solliciter son
paiement par lui-même avec hauteur; et ne faisant
pas réflexion qu'il se touvait dans une ville où il ne
lui convenait pas de parler avec la même liberté
qu'il le faisait à la tête de ses troupes, il avait laissé
échapper des plaintes et des menaces contre le sénateur, faisant entendre que la main qui avait pu le

rétablir, pouvait aussi aisément le renverser et le
perdre. Il avait même eu l'indiscrétion de dire en
présence de ses domestiques que Rienzi était un
traître, dont il ne pouvait tirer ni raison, ni effets,
ni promesses; mais qu'il le tuerait de ses mains.
L'arrivée et le mécontentement de Montréal vinrent
aux oreilles du sénateur, qui, craignant avec assez
d'apparence que ce chef de brigands, après avoir
mis presque toute l'Italie à contribution, ne machi-
nât quelque chose contre son autorité et sa personne,
résolut de le prévenir. Il surprit tout Rome par un
retour si précipité; mais il ne laissa pas longtemps
les esprits en suspens, et la trahison d'une servante
lui donna lieu d'en publier le véritable motif. Cette
femme, irritée jusqu'à la fureur de quelques mauvais traitements qu'elle avait reçus de Montréal, prit
le parti de s'en venger d'une manière cruelle : elle
va trouver secrètement le sénateur, et l'abordant
d'un air éploré, elle feint de n'oser s'expliquer ni
trop, ni trop peu sur une affaire délicate, qui intéressait également la vie de son maître et celle du
tribun; puis, après quelques vains détours pour
exciter davantage sa curiosité, elle lui déclare enfin
tout ce qu'elle a entendu dire au chevalier.

Rienzi, moins effrayé du mystère qu'on lui dévoi-
lait, que charmé d'avoir une si belle occasion de
perdre Montréal, dont il redoutait la vengeance, ne
manqua pas son coup. Comme il connaissait ce guerrier capable d'entreprendre les choses les plus hardies, et qu'il le voyait continuellement accompagné

de ses deux frères, il craignit en effet de se voir renversé par ceux-là mêmes qui l'avaient élevé. L'obligation qu'il leur avait de sa nouvelle fortune était pour lui un poids d'autant plus intolérable, qu'il se trouvait moins en état de reconnaître ce bienfait, et même de satisfaire à ses engagements par la restitution des sommes qu'il leur devait. Il avait besoin d'argent pour les troupes et pour l'affermissement de son autorité; la ressource qu'il avait trouvée d'abord pour se rétablir, lui manquait au besoin pour s'affermir : il avait épuisé vainement toutes ses subtilités pour engager les trois frères non-seulement à ne pas le presser de les satisfaire, mais encore à faire de nouveaux efforts pour le mettre en situation de leur montrer sa reconnaissance avec plus de dignité; mais l'avarice l'avait emporté dans l'esprit de Montréal sur toute autre considération; et peut-être un motif plus vaste et plus ambitieux le portait à ne pas laisser au sénateur les forces et les secours nécessaires pour le rendre maître absolu dans Rome. Quoi qu'on puisse penser de ces soupçons, qui ne se trouvèrent pas sans fondement, Rienzi était trop intéressé à se saisir de Montréal pour manquer sa proie qui venait d'elle-même se jeter dans ses lacs. Il le fit venir sur-le-champ; Montréal, qui ne se croyait pas trahi, et qui peut-être avait oublié les paroles qui lui étaient échappées, se présenta sans crainte et sans soupçon. Rienzi le fit jeter aussitôt dans un cachot avec les fers aux pieds. Ses deux frères furent arrêtés en même temps, comme complices de la conspiration prétendue, dont le

sénateur eut grand soin de répandre le bruit dans
la ville.

Montréal, moins fait à la politique qu'au métier de
la guerre, ne pouvait concevoir par quelle aveugle
fatalité il s'était livré lui-même si imprudemment
entre les mains d'un homme trop offensé pour le
croire innocent, et trop vindicatif pour lui pardonner ; il ouvrit les yeux trop tard, et repassant dans
son esprit tout ce qu'une femme outragée avait pu
déposer contre lui, il ne douta point qu'il ne fût
perdu sans ressource ; il était au désespoir de penser
qu'un motif d'intérêt et d'avarice lui coûtât la vie.
Toutefois, comme il connaissait le génie intéressé et
avare de Rienzi, il se flatta enfin d'avoir trouvé un
moyen de l'apaiser et de se retirer du précipice où
il était tombé. Il savait que le sénateur était dans un
extrême besoin d'argent, et dans l'impatience d'en
trouver à quelque prix que ce fût. En effet, quoiqu'il eût été contraint de congédier une partie de
ses troupes, il regardait l'entreprise de Palestrine
comme une affaire différée par la nécessité des temps,
et non pas tout à fait manquée. Persuadé qu'il ne
serait jamais en sûreté, tant que cette place servirait
d'asile et de boulevard aux nobles et aux mécontents, il était plus déterminé que jamais à tout ris-
quer pour s'en emparer et la détruire. L'embarras
était de trouver l'argent nécessaire, sans mettre d'imposition sur un peuple qu'il voulait gagner dans ces
commencements. La moindre tentative de ce côté-là
eût fait passer pour tyran celui qui se donnait pour
libérateur. D'un autre côté, les troupes étrangères

murmuraient; il était à craindre que s'il ne les contentait, elles n'excitassent quelque sédition ou ne le
trahissent lui-même, jusqu'à le livrer aux Colonne,
dont le parti se fortifiait extrêmement dans la ville.
Montréal crut devoir profiter de la situation embar-
rassante où se trouvait le sénateur; il lui fit offrir,
pour prix de sa liberté, de lui apporter dans peu de
quoi payer ses troupes, de lui en amener de nouvelles, et de lui fournir généralement tout ce qu'il exi-
gerait, laissant ses deux frères entre ses mains pour
garants de sa parole.

L'offre ne paraissait pas devoir être dédaignée, et
Montréal s'était tellement rassuré à force de compter
sur le succès de sa négociation, qu'il consolait déjà
ses frères en leur disant : qu'ils ne s'inquiétassent
point, et qu'ils n'eussent aucune peine à demeurer
en otage pour lui; qu'il tarderait peu, qu'il ferait
venir vingt mille florins pour leur délivrance; et
qu'enfin il calmerait la fureur de Rienzi en lui donnant tant de soldats et d'argent qu'il surpasserait
ses espérances et ses désirs; mais les frères du chevalier qui connaissaient le sénateur à fond, pour
l'avoir plus longtemps pratiqué, avaient de la peine
à se rassurer et à croire qu'il sacrifiât la vengeance
à l'avarice; ils conjurèrent toutefois Montréal de ne
rien épargner pour les tirer au plus tôt d'un si mauvais pas. Le chevalier ne fut pas longtemps sans reconnaître qu'il s'était trompé, et que ses frères
avaient mieux connu que lui le caractère du per-
onnage à qui ils avaient affaire. La nuit même du
our que Montréal avait été arrêté, tandis qu'il dor-

mait profondément sur la foi de ses offres, et du sa-
crifice de ses trésors qui lui avait tant coûté à faire,
on vint le réveiller en sursaut pour le traîner à la
question. Comme il n'était pas d'usage de la donner
aux personnes de condition, le chevalier, à la vue
des cordes et de l'appareil de la torture ne put retenir son indignation : « Misérables, dit-il en s'em-
» portant contre ceux qui se mettaient en devoir de
» le tourmenter, qui vous rend si insolents, que
» de traiter ainsi un homme de ma sorte? » On le
mit à l'estrapade sans l'écouter, et comme on l'enlevait de terre : « Ah! dit-il, ne suis-je donc plus ce
» général d'une armée redoutable? Faut-il que je
» me voie en cet état après avoir mis à contribution
» la Toscane et fait trembler toute l'Italie? » Ce crime seul suffisait pour le perdre ; et Rienzi sentait
bien que son procédé à l'égard de Montréal ne pouvait être désapprouvé du Souverain-Pontife, soit que
le coupable n'eût dit que ce qui était connu de tout
le monde sur ses brigandages publics, soit que la
force des tourments ou la vérité eût arraché de sa
bouche la confession de quelque intrigue contre le
sénateur, on le ramena en prison, où jugeant bien
par le traitement qu'il venait d'essuyer qu'il n'y
avait plus de grâce à espérer pour lui, il demanda
un confesseur et passa le reste de la nuit avec un
cordelier pour se disposer à mourir chrétienne-
ment.

Il voulut entendre la messe de grand matin, et il
y assista pieds nus et jambes nues en esprit de péni-
tence. Sur les neuf heures, le peuple ayant été as-

semblé au son de la cloche du Capitole, le prisonnier
fut conduit sur le perron du Lion, place ordinaire
d'où les criminels entendaient prononcer leur sentence; il parut aux yeux de l'assemblée revêtu
d'une longue robe de velours noir, brodée en or,
avec le capuchon de même, et la chaussure aussi;
ses vêtements traînaient jusqu'à terre, sans être re-
levés par la ceinture et les agrafes; il tenait entre ses
mains, qui étaient liées, un crucifix, et était assisté
de trois cordeliers. En arrivant, il se mit à genoux,
la face tournée vers l'église de Sainte-Marie-du-
Capitole; ensuite s'étant relevé et tourné vers le
peuple : « Romains, dit-il, comment pouvez-vous
» souscrire à la mort d'un homme qui ne vous a
» jamais offensé? mais je le vois trop, c'est votre
» pauvreté et ma richesse qui me causent le trépas.
» Mourons donc puisque le ciel le veut ainsi : je
» suis content de mourir où sont morts saint Pierre
» et saint Paul. Mais ce traître, ajouta-t-il en par-
» lant de Rienzi, ne tirera pas de ma mort tout
» l'avantage qu'il s'en promet; elle lui sera fu-
» neste. »

Durant qu'on lui prononçait son arrêt, le terme
de gibet qu'il crut entendre le mit tellement hors de
lui, qu'il se leva sur ses pieds avec des transports
de rage et de désespoir, croyant qu'il était en effet
condamné à ce supplice ignominieux; mais ceux
qui l'environnaient lui firent entendre que la sentence portait qu'il serait décapité. Cette assurance le
calma; il écouta tranquillement le reste de l'arrêt;
puis, prenant une contenance plus fière que ferme :

« Hélas, s'écria-t-il, quel je suis et quel j'ai été ! je
» me suis vu à la tête d'une multitude dix fois plus
» nombreuse que n'est celle-ci ! »

Arrivé au lieu où il devait être exécuté, il se mit
à genoux au milieu d'un grand cercle de soldats et
de peuple qui l'entourait; et s'étant brusquement
relevé, en disant qu'il n'était pas situé comme il
devait l'être, il se tourna vers l'Orient, se recommanda à Dieu, puis se remit à genoux devant le poteau qu'il baisa en priant Dieu de protéger la justice;
il fit une croix avec la main sur l'endroit où il allait
poser la tête, et l'ayant baisé de rechef, il détacha
son capuchon qu'il jeta à l'écart, et se mit dans la
situation qu'on lui désigna. La hache qui devait lui
trancher la tête était attachée à une extrémité du
poteau. Dès qu'il sentit que le bourreau l'ajustait
sur son cou pour prendre la jointure des os, il cria
qu'il ne la mettait pas où il fallait. Sur quoi son valet de chambre, chirurgien, s'approcha, et marqua
l'endroit à l'exécuteur, qui dans l'instant appuyant
la hache lui sépara la tête du corps, de manière
qu'une partie de la barbe resta sur le poteau. Les
cordeliers qui l'avaient assisté enlevèrent aussitôt
le corps et la tête, qu'on rejoignit avec tant d'art que
la séparation ne paraissait que comme un fil de soie
rouge; il fut mis dans un cercueil et porté à Sainte-
Marie d'Ara-Cœli, où on l'inhuma.

Ainsi mourut ce vaillant homme, qui s'était fait
dans toute l'Italie une si grande réputation par la
double gloire de la prudence et de la valeur, qu'un
auteur ne fait point de difficulté de dire que, depuis

César, il ne s'était point vu de plus grand capitaine.
Il est vrai qu'il avait terni ses talents et ses belles
qualités par les violences qu'il exerça en Italie, où,
comme un torrent débordé, il ravagea plusieurs
provinces avec tant de licence et de fureur, que le
pape Innocent VI n'a pas craint de le comparer à Ho-
loferne dans une de ses lettres, ajoutant qu'il avait
surpassé en impiété et en barbarie le cruel et l'impie
Attila, surnommé le fléau de Dieu. Si quelque chose
peut le décharger en partie de ce qu'il y eut d'odieux
dans sa conduite, c'est qu'outre qu'il avait une armée
composée de troupes ramassées sur lesquelles il
n'avait d'autorité qu'autant qu'elles voulaient lui en
donner, il se trouvait dans des conjonctures où chaque petit Etat étant tyrannisé par des usurpateurs,
la nouvelle espèce de tyrannie qu'il imagina servit
quelquefois à les réprimer et à en délivrer les peuples qui réclamaient son secours; de sorte qu'il se
faisait un mérite de ses usurpations, comme s'il eût
pensé que l'équité demandait de lui qu'il employât
le brigandage dans une guerre réglée, pour dompter
d'illustres brigands. C'est ce qui lui faisait dire qu'il
n'avait rien à se reprocher devant les hommes et
que ses intentions avaient toujours été droites aux
yeux de Dieu; tant la passion des richesses et les
exemples des violences qu'on exerçait en Italie, l'a-
vaient aveuglé sur ses propres excès. Du reste il
avait l'âme grande et noble, une capacité rare
dans le métier de la guerre, et le talent singulier
de s'attirer l'estime et l'affection des troupes. Le
ciel s'était servi de lui pour punir l'Italie, et il se

servit de Rienzi qui lui devait tout pour le punir à son tour.

On aura sans doute été surpris que le sénateur n'eût pas accepté les offres de Montréal dans le besoin extrême d'argent et de soldats où il se voyait ; mais outre qu'il croyait trouver dans la dépouille plus qu'on ne lui offrait, il était trop politique pour renvoyer sur sa parole un homme qu'il avait si cruellement traité. Il appréhendait à juste titre qu'un guerrier aussi accrédité qu'il l'était dans l'esprit des troupes, après avoir satisfait à sa rançon en chevalier, ne vînt en vengeur irrité lui tomber sur les bras avec cette terrible bande qui lui était si attachée, qu'elle n'avait voulu obéir en son absence qu'à celui qu'il nommerait lui-même, et qui fut le comte Lando. Le sénateur avait beaucoup moins à craindre de cette hydre, après qu'il en aurait coupé la principale tête. Il croyait même rendre un service essentiel à toute l'Italie en la délivrant d'un monstre qui signalait ses moindres mouvements par des ravages affreux. Par là, Rienzi intéressait tous les potentats à le seconder contre les efforts que pourrait produire le désir de venger cette mort si utile à toutes les républiques. D'ailleurs l'armée de Montréal, privée d'un chef qui l'avait formée et maintenue, devenait un corps sans âme, qui se dissiperait bientôt comme un orage sur le point de finir. Montréal enfin avait paru trop suspect d'intelligence avec les Colonne, pour obtenir la grâce du sénateur, que la vue des trésors n'était pas capable d'éblouir au préjudice de ses véritables intérêts. Ce furent ces considérations qui rendirent Rienzi aveugle à l'éclat de l'or, sourd aux prières, insensible aux bienfaits passés, et inexorable à l'égard de son bienfaiteur. Mais, toute solide que paraît cette politique, elle n'eut pas tout l'effet qu'il s'en était promis : cette mort lui fut plus préjudiciable qu'avantageuse. C'est ce qu'avait prédit Montréal; si elle fut agréable aux petits Etats qu'il avait impitoyablement ravagés, elle déplut aux Romains qui n'en avaient reçu aucun dommage.

Rienzi, qui s'était mis en possession de tout ce qu'il avait pu recouvrer des effets de Montréal à Rome, s'embarrassait peu de ce que les uns et les autres pensaient de cette exécution au-dehors; mais il n'était pas sans alarme sur le jugement qu'on portait au-dedans.

Il crut devoir apaiser le peuple par une de ces harangues pathétiques qui lui réussissaient toujours.

Son discours parut calmer un peu les esprits, et suspendit pour un temps les murmures; de sorte que Rienzi, rassuré de ce côté-là, ne porta ses vues qu'aux préparatifs d'une nouvelle expédition contre Palestrine. Mais l'affaire de Montréal était trop importante pour n'avoir pas des suites du côté du Pape et du légat. Ce dernier, informé de cet éclat, envoya au sénateur un ordre exprès de lui remettre entre les mains Arimbald, l'aîné des deux frères provençaux, Rienzi les retenait en prison, moins pour aucun crime de leur part que dans l'appréhension que la douleur trop récente de la mort de leur frère ne

les portât à quelque extrémité, qu'il fût obligé de
punir par justice ou de souffrir par nécessité. Il obéit
sans délai, autant par égard pour le Saint-Siége avec
qui il ne voulait pas se brouiller, que pour le cardinal d'Albornos qui était en état de se faire obéir. Il
savait d'ailleurs que sa démarche n'avait pu leur
déplaire, et qu'il ne pouvait manquer, au contraire,
d'être approuvé d'eux en purgeant l'Italie d'un ennemi tel que Montréal. Il renvoya donc Arimbald en
retenant Bettrone son frère, parce que le légat ne
voulait avoir l'un des deux en sa puissance, que
pour les raisons que je vais dire.

Outre l'argent que Montréal avait apporté à Rome
et placé chez les banquiers, il avait encore des sommes considérables dans diverses villes d'Italie. Des
cent mille florins d'or qui étaient à Rome pour son
compte, Rienzi ne put s'assurer que d'un peu moins
de la moitié, Jean de Castello avait eu l'adresse d'en
détourner la plus grande partie. Il y a apparence
que le sénateur, pour subvenir aux besoins du *bon*
Etat qu'il avait toujours en tête, eût bien voulu se
saisir de tous les biens de Montréal, et qu'il y eût
réussi par le moyen d'Arimbald qui avait le secret
de son frère, et qui aurait racheté sa liberté aux dépens de ses trésors ; mais le cardinal légat, qui avait
des sentiments aussi nobles qu'équitables, ne crut
pas qu'il fût juste de profiter des injustices de Montréal, et du sang de tant de malheureux que ce guerrier avait épuisés ; il fut sensible à leurs cris, et
préféra une pitié généreuse à un avantage plus
brillant. L'embarras était de savoir où ces sommes

étaient placées ; personne ne pouvait donner sur cela de plus sûres lumières qu'Arimbald, que son frère avait chargé du maniement de ses affaires. Ce fut pour en tirer cet éclaircissement que le cardinal d'Albornos le fit venir à la cour ; sur ce qu'il en put savoir, il s'assura d'une partie de l'argent enlevé aux provinces d'Italie ; s'en saisit au nom du Pape comme d'un bien mal acquis, et déclara qu'il dédommagerait autant qu'il serait possible les plus misérables de ceux que Montréal avait réduits à l'indigence. Le Pape, naturellement généreux et désintéressé, était tellement entré dans les vues du légat, qu'il envoya ordre en particulier à Raymond, abbé de Saint-Nicolas, alors son nonce à Venise, de retirer des banquiers de Padoue soixante mille florins d'or qui leur avaient été consignés par Montréal, lui enjoignant expressément d'employer cette somme à soulager les malheureux que Montréal avait ruinés dans ses courses.

Rienzi fut donc frustré de cette ressource sans avoir lieu de s'en plaindre, et sans en paraître mécontent. A l'égard de l'argent du coupable qu'il avait confisqué à Rome, il s'en servit utilement pour payer ses troupes, dont les murmures et la mutinerie l'avaient extrêmement inquiété. Pour ne se voir plus désormais dans le même embarras, et pour venir plus sûrement à bout du grand dessein qu'il avait toujours dans l'esprit, à savoir de ruiner la maison des Colonne, il s'y prit d'une toute autre manière qu'il n'avait fait dans la première expédition. La témérité avec laquelle il l'avait entreprise, la néces-

sité de se servir de troupes étrangères et de volontaires qui déconcertaient à chaque moment ses
desseins, l'indigence où il était d'argent pour satisfaire à tant de besoins pressants, avaient exposé son
projet aux railleries publiques, et l'avaient fait regarder lui-même comme un homme fort peu expérimenté en fait de guerre; mais il concerta cette
seconde tentative avec toute la sagesse et toute
l'habileté qu'on eût pu attendre d'un grand souverain.

Il commença par déclarer qu'il ne voulait retenir
de ses soldats que ceux qu'un zèle inaltérable et une
fidélité à l'épreuve attacheraient volontairement à
ses intérêt. Il les dégagea tous de leur parole, et permit de se retirer à ceux qui le jugeraient à propos.
Il fit un choix des meilleurs, et congédia les autres ;
de sorte qu'il se forma un petit corps d'élite sur lequel il pouvait compter, et dont la cavalerie consistait en trois cents hommes, tous gens de main, capables presque seuls de faire trembler toutes les petites
villes de la Romagne. Ce premier soin fut le fruit
des réflexions qu'il avait faites sur le principe du
peu de succès de sa première expédition.

Comme il avait reconnu par lui-même le château
de Palestrine, il comprit qu'étant fortifié par la nature et par l'art, muni d'ailleurs d'une garnison déterminée à se défendre jusqu'à l'extrémité, et com-
mandée par ces célèbres Colonne, dont cette place
était l'unique ressource, ce serait trop hasarder que
d'en faire le siége dans les formes avec peu de troupes. Il conçut d'un autre côté qu'un blocus traînant

en longueur, il serait difficile, s'il s'éloignait de Rome, qu'il ne s'y formât quelque cabale, qui l'obligerait de rompre son entreprise, comme il était déjà arrivé, et de ramener ses troupes à Rome, où les Colonne n'avaient que trop de partisans couverts. Pour remédier à ce double inconvénient, il se détermina à se tenir renfermé dans le Capitole, pour y conduire également les opérations du dedans et du dehors.

Il dressa ensuite le plan des mouvements de la guerre avec une justesse et une précision dont le succès lui fit d'autant plus d'honneur, que le maniement des armées était la partie de l'homme d'Etat, qui jusqu'alors avait paru lui manquer. Au lieu de réunir toutes ses troupes en un seul corps, comme il l'avait fait auparavant, il les partagea en différents petits pelotons, partie d'infanterie, partie de cavalerie, et leur assigna pour places d'armes toutes les petites villes qui environnaient le château de Palestrine, comme Frascati, Colonne, Castiglione de Sainte-Préféte, et Tivoli. Chacun de ces détachements devait dans son canton tenir la campagne, fatiguer l'ennemi par des courses ou alternatives, ou concertées suivant les conjonctures, et se rendre tellement maître des passages qu'il ne pût rien entrer dans la place attaquée. C'était le moyen infaillible de l'affamer, et de réduire les Colonne à la livrer par composition. Après avoir dirigé les différents exercices de ces petits partis, il fallait pour les faire agir de concert nommer un général habile et capable d'en régler toutes les marches. Le discernement de Rienzi se fit surtout connaître dans le choix qu'il fit pour cette charge de Liccard de Annibalis. C'était un homme de condition, fort expérimenté dans la guerre, et déjà célèbre par des exploits hardis qui l'avaient fait surnommer l'*Entreprenant.* Le sénateur lui communiqua son plan, se concerta avec lui, et le fit partir au commencement de septembre, avec toutes ses troupes, à la réserve de quelques compagnies, qu'il retint pour sa sûreté et pour la garde des quartiers de Rome.

Depuis le départ de l'armée, il continua de donner tous ses soins et toute son application au détail de cette guerre, qu'il conduisait à chaque instant du fond du Capitole, comme s'il en eût été l'âme et le mobile. On le trouvait toujours occupé à faire dépêches sur dépêches, à envoyer et à recevoir des courriers, à changer ou à modifier les ordres suivant le besoin, à examiner les avis secrets, à entendre les espions, dont l'usage lui avait toujours été extrêmement utile; en un mot, il était si bien servi, qu'il était mieux instruit de ce qui se passait dans tous les quartiers de l'armée que les officiers mêmes qui y commandaient. On voyait dans ses instructions une profondeur de grands princes, qui de leur cabinet gouvernaient les armées, rangeaient leurs états, et portaient la discorde dans le sein des États voisins. En effet, l'activité du sénateur était telle, qu'à Palestrine, au camp, et à Rome on ne le croyait occupé que de ce qui concernait l'un de ces trois objets. Maître absolu au-dedans, il ne paraissait pas qu'il eût une guerre importante au dehors : rien ne le rebutait, rien ne l'arrêtait; il étendait partout ses vues, et suffisait à tout. L'admiration et l'estime du peuple qu'il commençait à regagner, s'augmentaient encore par les bons succès qu'on apprenait à Rome, et dont on était uniquement redevable au travail infatigable de Rienzi et à la valeur expérimentée de Liccard de Annibalis. L'un et l'autre avaient porté les affaires au point que, s'ils eussent été secondés par les officiers subalternes, c'était fait de Palestrine et des Colonne. Liccard avait tellement désolé tous les environs de la place, et serré de si près les assiégés, qu'ils n'osaient plus se hasarder à paraître, ni à faire ces sorties funestes qui leur avaient si bien réussi auparavant. D'ailleurs, suivant les ordres réitérés du sénateur, tous les passages étaient si exactement gardés, qu'il ne pouvait entrer aucun secours dans la ville. Les Colonne se consumaient peu à peu, et ne voyaient point de ressource pour prévenir leur perte prochaine. Peu faits à cette nouvelle manière de siége, et bloqués de tous côtés par des troupes toujours en état de se rallier au moindre signal, ils n'avaient plus affaire à un chef sans expérience et peu maître de ses soldats. Ils se voyaient en tête un capitaine qui entendait la guerre, qui savait prendre son parti sur-le-champ, et qui profitait habilement d'un moment décisif et des moindres fautes de l'ennemi. L'ardeur surtout qu'ils remarquaient dans ses troupes qui volaient au moindre signe du général, les tenait dans de continuelles alarmes : en effet, il avait gagné l'affection de l'armée au point qu'on se faisait un plaisir d'aller au

devant de ses désirs. On lui obéissait plus par inclination que par respect pour sa charge. S'il arri-
vait qu'il aperçût des troupeaux sur quelque coteau,
un signe de main valait un ordre pour les enlever.
Les étrangers mêmes, et en particulier les Allemands,
qui s'étaient montrés intraitables dans l'expédition
précédente, disputaient aux Italiens de zèle et d'attachement pour le général. Ils disaient hautement
qu'ils n'avaient jamais servi sous un capitaine plus
brave ni plus propre à commander. Cette heureuse
intelligence entre le commandant et les soldats avan-
çait extrêmement le siége, et l'aurait bientôt terminé, si Liccard eût pu se multiplier et faire passer
son expérience dans les officiers qu'il commandait.
Il ne laissait pas de remporter tous les jours quelque avantage; et les nouvelles qui en venaient à
Rome donnaient un nouveau poids à l'autorité de
Rienzi. Ce fut au milieu de ces succès que, pour
comble de consolation, il reçut du pape Innocent un
bref, daté du 30 août, qui le confirmait dans sa charge
de sénateur, et qui était conçu en des termes d'une
tendresse vraiment paternelle.

Cette lettre du Souverain-Pontife fut suivie d'un
ordre positif au cardinal d'Albornos de confirmer publiquement Rienzi dans la charge de sénateur. C'est
sur ce second bref, daté du 9 septembre de la
même année 1354, que Rienzi fonda l'espérance de
se voir pour toujours affermi dans sa nouvelle domination.

XIV

Tout allait au gré des vœux du sénateur, et tout semblait lui promettre une domination aussi tranquille que durable. Son changement de conduite, son application aux affaires, son désintéressement qui éclatait surtout dans le cours de la guerre, le bref de confirmation que le Pape lui avait envoyé, tout enfin concourait à lui présager un règne heureux. Son unique embarras était de trouver des fonds suffisants pour l'entretien de ses troupes qui étaient d'une grande dépense, tandis que les Romains, de leur côté, étaient encore dans la pauvreté. Quoique la confiscation des biens de Montréal l'eût mis d'abord en état de payer ses dettes, et de se faire une armée d'élite, cette ressource passagère ne suffisant pas pour l'exécution de ses desseins, il s'était vu dans la nécessité d'avoir recours aux impôts, ressource plus prompte et plus permanente, mais à laquelle il n'avait voulu recourir qu'à la dernière extrémité. Il en mit donc sur le vin et sur le sel, sous le nom de subsides. Ces impositions toutes modiques qu'elles étaient, ne montant qu'à six deniers par charge de vin et à proportion pour le sel, ne laissaient pas de produire un revenu considérable. Le peuple, quoique facile à s'effaroucher au nom d'impôt, supportait celui-ci assez paisiblement, persuadé par les discours et par l'exemple du sénateur que les besoins pressants de l'Etat le demandaient. Rienzi en effet avait commencé par donner un grand exemple : il avait réformé sa table et son train, vivant d'une manière si frugale et si resserrée, contre son usage et son inclination, qu'il s'était réduit lui et sa maison à l'état réglé d'un simple particulier. On voyait de plus que ce n'était point pour lui qu'il amassait; et que ce qu'il tirait des fonds publics, des subsides nouveaux, et de ses propres épargnes n'était mis en réserve et ménagé avec économie que pour le bien de la république.

Une conduite si modérée et si judicieuse ne le mit pourtant point à couvert de la destinée qui le menaçait. Ses soupçons, ses ombrages, et les violences qui en furent les suites firent oublier ses vertus et revivre l'idée de ses vices, de sorte qu'il devint en peu de jours aussi odieux aux Romains qu'il en avait été autrefois chéri. Il y avait à Rome un homme respecté de tout le monde, et extrêmement accrédité par sa rare vertu et sa probité. C'était le vrai caractère des vieux Romains ; incapable de bassesse et de flatterie ; d'une droiture à l'épreuve de tout, et d'une vie irréprochable ; il se nommait Pandolfe de Pandolfucci. Le sénateur en avait fait son ami particulier, mais le fruit de l'amitié dangereuse que l'on contractait avec Rienzi était d'ordinaire la défiance et la jalousie. Il craignit un crédit fondé sur la vertu : il sacrifia donc son ami à ses caprices, et lui fit trancher la tête sans raison et sans pitié. Le peuple en conçut tant d'horreur pour lui, qu'il le regarda depuis comme un monstre qui ne respectait ni l'innocence, ni la vertu, ni l'amitié ; et quoique la terreur du nom de Rienzi, et l'impression de haine qui suit toujours la tyrannie, empêchassent les murmures d'éclater, l'indignation publique ne se manifesta que trop dans l'air sombre et morne qu'on remarqua sur tous les visages.

Le sénateur qui s'en aperçut n'en devint que plus farouche : les soupçons nés du changement des esprits à son égard le portèrent à de nouvelles cruautés. Dans la crainte continuelle où il était que le mécontentement général vînt enfin à éclater par quelque trame secrète contre sa personne, il se mit en tête d'intimider les plus entreprenants, en immolant tantôt l'un, tantôt l'autre, et principalement ceux que leur dépouille rendait plus coupables à ses yeux. On en voyait tous les jours traîner plusieurs aux prisons du Capitole : les plus heureux étaient ceux qui en étaient quittes pour la confiscation de leurs biens.

Cependant toutes ces violences ne rassuraient pas le tyran contre ses inquiétudes. Quelque grande que fût la terreur qu'il jetait dans les esprits, les craintes, les alarmes et les défiances dont il était lui-même éternellement tourmenté étaient plus vives et plus cruelles. Soit inconstance d'humeur, soit pressentiment naturel de sa destinée prochaine, tantôt il s'abandonnait à l'abattement et au désespoir, tantôt il faisait paraître une fermeté présomptueuse à l'épreuve de tous les dangers : timide par nature et philosophe par caprice, il passait tout d'un coup de l'un à l'autre excès ; la bizarrerie qui lui était naturelle en devenait plus extravagante, et le portait à des indécences qui le rendaient aussi méprisable qu'il était odieux. On le voyait rire et pleurer presque au même instant sans fondement légitime ; des accès de joie immodérée étaient suivis de soupirs et de larmes ; peu attentif à cacher de pareilles faiblesses, il portait la défiance jusqu'à être seul son conseil ; il ne connaissait plus les douceurs de l'amitié ; et comme il se défiait de tout le monde, tout le monde se défiait de lui. Le peuple, aussi choqué de ses inégalités, indignes d'un sénateur, que fatigué de ses tyrannies, n'aspirait qu'au bonheur de se voir délivré d'un homme qu'il avait regardé, peu d'années auparavant, comme un prophète et un libérateur. Les murmures étaient toutefois encore secrets. Il y avait dans tous les cœurs des semences de conjuration ; mais nul n'osait éclater : il ne se trouvait personne assez hardi ou assez puissant pour se faire chef de conjurés. Les corps de garde de cinquante hommes que le sénateur avait mis dans chaque quartier, moins pour veiller au bon ordre que pour la sûreté de sa vie, tenaient les plus téméraires dans le respect. Il est vrai qu'ils n'étaient pas eux-mêmes fort satisfaits de Rienzi, qui ne les payait pas exactement, soit que l'armée du dehors épuisât ses finances, soit que par une épargne mal entendue il voulût les ménager pour les besoins futurs; il retenait toutefois ces troupes en les amusant de paroles spécieuses, et en leur promettant, outre leur solde, des récompenses dignes de leur zèle et de leur attachement. Ainsi, quelque disposition qu'il y eût à la révolte, le sénateur, se croyant en état de ne rien craindre du côté du peuple romain, pressait si vivement la guerre contre les Colonne, qu'il était sur le point de les réduire avec toute la noblesse, et d'affermir par là sa domination jusqu'à la rendre inébranlable, lorsqu'il fit une faute qui mit le sceau à toutes celles qu'il avait faites jusqu'alors, et qui fut en effet la dernière et la principale cause de sa ruine.

Liccard de Annibalis, qu'il avait mis à la tête de son armée, avait fait tout ce qu'on pouvait attendre de l'expérience et de l'habileté d'un grand capitaine. L'affection des soldats, le progrès des travaux, l'interruption des chemins et des passages, l'application infatigable d'un pareil général, qui mettait tout en mouvement, lui attiraient l'admiration même des assiégés, et les réduisaient à la nécessité ou de se rendre, ou de se voir bientôt forcés, sans un secours inespéré. Le sénateur, renfermé dans le Capitole, n'avait qu'à laisser faire à sa bonne fortune, sans autre attention que celle de l'intelligence qu'il avait établie entre lui et l'armée; mais son malheur voulut qu'il révoquât ce capitaine, si fidèle et si expérimenté. On ignore si la jalousie de l'attachement des troupes pour Liccard donna à Rienzi quelque ombrage, ou s'il agit en ceci purement par caprice; mais enfin il le cassa, et créa en sa place plusieurs autres capitaines, qui n'ayant ni la même habileté que lui, ni le même concert entre eux, continuèrent si faiblement la guerre, que les assiégés s'aperçurent bientôt du changement. Délivrés d'un ennemi tel que Liccard, ils reprirent courage, et les affaires des Romains allèrent désormais en décadence. Liccard, outré de l'ingratitude d'un homme qu'il avait servi avec tant de fidélité, se retira mécontent dans son quartier, et se vengea de Rienzi en se réduisant à l'état de simple officier, où il le mettait, et en laissant faire ses successeurs : vengeance ordinaire des talents dédaignés, et qui coûte souvent bien cher aux Etats.

Les Colonne et les Savelli profitèrent en effet de leur avantage. Instruits par leurs partisans de la situation des affaires à Rome, de l'aversion et du mépris général où était le sénateur, et de l'heureuse disposition de tous les cœurs à leur égard, ils résolurent de ne pas manquer cette conjoncture, et de perdre le tyran sans retour. Par le moyen de leurs émissaires, ils encouragèrent leurs amis à exciter une sédition. Il ne s'agissait que de commencer : le peuple, moins retenu par la crainte que par le défaut de chefs, n'attendait que le signal de quelque aventurier aussi téméraire que l'avait été autrefois Rienzi, pour donner le premier mouvement. L'intrigue fut conduite si secrètement, que le sénateur, qui avait des espions partout, n'apprit ce qui se tramait contre lui qu'au moment où la conjuration éclata.

Ce fut le 8 octobre de l'année 1354, au matin : Rienzi, qui était encore au lit, se lavait le visage avec du vin grec, selon sa coutume, lorsqu'il fut étonné d'entendre de loin des cris interrompus et redoublés de : *Vive le peuple!* Il ne paraissait encore ni armes, ni auteurs du tumulte ; mais ces cris répétés, comme par des échos, se faisaient entendre jusqu'au Capitole, où la foule, attirée par la curiosité et l'étonnement, grossissait de moment à autre, et attendait quelle serait la suite d'une émotion dont elle ignorait le secret. On ne fut pas longtemps sans le dévoiler : ces clameurs séditieuses furent suivies de quantité de gens armés qu'on vit arriver dans le marché par pelotons, en défilant des quartiers de Saint-Ange, de Ripa, de Colonne et de Trejo ; dès qu'ils se furent réunis dans le carrefour, ils changèrent subitement de cri ; et au lieu de : *Vive le Peuple!* ils se mirent à crier : *Meure le tyran Rienzi!* Ce fut alors que la populace, voyant un parti formé contre le sénateur, se joignit aux séditieux. Les jeunes gens prirent feu et entraînèrent la multitude des femmes, des enfants, des vieillards ; tous parurent

en un instant aussi animés contre Rienzi que les
auteurs inconnus de la révolte. Les gardes mêmes
des quartiers que j'ai nommés se déclarèrent contre
lui ; et ces soldats qu'il entretenait pour sa sûreté
furent les premiers complices de la rébellion ; de
sorte que tous, emportés par le même esprit de fureur, coururent vers le Capitole qu'ils investirent
de toutes parts, lançant des pierres aux fenêtres, et
criant tous d'une voix : *Qu'il meure le traître qui
a mis la gabelle ! qu'il meure !*

Le sénateur, effrayé, comme si la tête lui eût
tourné, au lieu de faire sonner l'alarme et de se
mettre en état de défense au premier cri de : *Vive
le peuple !* qu'il entendit, crut détourner l'orage en
s'étourdissant sur le danger. Il n'avait point encore
publié le bref du 9 septembre qui le confirmait dans
sa charge ; il s'avisa de fonder son espoir sur cette
pièce, se mit lui-même à crier comme les autres :
Vive le Peuple ! Il sortit de son appartement en pro-
nonçant ces paroles et affectant un air de sécurité
qui démentait l'embarras de son visage : « Oui,
» disait-il, vive le peuple ! je le dis avec lui ; nous
» concourons tous au même but. Hé ! qui a plus
» d'intérêt que moi à sa conservation ? C'est pour
» assurer sa vie et sa liberté que je-suis en ces
» lieux, que j'ai des armées sur pied, et que le Pape
» m'a confirmé dans mon autorité par un bref qu'il
» ne reste plus qu'à publier dans le conseil.

Mais tandis qu'il tâchait vainement de se rassurer
lui-même par ces sortes de discours, les cris confus
de la populace qui ne disait plus : *Vive le Peuple !*

mais *Meure le traître!* ne lui permirent pas de se dissimuler plus longtemps que c'était à sa personne qu'on en voulait. Il en fut d'autant plus certain qu'il s'aperçut bientôt que le Capitole était désert : juges, officiers, soldats, domestiques, tout avait pris la fuite dès la première alarme : la crainte d'être enveloppés dans son malheur avait tellement épouvanté ceux mêmes qui lui semblaient le plus attachés, qu'aux prisonniers près, dont il avait plus à craindre qu'à espérer, il n'était resté avec lui que trois personnes dans le Capitole.

Ce fut alors que revenu de son assoupissement il sentit, mais trop tard, toute la grandeur du péril qu'il s'était efforcé de se cacher. Il demanda conseil à ses trois domestiques ; mais ce qu'ils lui disaient étant plus propre à lui faire connaître l'extrémité du danger qu'à lui fournir des expédients pour en sortir, il prit conseil de lui-même, et se flattant d'éblouir le peuple par une apparence de résolution et d'intrépidité, il quitta ses trois officiers en leur disant d'un air plein de confiance : « Qu'il n'en irait pas ainsi, » et qu'il trouverait bien le moyen de dissiper cet » orage. » Il alla sur-le-champ prendre son armure de chevalier, dont il s'arma de pied en cap.

En cet équipage il monta dans la grande salle du Capitole, et s'avançant sur le balcon d'où il avait coutume de haranguer, il y arbora le gonfanon du peuple ; puis étendant les mains vers la foule, il demanda en grâce qu'on l'écoutât un moment, persuadé qu'avec l'ascendant incroyable que lui donnait son éloquence populaire et imposante sur les esprits, il

conjurerait la tempête. Il y aurait sans doute réussi ;
aussi les principaux chefs des séditieux, qui connaissaient la force et le charme de ses paroles artificieuses , craignant que la multitude aisée à déterminer dans ces moments de crise ne se laissât gagner, redoublèrent leurs clameurs et leurs imprécations avec tant de force qu'ils l'empêchèrent de s'expliquer, et ramenèrent la fureur du peuple, qui se ser-
vant des armes qu'elle lui fournissait, fit voler sur
le balcon une grêle de pierres et de flèches dont une
blessa le sénateur à la main.

Un acharnement si violent ne lui fit point perdre
courage ; tout blessé qu'il était, il prit le drapeau,
l'étendit le long du balcon, et montrant aux mutins
les lettres d'or et les armes de Rome, il tâcha par ce
spectacle éloquent, et par le feu qui brillait dans
ses yeux et dans son action, de s'ouvrir quelque
voie dans leurs cœurs à la vue de ce gage de la
liberté commune, qu'ils lui avaient mis entre les
mains pour le récompenser de la leur avoir procurée.

Mais ce spectacle n'ayant fait qu'irriter de nouveau
les séditieux qui lui reprochaient, avec assez de justice, qu'il ne les avait affranchis de la tyrannie des
nobles que pour leur en faire éprouver une plus
cruelle sous sa domination, il fit un dernier effort
pour se faire entendre : « Hé ! quoi, dit-il en poussant
» sa voix d'une force extraordinaire, refuserez-vous
» à votre libérateur une grâce qu'on ne refuse pas
» aux plus coupables ? Ne suis-je pas votre conci-
» toyen ? Ne suis-je pas du peuple comme vous ?

» Quel aveuglement vous obstine à ma perte? Est-
» ce là le prix de tant d'amour et de tendresse?
» Romains, si vous m'ôtez la vie, vous vous l'ôtez à
» vous-mêmes. »

Ces paroles, quoique accompagnées des manières
les plus capables d'émouvoir, et répétées avec toute
l'énergie que pouvait suggérer un danger pressant
à l'homme le plus éloquent de son siècle, ne firent
aucune impression sur des furieux déterminés à se
baigner dans son sang. Il n'en reçut pour toute réponse que de nouveaux cris de *Meure le tyran!* avec
de nouvelles insultes; de sorte que perdant tout
espoir de les fléchir, il abandonna le balcon, pour
ne pas exposer sa vie, et pour laisser à la fureur populaire le temps de se ralentir; mais elle était trop
allumée pour s'éteindre sitôt. Rienzi ne se crut pas
même en sûreté dans la salle : un accès de terreur
panique succéda à l'effort d'intrépidité qu'il venait
de soutenir avec assez de grandeur. Il alla s'imaginer que Bettrone, frère du chevalier de Montréal,
pourrait aisément s'échapper de la chambre voisine,
où il le tenait enfermé. Il avait en effet remarqué
que son prisonnier, dont les fenêtres donnaient sur
la place, faisait des signes aux séditieux pour les
animer; il appréhenda que si dans le tumulte il sortait de sa prison, il ne le poignardât pour venger la
mort de son frère, et les injures particulières qu'il
avait reçues de lui. En effet, plutôt que de passer devant la porte de la prison où était Bettrone, pour gagner l'escalier, il aima mieux descendre par la fenêtre; ce qu'il fit au moyen de quelques linges qu'il

attacha les uns aux autres ; il descendit ainsi sur
une espèce de plate-forme qui était devant les prisons, d'où ses prisonniers, qui étaient en grand nombre, regardaient tout ce manége, faisant des vœux
pour sa perte et pour leur salut. Rienzi, plus attentif à sa sûreté qu'aux railleries de ces malheureux,
se saisit promptement des clefs des prisons, et se mit
l'esprit en repos du côté des ennemis du dedans, pour
ne songer plus qu'à se garantir, s'il était possible, de
ceux du dehors.

Quoique les mutins eussent mis le feu aux portes
du Capitole, il n'y avait encore rien à désespérer
pour lui. Cet incendie même lui devait bientôt procurer un nouveau rempart, en faisant tomber un
pont de communication qu'il fallait passer pour pénétrer jusque dans l'enceinte intérieure où il s'était
retiré. Le jour était déjà avancé, et le peuple, qui se
lasse aisément des entreprises violentes, lorsqu'elles ne sont pas brusquées, toujours prêt à passer de la haine à la pitié, ou de la fureur au décou-
ragement, aurait infailliblement abandonné la
partie, et donné au sénateur le temps de se reconnaître. De plus, il n'avait encore contre lui que la
populace de quatre ou cinq quartiers ; ceux du quartier de la Réole, qui lui étaient particulièrement
affectionnés, n'auraient pas manqué de courir bientôt à son secours, et d'entraîner les quartiers voisins. La discorde et la confusion se seraient mises
dans cette multitude rassemblée sans concert, et
tandis qu'ils auraient tourné leurs armes contre eux-
mêmes, Rienzi, reprenant ses esprits, eût pu se

sauver des mains des séditieux, ou se rendre le
maître du champ de bataille, ou même demeurer
spectateur tranquille d'un orage qui se fût bientôt
dissipé.

Mais il avait dans sa compagnie un traître dont il
ne se défiait pas et qui le perdit. Ce misérable était
parent de Rienzi et s'appelait Lucciolo Pelliciaro; il
était resté dans la salle supérieure où il jouait un
double jeu : tantôt s'avançant sur le balcon, il donnait avis aux rebelles de tout ce qui se passait au
palais, et leur faisait entendre du geste et de la voix
l'embarras de Rienzi, l'endroit où il était, et celui
qu'il fallait attaquer; tantôt retournant à la fenêtre,
d'où il feignait de rapporter au sénateur ce qui se
passait au dehors, il commençait par l'encourager
pour jouer mieux son rôle; puis, profitant de sa timi-
dité naturelle, il lui faisait des récits et des peintures
capables de jeter l'homme le plus intrépide dans
l'abattement et le désespoir.

Rienzi, malheureusement abusé par la perfidie de
ce traître, s'abandonna à sa mauvaise fortune et à
ses frayeurs qui lui représentaient déjà, comme
Lucciolo, tous les dehors du Capitole ruinés et boule-
versés par les flammes, tout le peuple romain en
armes dans la place et dans les appartements, en un
mot un renversement général dont il allait être
infailliblement la victime. Dans cette cruelle situation d'esprit, il s'imaginait entendre les hurlements
confus d'un peuple séditieux, et voir le désordre, la
rage, l'horreur, et tout ce qui accompagne dans une
ville saccagée l'appareil d'une mort prochaine et

inévitable. Il se promenait à grands pas le long de la
chancellerie, plein d'irrésolution et d'inquiétude,
effrayé par le moindre bruit, s'arrêtant tout à coup,
se retournant sans cesse, et donnant à connaître,
par ses divers mouvements, les pensées affreuses
dont il était agité. Tantôt il ôtait son casque et semblait se disposer à quitter le reste de son armure,
comme pour tenter quelque stratagème propre à le
mettre à couvert de la fureur de ses ennemis. Un
moment après il se remettait le casque en tête; et
par une contenance fière, il paraissait déterminé à
vendre chèrement sa vie, et à mourir du moins en
brave, les armes à la main, avec toutes les marques
de sa dignité. Il demeura longtemps combattu entre
ces deux pensées, sans oser se déterminer, ni décider entre l'honneur et l'amour de la vie, tandis que
son perfide parent, feignant de le rassurer, et l'inti-
midant en effet par des plaintes et des larmes affec-
tées, jouissait avec une joie maligne de son embarras,
et en faisait jouir ses ennemis qui ne pouvaient en
être témoins. Enfin le péril parut plus pressant : déjà
la seconde porte était tout en feu ; on entendait le
fracas des poutres embrasées et des planchers brû-
lants qui s'effondraient sous la flamme. Les frayeurs
simulées de Lucciolo faisant croire à Rienzi que tout
était en effet désespéré, et qu'il allait périr dans le
moment, ce qui n'était pas, ce sénateur, qui peu de
jours auparavant s'était attiré l'admiration de Rome
et des provinces voisines par des preuves réelles de
grandeur et d'héroïsme, fit éclater toute sa faiblesse.
La crainte de mourir l'emporta sur toute autre con-

sidération ; il oublia tout à coup les exemples fameux
de ces vieux Romains dont il était si épris, et dont
il ne pouvait se lasser d'admirer la constance lorsque,
revêtus de leurs robes de sénateur, assis sur leurs
chaises curules, tenant en main les marques de leur
dignité, ils parurent comme des divinités aux yeux
des Gaulois qui s'étaient emparés de Rome.

Rienzi, déterminé à s'évader du Capitole à quelque
prix que ce fût, se figura qu'en se coulant au travers
des ruines, le désordre de l'incendie et la fumée
épaisse pourraient favoriser sa retraite ; qu'ensuite
ayant pénétré jusqu'au dehors, il lui serait aisé de
se mêler dans la foule à la faveur du déguisement
qu'il méditait. Sur cette idée, il se dépouille de ses
armes, se coupe la barbe, se barbouille le visage de
charbon, endosse une mantille qu'il trouve chez son
portier, se couvre la tête et les épaules d'un matelas
et de couvertures de lit, comme pour faire croire
qu'il venait de piller, et s'avance en cet état vers la
porte la plus prochaine qui était enflammée, en remettant son sort entre les mains de la fortune qui
l'avait délivré de mille dangers. Déjà il avait passé
assez heureusement à la faveur des débris ; et après
avoir descendu à la hâte les degrés qui conduisaient
à la seconde porte, il l'avait traversée sans avoir été
endommagé par le feu, ni blessé par les ruines qui
pleuvaient de toutes parts ; tout semblait concourir à
sa fuite. S'étant mêlé avec les séditieux les plus
avancés sans être reconnu, et ayant déguisé son langage et sa voix, il s'était mis à crier en paysan :
Sus, sus au traître, au traître : pillez, mes amis, il y

fait bon. Il ne lui restait plus que le dernier escalier à franchir, et il était sauvé. Toute l'attention du
peuple était attirée du côté des fenêtres du Capitole
où il avait paru ; et dans l'impossibilité apparente de
se faire jour à travers les flammes et les débris, on
était bien éloigné de soupçonner une retraite si hardie et si singulière.

Mais soit hasard, soit trahison du côté de son
parent, un homme ayant aperçu Rienzi sur les degrés, après l'avoir regardé fixement, le prit par le
bras, et l'arrêta brusquement en lui criant: *Où vas-
tu? arrête.* Il lui arracha en même temps de la tête
le carreau ou l'oreiller dont il était comme enveloppé. Malheureusement pour Rienzi , les bracelets
d'or qu'il portait aux bras , et qu'il avait imprudemment oublié ou négligé d'ôter, le trahirent malgré
son déguisement; on s'attroupa autour de lui, et il
fut reconnu. Perdant alors tout espoir, il perdit
entièrement cette présence d'esprit si nécessaire dans
les dangers extrêmes, et qui jusque-là ne l'avait pas
tout à fait abandonné. Il s'attendait sans doute que
dans l'animosité et le déchaînement des révoltés il
serait mis en pièces sur-le-champ; il fut heureusement trompé. Je ne sais quelle impression de respect
pour l'ancien tribun, tout défiguré qu'il était, suspendit tout à coup la rage qui aurait dû, ce semble,
s'augmenter à la vue du tyran reconnu. Le reste de
cette bizarre et sanglante scène est en effet si singulier, qu'on ne peut guère l'imputer qu'à ces secrètes
révolutions que fait presque toujours dans les cœurs

l'aspect de la destinée malheureuse des hommes extraordinaires.

Les chefs des rebelles, devenus aussi tranquilles qu'ils étaient furieux un moment auparavant, prirent leur sénateur par le bras, et le firent descendre sans obstacle jusqu'au perron du Lion, où il avait prononcé tant de sentences de mort. Là il fut laissé en spectacle au peuple, qui l'environna en tenant les yeux attachés sur lui ; un silence profond succéda aux cris et au tumulte de cette multitude furieuse : nul n'osait le toucher, ni l'approcher. Il semblait que les séditieux, frappés de l'état humiliant où ils voyaient alors ce tribun auguste, eussent repris pour lui un reste de respect ou de compassion : les armes leur tombaient des mains, ils paraissaient avoir mis bas leur courroux, et se souvenir de cette majesté terrible du sénateur qui, dans le lieu même où ils l'avaient mis comme coupable, avait paru tant de fois comme juge, et n'avait été regardé qu'avec tremblement. La postérité croira à peine qu'il demeura dans cette situation durant l'espace d'environ une heure, tête nue, sans barbe, le visage noirci d'une manière affreuse, les bras croisés, couvert d'un manteau de paysan, qui laissait paraître une veste de soie verte entourée d'un ceinturon d'or, et une chaussure de prix : contraste bizarre et capable d'augmenter la fureur et le mépris, sans toutefois qu'aucun rebelle osât porter la main sur lui, ni même l'insulter de paroles.

Il est vraisemblable que s'il eût pu se prêter un peu à la fortune qui le protégeait, et profiter de la disposition où les esprits semblaient entrer en sa faveur, il les aurait infailliblement fléchis par quelques traits de cette éloquence qui l'avait si utilement servi. Mais soit que la crainte d'être déchiré au premier mot qui lui échapperait le tînt dans le silence, soit que la vue et le sentiment d'une mort assurée lui eussent lié les sens et la langue, cet homme, qui avait si souvent triomphé par la parole, demeura muet, et n'eut pas la force ou le courage d'ouvrir la bouche pour sa défense. Le peuple, de son côté, demeurait immobile et dans le silence, n'osant ni le condamner, ni l'absoudre.

Un temps considérable s'était déjà écoulé durant cette étrange perplexité, et Rienzi, entre la vie et le trépas, attendait ce que le ciel ordonnerait de son sort, lorsqu'un des principaux conjurés, nommé Ceccho de lo Vecchio, sortit tout à coup de cette espèce d'enchantement et de fascination où la vue de leur tribun, si tristement humilié, les avait tous plongés. Il craignit que s'il laissait languir plus longtemps la fureur populaire, Rienzi ne leur échappât, et qu'il ne les punît de l'avoir épargné; il tira brusquement l'épée, et, sans attendre l'aveu des révoltés, il la lui enfonça dans le ventre. Ce premier coup fut comme un signal qui rompit le charme. Le courroux, prêt à s'éteindre, se ralluma en un instant dans tous les cœurs; la haine fit expirer la pitié, et la vue du tyran abattu inspira à ces âmes viles la plus basse et la plus indigne vengeance. Les regards du sénateur, tout éperdu qu'il était, les avaient fait trembler; dès qu'il eut les yeux fermés, tous se je-

tèrent sur lui comme des bêtes féroces. Le notaire
Treïo lui donna un grand coup de sabre sur la tête ;
alors les coups se confondirent : il fut percé de toutes
parts, et chacun se fit un honneur barbare d'insulter
l'ennemi qu'on ne craignait plus. Cette cruauté était
plus affreuse pour le spectacle, que douloureuse
pour le supplice. Rienzi était tombé mort du premier
coup sans avoir proféré un seul mot, ni jeté le moindre cri. La populace, peu satisfaite de s'être baignée
dans son sang et d'avoir défiguré son cadavre, voulut qu'on le liât par les pieds pour le traîner par les
rues. On le traîna de la sorte depuis le Capitole jusqu'à la place de Saint-Marcel, au milieu des huées
et des coups d'épée d'une multitude devenue insatiable de vengeance et de barbarie. La tête et les
lambeaux de chair étaient restés dans les chemins. On
pendit ce tronc informe par les pieds à un poteau
devant le palais des Colonne qu'il avait si constam-
ment persécutés ; il y demeura plus de deux jours,
exposé à l'insolence du petit peuple, jusqu'à ce que
Jugurtha et Sciarra Colonne, qui étaient revenus à
Rome à la première nouvelle de sa mort, l'eussent
fait traîner dans le quartier des Juifs auxquels on
l'abandonna.

A en juger par l'animosité que les Juifs firent paraître en cette occasion, il est à croire que Rienzi ne
les avait pas ménagés durant son double gouvernement. Tous, sans exception, accoururent à la place
où on l'avait jeté ; ils résolurent de le brûler à petit
feu, et sur un amas de chardons secs, afin de marquer, par ce traitement aussi barbare que méprisant,

sur un cadavre insensible, ce que leur rage les aurait portés à faire, s'ils l'avaient eu vif entre leurs mains. Comme il était devenu extrêmement replet, les chairs donnaient une nouvelle activité à la flamme, que ces misérables entretenaient lentement, pour repaître plus longtemps leurs yeux de cet horrible spectacle. Ils demeurèrent en effet présents et comme acharnés à leur proie tant qu'il y eut quelque reste d'ossements, et ils ne se retirèrent qu'après s'être assurés que tout était entièrement consumé.

Ainsi périt Nicolas Gabrino Rienzi, un des plus fameux hommes de son siècle, après avoir formé une conjuration insensée, presque à la vue de tout le monde, avec tant de succès, qu'il se vit maître de Rome, après avoir fait fleurir l'abondance, la justice et la liberté chez les Romains; après avoir protégé des potentats, effrayé des souverains, été l'arbitre des têtes couronnées, conçu le projet de rétablir la majesté et la puissance de l'ancienne république, et rempli toute l'Europe du bruit de sa renommée durant sept mois que dura son premier règne; après avoir forcé en quelque sorte ses maîtres à le rétablir dans un pouvoir qu'il avait d'abord usurpé contre leurs intérêts; enfin, après avoir été la victime au bout d'une seconde administration, qui dura près de quatre mois, de la noblesse qu'il voulait anéantir, et des vastes projets que la mort l'empêcha d'exécuter. On peut présumer que s'il eût eu autant de jugement et de conduite que d'esprit et d'éloquence, cet homme, tiré de la poussière, aurait égalé les plus grands princes, et se serait maintenu dans une puissance légitime, ou s'en serait fait une domination indépendante, en suivant ses desseins ambitieux.

Après sa mort, on trouva dans son appartement un miroir d'acier, avec des caractères et des figures, dont on se prévalut pour autoriser les soupçons populaires qui voulaient qu'il fût magicien. Mais ce qui rendit surtout sa mémoire odieuse, fut un projet de taxes qu'on trouva dans ses tablettes : il était divisé en cinq classes ; la première, qui comprenait cent personnes, était taxée à cinq cents florins par tête ; la seconde en contenait cent autres taxées à quatre cents florins ; la troisième l'était à cent ; la quatrième à cinquante, et la dernière à dix. A la vue de ce rôle qui découvrait les vexations projetées par le sénateur, on se sut bon gré de s'en être délivré. Les riches surtout redoublèrent leur haine, qui s'étendit sur tous ceux qui lui avaient été attachés. Les soldats qu'il avait, tant à Rome que dans les places, pour la sûreté de sa personne, furent dépouillés de leurs biens, de leurs armes, de leurs chevaux, et chassés avec ignominie. Sa maison fut entièrement pillée, et l'on n'épargna rien de ce qui lui avait appartenu.

Le pape Innocent, informé de cette révolution, envoya des ordres au cardinal d'Albornos, son légat dans la Romagne, pour rétablir la tranquillité à Rome en nommant un sénateur pour régler tout au-dedans, et un capitaine pour commander au-dehors. Depuis cette époque, l'autorité que les papes reprirent en Italie par les exploits du cardinal d'Albor-

12..

nos, qui avait recouvré la plupart des places usurpées, servit beaucoup à retenir les Romains dans le
devoir, jusqu'à l'arrivée d'Urbain V, qui tint son
siége à Rome, la treizième année après la mort de
Rienzi. Ce Souverain-Pontife accoutuma le peuple à
reconnaître la voix du pasteur, pendant son séjour
de cinq années. Il retourna ensuite à Avignon, et ce
ne fut que quatre ans après son départ de Rome, et
vingt-deux ans après la révolution du règne de
Rienzi, que Grégoire XI, successeur d'Urbain, et le
dernier des papes français, fixa au Vatican son séjour
et celui de ses successeurs.

Pour la mémoire de Rienzi, elle redevint chère
aux Romains en fort peu de temps. L'indignation et
la fureur firent bientôt place, trop tard toutefois, à
des sentiments plus humains et plus favorables. Sa
mort effaça ses crimes et ses excès; on ne se souvint
plus que de ses vertus et de ses grandes actions.

On lui donna autant de regrets, que Lucciolo Pelliciaro, qui l'avait trahi, et Ceccho de lo Vecchio,
qui lui avait porté le premier coup, reçurent de
malédictions.

TABLE DES MATIÈRES

—

Limoges. — Imp. Marc Barbou et Cie.